돈의 마음을 읽어라

그러면 세상의 돈이 나를 따른다

김 주 영 엮음

돈의 마음을 읽어라
그러면 세상의 돈이 나를 따른다

2011년 4월 10일 초판인쇄
2011년 4월 15일 초판발행

엮은이 | 김 주 영
펴낸이 | 홍 철 부
펴낸곳 | **문 지 사**

등록일 | 1978. 8. 11(제 3-50호)
서울특별시 은평구 갈현1동 423-16
영업부 | 02) 386-8451
02) 386-8452
팩 스 | 02) 386-8453

값 14,000원

‘

나는 평범한 사람이 되는 것을 거부한다

나는 계산된 위험을 단행할 것이고 꿈꾸는 것을

실천하고 건설하며 실패하고 성공하기를 원한다.

’

책머리말

인생의 승리자가 되자

지금까지 당신은 이 세상을 살아오는 동안에 이것 저것 많은 경험을 겪으면서 자신이 이루어야 할 목표가 쉽게 도달할 수 없다는 사실을 알게 되었을 것이다. 또한 인생이란 그 자체가 치열한 생존의 질주였음도 깨달았을 터이다.

성공은 우리에게 많은 즐거움과 행복을 가져다 준다. 그러나 그 성공이 그렇게 쉽게 얻을 수 있는 것이 아닌 데에 우리들의 고민이 있다. 설혹 작은 성공 한 가지를 이루었다고 하여도 또 다시 새로운 도전이 기다리고 있기 때문이다.

성취는 결코 쉽지 않다. 성공의 길은 무지개가 달리는 아스팔트가 아니다. 그 길은 희생과 역경으로 이어진 가시밭길이다. 그러나 반면에 그 보수는 크다는 것을 알기 때문에 많은 사람들이 어려움을 알면서도 성공을 향해 도전장을 던지고 있는 것이다.

만약 당신이 이와 같이 장애와 위험이 가득찬 길에 뛰어들 수 없다면, 당신은 그저 보통사람으로 살거나 아니면 승리한 자들에게 짓밟히며 그들의 그늘에서 비참한 인생을 보내게 될 것이다.

인생에서 승리한 자, 성공한 자만이 자신의 자존심을 지키며 아름다운 삶을 살게 되는 것이다.

이 책은 이와 같이 쉽게 이룰 수 없는 성공을 향해 도전장을 던진 당신을 위하여 기획되고 만들어진 것이다. 또한 실패의 그늘에 있거나 삶의 좌표가 없이 떠도는 사람들을 위해 제작된 책이다.

수많은 자기개발서가 시중 서점에서 판매되고 있지만, 이 책의 특징은 세계에서도 유명한 7인의 성공철학자들이 자신있게 주장하는 전공 분야만 선별하여 각 단계별로 정리하여 엮어 놓았다는 점이다. 예를 들면, 대인관계에 대한 강의는 처세술의 제일인자인 데일 카네기가 맡고 신념에 대한 부분은 신념철학의 명인인 로버트 H.슐러가 열강을 하고 있는 것 등이다. 그 만큼 책의 내용에 충실하려고 노력하였다.

따라서 당신은 성공을 위하여 특별히 우왕좌왕 할 필요가 없다. 다만 이 책에서 석학들이 주장하고 안내하는 대로 충실히 따르기만 하면 되는 것이다. 성공은 무조건 노력하는 것만으로도 이루어지지 않는다. 부와 성공과 행복을 얻기 위해서는 인간에게 내재한 창조적인 성공 에너지를 이해하고 개발하며 응용할 줄 아는 지혜를 터득해야 한다.

당신의 꿈을 당신의 성공으로 이루어 줄「성공의 원리」를 터득하여 그 원리대로 움직여야 한다.

당신이 여행을 떠난다고 가정하였을 때 제일 먼저 필요한 것이 무엇이겠는가? 물론 여러 가지가 있겠지만 무엇보다도 우선 여행에 관한 정보와 지도, 여행일정표 등이 필요할 것이다.

그래야만 효과적으로 여행을 즐길 수 있는 것이다. 정보를 알지 못하고 떠나는 여행은 위험하다. 마찬가지로 당신의 운명이 걸린 훌륭한 「성공여행」을 떠나기 위해서는 자세하게 성공여행 정보가 담긴 여행일정표가 반드시 필요한 것이다.

다행히 이 책이 그러한 당신의 욕구에 부응할 만한 좋은 가이드가 될 것이라고 믿는다. 이 책을 통하여 성공의 원리를 이해하고 실천, 노력하여 성공하길 바란다.

인생은 연습이 아니다. 지나간 시간을 돌이킬 수 없다. 그렇기 때문에 우리 모두 성공해야 한다. 승리해야 한다.

승리와 성공은 당신의 일생에서 당신의 일을 통하여 획득하게 되는 생의 실적이며 보람이다.

영원히 빛나는 당신의 훈장인 것이다.

엮은이 씀

• 차 례 •

•차 례•

목표설정 •지그 지글러

원대한 꿈과 확고한 목표를 가져라

STEP1

1

꿈을 실현시키는 비결

독자에게 드리는 질문

당신의 성공관은 어떤 것인가? 성공을 어떻게 생각하며, 무엇을 성공으로 보는가?
성공에 대한 정의는 사람들의 수만큼이나 많으며, 해석하기에 따라서 얼마든지 달라질 수 있다. 성공관이 먼저 확립된 후에야 목표를 세울 수 있으며, 계획도 수립할 수 있는 것이다. 당신에게 성공이란 무엇인가?

성공의 두 가지 기준

성공에 대한 생각은 사람에 따라 다르다.

그러나 일반적으로 사람이 세상을 살아가는데 있어서 개개인이 갖고 있는 꿈과 바램을 이루는 일이 성공이라고 말할 수 있을 것이다.

성공에는 두 가지 기준이 있다. 첫째는 다른 사람이 당신을 성공자로 생각하느냐 하는 것이고, 둘째는 당신 자신도 그렇게 생각하고 있느냐 하는 점이다.

세상 사람들이 모두 당신을 보고 성공한 사람이라고 인정을 한다고 하여도 스스로가 성공했다고 생각하지 않으면 그 성공은 아무런 가치가 없다.

노벨 문학상 수상자 윌리암 포크너는 말했다.

"나는 방랑자로 태어나서 아무것도 갖고 있지 않았을 때가 가장 행복했다. 나는 그때 큰 주머니가 달린 방수 외투만을 입고 다녔다. 그리고 그 주머니에 한 켤레의 양말과 셰익스피어의 작품 한 권, 한 병의 위스키가 있었다. 그래도 그 때가 나는 가장 행복했다. 그 무엇도 원하지 않았고, 어떤 책임도 지지 않았기 때문이다."

성공으로 가는 길

성공을 위해서는 다음과 같은 점에 유의해야 한다.

첫째, 꿈을 가져야 한다. 꿈이 없으면 희망도 없고 성공도 없다. 따라서 꿈과 목표를 먼저 결정해야 한다.

둘째, 목표가 설정된 후에는 구체적인 실천 계획을 세워야 한다.

셋째, 성공에는 반드시 장애가 따르기 마련이다. 목표에 방해가 되는 요인들을 극복할 수 있는 방법을 찾아내야 한다.

넷째, 신념과 열정을 가져야 한다.

'꿈은 반드시 이루어질 것이다.'라는 신념을 갖고 열정을 불태우며 전진해야 한다.

다섯째, 실패를 두려워해서는 안 된다.

모든 성공의 이면에는 실패와 좌절이라는 과정이 있게 마련이다. 따라서 어려운 상황에 놓이더라도 자포자기하지 말고 적극적이며 끈기있게 밀고나가는 용기와 지혜가 필요하다.

여섯째, 자기 최면과 잠재의식을 활용한다.

명상을 통한 자기 최면과 '나는 반드시 해 내고야 말 것이다.' 라는 확신을 잠재의식에 불어넣어 주어라.

일곱째, 최선의 노력을 다한다.

성공을 위해서는 최선의 노력이 필요하다. 감나무 밑에 가서 흔들어야 감이 떨어지는 법이다

성공형 인간의 일곱가지 조건

인간의 삶을 양지와 음지, 두 가지 측면으로 볼 수 있는데, 어떤 사람은 양지 쪽을, 또 어떤 사람은 음지 쪽을 보고 있어서 인생의 종착역이 크게 달라지는 경우를 본다. 성공한 인간이 보는 양지 쪽 측면이란 다음과 같다.

1. **꿈, 이상, 목표**-달성하려고 하는 종착역이 없으면 노력의 의미가 없고, 열의가 나지 않는다.
2. **건강**-건강은 활동의 원동력이자 행동력의 원천이다. 건강관리란, 그냥 장수하겠다는 막역한 차원을 넘어 활력적이 되기 위함이다.
3. **일에 대한 열의와 사랑**-일에 대한 열의와 사랑이 없으면 성과가 오르지 않으며 보람을 느낄 수 없다.
4. **학구열**-배워서 발전하겠다는 자세를 갖지 않으면 제자리걸음으로 끝날 가능성이 많다.
5. **인맥**-많은 사람을, 그것도 이질적인 사람을 많이 만나고 경청하는 태도를 기른다.
6. **적극성**-불가능을 생각지 말고, 어떻게 하면 가능하게 되는가를 찾아낸다.
7. **자립성**-자기의 실력으로 도전한다. 결과가 좋지 않을 때는 자기의 노력이나 실력이 부족하다고 생각한다.

2

목표는 반드시 필요하다

독자에게 드리는 질문

당신이 이 세상을 살아가는 목적은 무엇인가?
당신은 무엇을 위해서 사는가? 당신의 장기적인 목표는 무엇이며, 단기적인 목표는 무엇인가? 그 목표를 위해 오늘 당신은 무엇을 했는가?

인생의 목표는 반드시 필요하다

목표가 없는 사람은 날개가 없는 새와 같은 존재로 지구를 떠돌아다니는 유랑민이다. 그런 사람은 절망과 실패와 좌절을 면치 못할 것이다.

한 보고서에 의하면 양로원에서 살고 있는 노인들의 사망률은 생일과 공휴일 전날에는 비교적 낮다고 한다. 대부분의 노인들은 명절이나 생일을 위해서 목표를 세운다. 그 날을 멋있게 보내기 위한 설계를 짠다. 그러나 기념일이 지나고 나면, 즉 목표가 달성되면 삶의 의지가 약화되어 사망률이 급증한다는 것이다.

자신의 인생에 가치 있는 목표가 확실하면 그의 삶은 어느 정도 연장될 수 있다. 그러므로 인생의 목표는 무엇보다도 중요한 삶의 터전이다.

그러나 대부분의 사람들은 확실한 목표를 가지고 있지 못하다. 그래서 그들은 방랑자의 위치에서 스스로 인생을 낭비하고 있는 것이다.

프랑스의 유명한 곤충학자 쟝 알리 파브르가 날벌레에 관해서 연구하다가 매우 귀중한 사실을 발견하기에 이르렀다.

파브르가 관찰하고 있는 이 날벌레들은 우매하게도 그들 선두주자만 따라 떼를 지어 날고 있었다. 맨 앞에서 날고 있는 날벌레로부터 이탈하지 않으려고 나머지 벌레들이 빙빙 돌며 필사적으로 뒤를 따른다. 7일 동안이나 밤낮으로 날고 있다가 결국 기아상태에 이르러 최후를 맞는다.

가까운 곳에 풍부한 먹이가 있지만, 날벌레들은 목적없이 무분별하게 행동하기 때문에 굶주림으로 죽음을 맞는다. 우리 인간도 예외일 수는 없다.

❖ 인생이란 고통의 댓가를 지불하는 공연장이다

인생은 댓가이다. 당신은 인생으로부터 원하는 거의 모든 것을 노력으로 얻을 수 있다. 만약 당신 자신에게 주어지는 몫을 모두 다 차지하지 못한다면 무능하다는 말을 듣게 될 것이다. 아직 성공을 하지 못한 사람에게는 늘 역경이 닥치게 마련이다. 당신은 그 역경을 디딤돌로 삼아 성공을 쟁취해야 한다. 그러므로 당신 역시도 댓가를 지불할 마음가짐을 갖지 않으면 안 된다.

목표를 세우지 못하는 이유

대부분의 사람들은 목표를 가지고 있다고 보는가? 필자의 생각은 그렇지 않다는데 문제를 제기한다.

길을 가는 청년 백 명을 붙들고 "당신은 지금 실패의 길을 가고 있다고 생각하지 않소?" 하고 물으면, 그들은 펄쩍 뛰면서 이렇게 대답할 것이다.

"내가 실패의 길을 가다니, 나는 지금 성공하기 위해서 열심히 일하고 있습니다."

그러나 대부분의 사람들은 인생의 확고한 목표가 없다. 그래서 그들은 인생을 낭비하고 있는 것이다. 자신의 인생을 실패로 마감하는 것은 기회를 제대로 파악하지 못하거나 능력이 부족해서가 아니다. 우리 주위에는 항상 기회가 기다리고 있는데도 실패한 사람들은 어떠한 계획도 세우지 않는다. 목표가 없으므로 계획을 세울 수가 없다.

그렇다면 그들은 무엇 때문에 목표나 계획을 세우지 않는 것일까? 해답은 간단하다. 그들은 목표에 도달하지 못할까 두렵기 때문이다. 목표를 달성하지 못할까봐 겁이 나서 설정하지 못한다.

아무런 계획을 세우지 않으면 실패도 하지 않을 것처럼 보인다. 그러나 이것은 잘못된 사고방식이다. 왜냐 하면, 이 세상에서 실패없이 성공한 사람은 하나도 없기 때문이다.

그들은 삶이란 종이 위에 자신의 목표를 작성해 보지도 않은 확고한 목표는 성공의 지렛대와 같다.

인생의 도피자이다.

배는 항구 안에 정박해 있을 때 훨씬 더 안전하다. 그러나 배는 항구에 머물고 있기 위해서 만들어진 것이 아니다.

당신이 이 세상에 태어난 것은 목적이 있기 때문이며, 그 이유 하나로 당신은 존재하고 있다고 나는 확신한다. 그러므로 확고한 목표는 인생의 성공 지렛대와 같다.

❖ 우리는 성공으로 가는 여행자이다

자, 이제 우리의 길을 떠나자.

나는 당신을 밝은 인생의 여정으로 인도하는 안내자다. 모든 아름다운 여행은 가볍게 출발하는 것으로부터 시작한다. 우리의 출발도 그렇다. 우리의 행장은 가볍고 기분은 유쾌하다. 발걸음은 탄력이 넘치고 있으며 미지의 산봉우리와 계곡에 대한 기대와 예감으로 가벼운 흥분마저 느낀다. 우리의 목표는 성공이기 때문이다.

목표 없이는 노력도 헛된 일이다

재미있는 이야기를 소개 하고자 한다.

어느 날 농구대회가 개최되어 챔피언십을 걸고 결승전을 벌이게 되었다. 그런데 이 시합에 참가한 어느 한 팀의 선수들이 약물 복용을 한 것이다. 물론 흥분제였다.

약물을 복용한 선수들은 기분이 좋았다. 선수 대기실에서 코치는 선수들에게 훈시를 했다.

"이번이 마지막 기회이다. 이기지 못하면 다시는 기회가 없다는 것을 알아야 한다. 승패는 바로 오늘 저녁에 결정된다. 각자 최선을 다하기 바란다."

코치는 작전 계획이나 전술 지시도 하지 않고 잘 하라고 만 했다. 선수들의 사기는 충천되어 있었다. 그런데 그들이 코트 안에 들어섰을 때, 약효가 떨어졌다. 그러자 그들 눈에는 골대가 제대로 보이지 않았다. 더군다나 골대가 움직이는 것처럼 보여서 득점할 수가 없었다.

그들은 골대도 없이 어떻게 골을 넣느냐고 코치에게 화를 냈다. 자기들이 던진 공이 제대로 들어갔는지, 잘못 들어갔는지 구별할 수 없었다. 시합에 이기는 작전도 모르게 되었고, 자신들의 목표가 어디에 있는지조차 분간하지 못했다. 결국 시합에서의 패배는 예견된 결과를 낳았다.

그렇다면, 지금 당신은 목표없이 생존 경쟁에 참여하고 있지는 않은가? 만일 그런 경우라면 자신이 성공할 수 있다고 생각

인생은 한가로운 산책이 아니라 끝없는 행진이다.

하는가? 인생은 한가로운 산책이 아니라 끝없는 행진이라는 사실을 명심해야 한다.

그러므로 행진의 목표를 뚜렷하게 세워놓아야 한다. 성공하려면 아무도 가 보지 않은 길을 떠나야 한다. 커다란 절망이 기다리고 있을지라도 스스로를 선택한 길이기에 떠나야 한다. 안주하는 삶은 실패보다 두렵기 때문이다.

❖ 성공으로 가는 길

당신을 성공으로 이끄는 원동력은 바로 당신 마음 속에 잠재해 있는 힘이다. 당신이 지금은 돈이 없고 초라한 모습의 사람일지라도 불같은 욕망을 간직하고 있는 한 기회는 반드시 찾아올 것이다. 대다수의 사람들은 성공이 자신의 손아귀에 쥐어지기 바로 직전에 포기해 버린다. 이는 목적이 크든 작든 성공에 대한 시금석이다. 자기 일의 중요성에 대해서 생각하는 습관을 길러라. 그러면 불가능하게 보이는 일도 성취할 수 있다.

목표의 의미

사전에 보면 목표의 뜻은 목적 혹은 목적지로 나와 있다. 그것은 계획을 말한다. 당신이 학생이든, 회사원이든 간에 뚜렷한 목표를 가져야 바라는 소원을 성취할 수가 있다.

"목표를 가진 사원을 보여준다면, 나는 당신에게 회사를 창립한 사장을 보여주겠다. 그러나 목표가 없는 사원을 보여준다면, 나는 당신에게 영원한 말단 사원을 보여주겠다."

J.C 페니의 말이다.

당신이 무엇을 하는 사람이든, 어디에 살고 있든 간에 목표를 가져야 한다.

당신에게 산을 옮길 만한 힘이 있다고 가정하자. 뚜렷한 목표를 가지고 있지 않으면 그 힘은 나쁜 일에 사용되어 당신을 죄인으로 만들 것이다. 그러나 확고한 목표를 가지고 있다면, 당신은 그 힘을 이용하여 보다 더 큰일을 성취할 수가 있을 것이다.

세계의 최고봉인 에베레스트 산을 역사상 제일 먼저 정복한 영국의 에드먼드 힐러리 경은 자기가 에베레스트 꼭대기에 오르겠다는 목표를 정하고 등산을 시작했는데, 어느 날 산 정상에 올라 있는 자신을 발견했다고 말했다. 정확한 목표 없이는 그 어떤 것도 성취할 수가 없다는 교훈을 뜻하고 있다.

3

목표의 종류

독자에게 드리는 질문

당신에게는 어떤 목표가 있는가?

직장에서의 목표는 무엇인가?

건강 계획은 세웠는가?

저축 계획은 세웠는가?

삶을 변화시키는 목표와 계획

목표는 당신이 성취하고자 하는 목적이다. 계획은 그 목적을 달성하기 위한 구체적인 방법이다. 목표와 계획은 모두 당신의 마음속에 들어 있는 삶의 터전이다.

주위를 한 번 살펴보아라. 그 모든 것이 자연의 일부가 아니라면 한 사람의 생각에서부터 비롯된 전부이다.

우리가 활용하고 있는 컴퓨터의 시작이 이미 18세기에 헨리 밀이라고 하는 영국인의 아이디어에서 나온 것이며, 당신이 지금 읽고 있는 책 역시 마음속에 있는 아이디어로부터 표현된 결정체이다.

당신이 입고 있는 옷, 당신의 집이나 아파트, 그리고 일상생활에 필요한 생활용품 등등 모든 것들은 누군가의 생각에서 만들어진 산물들이다. 그리고 그 생각한 것들을 설계하고 만들며, 그 물건을 판매하는 일이 다른 이들의 목표로 정해진다.

모든 눈에 보이는 대상과 사물은 사람들의 마음속에 있는 목표와 계획, 아이디어에서 시작된 상품이다. 실제로 그 뜻을 이해하고 받아들인다면, 당신은 생각하지 못한 커다란 힘을 발휘하게 될 것이다.

우리는 생각을 실천한 성공자들이 모두 신념이 강한 사람들이라는 사실을 깨닫지 못하고 있다. 어떤 사물을 제대로 보지 못하므로 인간의 마음속에서 구체화된 목표와 계획에 대해서도 관심을 가질 수 없다.

삶을 변화시키는 목표와 계획은 인생의 모든 것이다.

우리의 교육제도는 학생들에게 목표를 세우고, 그 목표를 달성하기 위해 현실적인 계획을 세우는 일에 소홀히 하고 있다.

학교에서조차 그와 같이 중요한 부분을 다루지 않고 있는 현실 속에서 살고 있다. 가정에서도 마찬가지이다. 자녀교육에 관심이 많은 부모들도 자녀들에게 목표와 계획을 세우는 일에 조언을 해주고 이끌어 주는 부모는 찾아보기 힘들다.

왜냐 하면 일찍이 부모 자신들도 그런 교육을 받아본 적이 없기 때문이다.

목표를 세우고 계획을 짜는 일은 많은 사람들의 마음속에서 이루어진다. 특히 인생의 모든 면에서 '어떻게 성공할 것인가'를 배우는 일보다 더 중요한 교육은 없다. 이런 생각은 하나의 생활방식이 되어야 한다.

삶을 변화시키는 목표와 계획은 인생의 모든 것이다.

가정의 목표는 곧 삶의 목표

목표와 계획을 강조하면, 많은 사람들은 기업에서의 성공이나 과학 분야에서 성공만을 생각한다.

43세의 한 사업가는 청소년 시절부터 오로지 사업에 성공하겠다는 목표를 세우고 그것을 향해서 줄곧 달려왔다. 결국 그는 40대 초반에 큰 기업을 이끄는 총수가 되었다.

그런데 그의 가정에 문제가 생겼다. 아내와의 관계가 사업으로 인해 점차 멀어지게 된 것이다. 마침내 그의 아내는 그에게 이혼을 요구하기에 이르렀다.

하루 이십사 시간 내내 '사업 목표'만 생각하고 가정을 소홀히 하는 남편을 도저히 이해할 수 없었던 것이다.

대부분의 사람들에게는 목표와 계획이 없다. 이것은 아주 불행한 일이다. 그러나 그렇게 놀랄 필요는 없다. 왜냐 하면 목표나 계획은 우리가 삶을 살아가는 동안 소홀해질 수 있는 추상적인 것이기도 하기 때문이다.

구체적인 계획을 세워라

많은 사람들이 매일, 매주, 매월 쉬지 않고 일을 한다.

목표 역시 아주 모호하고 수동적이어서 제대로 그 기능을 다 하지 못한다. 예컨대 목표가 물질적인 것에 대해 반비례하기 때문이다.

그들은 새로운 사업, 새 상품만을 목표로 세운다. 물론 그러한 목표를 달성하기 위해서는 절대적으로 돈이 필요하다. 하지만 당신이 분명히 알아야 할 것이 있다. 그것은 물질적인 그 목적을 달성하는데 필요한 자금을 어떻게 확보하느냐에 대한 실질적인 계획이다.

또 어떤 사람은 목표는 있으면서도 잠재의식 속에서 애매모호한 환상으로 끝나곤 한다. 그들은 불가능한 계획으로 목표를 세운다. 그 예로 한 사람을 소개하겠다.

L씨는 45세까지 직장에 다니다가 46세 때 은퇴하겠다는 계획을 가지고 있었다. 그러나 은퇴한 후에 무엇을 하겠다는 목표가 없다.

46세의 은퇴, 물론 그것이 그의 목표였다. 그렇지만 그 목표는 남은 생애와의 연관성을 갖지 못했던 것이다. 만약 그의 목표대로 되었다면, 그는 자신의 계획이 막연히 이루어졌다는 사실을 깨닫게 될 것이다. 그 목표는 비현실적이므로 완전한 것이 될 수 없는 불행의 시작일 뿐이다.

의미 있는 목표와 계획

이제 의미 있는 목표 개발과 현실적으로 그 목표를 분명히 하는, 또한 그것을 달성하기 위한 구체적인 계획을 세우는 방법에 대해서 생각해 보자.

첫째 목표는 당신의 직장이 그 대상이 될 수 있다.

당신은 마음속에 여러 가지 목표를 세울 수 있다. 지금보다 더 많은 돈을 벌겠다든지, 새 아파트를 장만하겠다든지 하는 것 등이 목표가 될 수 있다. 아무튼 그 모든 목표를 성취할 수 있도록 도와주는 곳은 바로 당신의 직장이라는 점을 잊으면 안 된다.

둘째 목표는 당신이 미혼이라면 행복하고 지속적인 관계를 위지할 수 있는 상대를 선택하여 결혼해야겠다는 것을 목표로 세울 수 있다.

그러나 대부분의 사람들이 자신의 남은 여생을 멋지게 함께 보낼 상대를 어떻게 만날 것인가 하는 일보다 새 차를 선택하는데 더 많은 시간과 관심을 쏟고 있다. 안타까운 일이다.

마지막으로 목표의 대상은 친구가 될 수도 있다. 친구 이상으로 자신이 성공하기를 바라는 욕구가 있기 때문이다. 오늘날 우정은 이기적이고 파상적으로 되기 쉽다.

당신은 진실한 친구 관계를 원하고 있는가?

다섯 가지의 목표를 가져라

목표의 대상은 여러 가지이다. 당신은 일을 통해 새로운 목표를 가지기를 원한다. 지금 당신은 마음속에 어떤 목표를 가지고 있는가?

목표는 진지하게 여유를 가지고 생각해야 한다. 가정생활과 사회생활을 더욱 풍요롭게 하는 목표를 우선으로 한다.

그리고 매일 자신의 존재 가치를 생각하고 인정해 본다. 삶의 여러 가지면을 고려하여 어떻게 발전시켜 나가야 행복한 생활을 영위할 수 있는가를 생각한다. 이때 당신의 생각은 창의적이어야 하며, 누군가의 모방에서 벗어나 당신만의 꿈을 가져야 한다.

이러한 자기 모색에서 당신은 하루나 이틀, 아니면 좀 더 짧은 기간에 구체적인 계획을 세우게 될 것이다. 그 다음은 당신의 생각을 구체적인 행동으로 옮겨야 하는 아주 중요한 단계가 기다리고 있다.

모든 편견에서 벗어날 수 있도록 단 30분이라도 시간을 내어라. 그리고 당신이 해왔던 예전의 목표와 그 새로운 목표와의 조화를 위해서 몇 분의 시간을 허용하라. 이 때는 당신의 아이디어가 현실적이라든지 비현실적이라든지 그런 생각은 금물이다. 그리고 그 목표를 메모해 보라. 그런 다음 주의 깊게 검토해 본 다음 다섯 가지 정도의 목표를 선택한다.

단계적인 계획을 세운다

다음 단계는 이 다섯 가지 목표에 어떻게 도달할 것인가. 그 방법을 결정하는 일이다. 대부분의 사람들이 여기서 포기한다. 그 이유는 지나치게 큰 계획을 원했기 때문이다. 불행하게도 그들은 자동학습기의 교훈을 배우지 못한 사람들이다.

자동학습기는 아주 쉬운 질문부터 시작하도록 만들어져 있으며, 그 문제를 충분히 알기 전까지는 다음 문제로 넘어가지 않는다. 그리고 마지막에는 난해하고 까다로운 문제로 구성되어 있는데, 이는 학생들이 쉽게 이해하면서도 의혹을 가질 수 있도록 유도하기 위함이다.

자동학습기의 지도방식을 당신에게도 적용하라. 우선 당신의 목표를 글로 써본다. 그리고 목표를 여러 단계로 분리시켜서 아주 쉬운 단계로부터 차근차근 세워나가는 것이다.

만약 당신에게 약간의 진보는 있지만, 거기서 멈추어야 한다면 목표를 다시 한 번 살펴보아야 한다. 그것이 얼마나 중요한가를 생각해 보고 그 목표를 폐기시켜 버리거나 더 적합한 목표로 바꾸어라. 그리고 그 목표를 성취할 새로운 마음가짐으로 다시 시작하면 된다.

처음에는 다섯 가지의 목표를 선택한다. 이때 당신의 잠재의식이 각 단계의 계획을 실행해 나가는데 도움이 되도록 해야 한다. 당신이 당면한 문제에 의식적인 마음과 무의식이 함께 작용하게 되면서 창의성은 최대한 활동하게 될 것이다.

가장 적절한 방법을 택한다

이제 각 단계의 계획을 어떻게 유용하게 활용할 수 있는가에 대해서 알아보자.

세 개 혹은 다섯 개의 카드 위에 다섯 가지 목표를 간략하게 써 넣어라. 그리고 그 목표로 가는 각 단계를 간단히 적는다. 카드 중에 하나를 매일 마주 보는 거울에 붙여라. 두 번째 카드는 주머니나 지갑에 넣고 다녀라. 이렇게 함으로써 당신은 매일 의식적으로나 무의식적으로 각 단계를 마음속에 새기게 될 것이다.

이때 지나치게 조바심을 갖거나 서두르지 말라. 목표 달성을 위한 '가장 적절한 방법'에 따른다.

근무 시간 중에도 의식적으로 목표와 그 실행 방법을 생각해 본다. 그러면 당신의 무의식적인 마음까지도 활동하게 될 것이다. 그렇게 함으로써 당신의 무의식은 점심을 먹거나 테니스를 칠 때와 같은 예기치 않은 때 능력이 발휘될 수도 있다.

언제든지 가능한 떠오르는 모든 생각을 놓치지 않고 적어두는 습관을 생활화한다.

아이디어와 일에 대한 열정을 가져라

지금까지 주로 실제적이고 도달 가능한 목표에 관해 이야기해 왔다. 만약 장기적인 목표, 예를 들면 의사가 되고자 하는 경우, 그 목표에 도달하기 위해서는 구체적인 단계를 세울 필요가 있다.

물론 목표가 현실적이고 실제적이야 하는 것은 두말할 필요가 없다.

먼저 아이디어와 일에 각별한 열정을 가지겠다고 결심해야 한다. 그리고 목표에 전념하기 앞서 그에 대한 전문적인 평가를 받아보는 것도 큰 도움이 된다.

어떤 목표는 현실적인 것이 될 수 있다. 새로운 과학적 발견으로 회사 내에 최첨단 시설의 생산부가 조직될 가능성도 있기 때문이다. 그렇다면 이때 당신의 실제적인 목표는 전 회사를 대상으로 하기보다는 생산부 내에서 영향을 발휘하는 것이 구체적이다.

당신의 목표나 계획을 변경할 수 없는 즉, 그것을 대리석에 새겨도 좋을 만큼 고정적인 것이라고 생각하면 안 된다. 목표와 계획은 언제나 변할 수 있는 것이다. 만약 자의든 타의든 간에 변경시켜야 할 경우, 결코 실패한 것이 아니다.

목표는 자기 인생의 이상이다. 따라서 주위의 여건은 당신의 꿈을 낮추려 할 것이다. 그래서 당신의 계획 중 25% 만큼 달성될지도 모른다. 그러나 만약 당신이 그 목표를 세우지 않았다면 성공의 희망봉은 저 멀리 인생의 끝에 솟아 있다.

그것마저도 얻지 못했을 것이라는 사실을 기억해야 한다.

어떤 목표는 여러 가지로 어려움이 따르겠지만 그래도 계속 시도하고 싶을 것이다. 그러나 그 목표가 더 이상 현실적인 것이 아닐 경우, 당신은 다른 목표를 선택해야 한다.

지금의 목표가 완전한 기준이 되어서는 안 된다. 100%의 기준을 고집하면 자칫 당신은 실패자가 되기 쉽다.

야구 선수의 평균 타율을 생각해 보라. 30%의 타율로도 그들은 훌륭한 타자가 되고 있다. 당신의 목표에도 그와 같은 정도의 여유를 가져야 한다. 그러므로 당신의 목표에 100%를 고집하지 말라. 완전하다면 인간이 아닐 것이다.

지금까지 나는 많은 것들을 이야기했다. 만약 그 모두를 실행한다면, 당신은 보통 사람들보다 빨리 성공의 길을 걷게 될 것이다. 그러나 희망봉은 저 멀리 인생의 끝에 솟아있다.

목표를 철저하게 구체화하라

자기의 목표를 바늘의 끝까지 규명하는 것처럼 분명히 하라.

만일 통역사가 되고 싶다면, 어떠한 통역사가 되고 싶은지, 동시통역인지 일반 통역인지, 또 그것을 외교, 법률 분야 등등 세분화해서 목표를 한층 더 구체화하고 분명히 해서 'ㅇㅇ처럼 되고 싶다'는 인물상까지 그려라. 그리고 그것을 노트에 자세하게 써 보라.

자기가 목표 달성에 적합한지를 확인하라. 노래에 서툴면 가수가 될 수 없고, 남과 이야기하는 것이 서툴면 진행자가 될 수 없는 것처럼 목표의 조건을 확인하라. 가능한 조건을 써 보고 부족한 것을 체크해 본다.

목표를 구체화시키고 기획의 확인이 끝나면, 드디어 성공의 길로 들어서는 것이다.

4

목표가 될 수 있는 조건들

독자에게 드리는 질문

당신의 목표에는 어떤 특징이 있는가?
당신의 목표는 크고 원대한가? 그리고 실현 가능한 것인가? 당신의 목표는 단기적인 것인가, 장기적인 것인가? 당신의 목표는 매일매일 진행시킬 수 있는 구체적인 것인가? 당신의 목표는 현실적이고 타당한 것인가?
목표는 반드시 있어야 한다. 그러나 그 목표에는 다음과 같은 조건이 반드시 성립되어야 달성할 수가 있다.

목표가 될 수 있는 조건들

다음과 같은 조건이 갖추어져야 목표라고 할 수 있다.

첫째 목표는 커야 한다.

당신은 목표를 크게 설정해야 한다.

목표가 커야 효과적으로 그것을 성취할 수가 있다. 목표가 크면 기대도 크고, 기대가 큰 사람은 일도 남보다 더 많이 하게 될 것이다.

예를 들어 스포츠 경기에서 강한 상대와 싸우게 되는 선수는 보통 때보다 더 격렬한 승부가 요구된다. 골프선수, 권투선수, 육상선수, 복싱선수 등도 마찬가지다. 그러므로 목표는 커야 한다.

당신이 작은 성공에 만족하지 않고 꾸준히 최선을 다하여 목표에 도달했다는 것을 알았을 때, 이것은 당신을 고무시키고 자극시키는 삶의 원동력이 될 것이다.

당신은 인생을 보다 더 크게 볼 필요가 있고, 당신의 목표를 원대하게 가질 필요가 있다.

'작은 계획은 세우지 말라. 그것은 사람의 마음을 자극시키지 못한다.'

옛날의 어느 현자가 한 말이다. 그렇다. 목표는 크게 설정해야만 한다.

당신이 학생이든, 직장에 다니는 샐러리맨이든, 세일즈맨이든 관계없이 당신은 목표를 크게 세워야 한다.

성공은 목표를 향해 나갈 때 생기는 장애물을 어떻게 처리하느냐에 따라 좌우된다.

목표를 크게 가져야 자신을 발전적으로 변화시킬 수 있다.

'성공이란 목표를 향해 나갈 때 생기는 장애물을 어떻게 처리하느냐에 따라 좌우된다.'

'많이 요구하는 사람에게 많이 준다.'는 말은 목표를 정하는데 교훈의 기준이 되기도 한다.

둘째 목표는 장기적인 것이어야 한다.

장기적인 목표가 없다면 당신은 단기 목표에 압도당할 우려가 있다. 그 이유는 간단하다.

만일 당신에게 장기적인 목표가 없다면 일시적인 장애물은 짜증스럽게 느껴질 것이다. 가족 문제나 불행한 주위 환경으로 하여 실망과 괴로움을 겪을 것이다.

그러나 장기적인 목표가 세워져 있으면 이런 일시적인 장애물이나 사소한 문제들은 얼마든지 극복할 수 있다. 역경을 극복하고 나면 그것이 당신을 넘어지게 하는 장애물이 아니라 성공의 디딤돌이 된다는 사실을 깨닫게 될 것이기 때문이다.

장기적인 목표가 있으면 모든 해답을 다 알고 시작하지 않아도 일하면서 해답을 얻을 수 있다. 장기 목표를 세울 때, 일하기도 전에 모든 장애물을 제거하겠다는 어리석은 생각을 해서는 안 된다. 그것은 무익한 방법이기 때문이다.

아무리 계획을 잘 세운다고 할지라도 일을 하다가 보면 예기치 않았던 차질이 생긴다. 그럴 때에는 즉시 융통성을 발휘해서 위대한 사람이 될 수 있는 기회는 나이가라 폭포처럼 오는 것이 아니라 한 방울씩 떨어지는 물방울처럼 온다.

당신의 계획을 수정하면 된다.

셋째 매일매일의 목표가 있어야 한다.

그날 하루 일에 대한 목표가 없다면, 그는 공상가라고 볼 수밖에 없다. 목표를 달성하려면 매일매일 그것을 위해 일상적인 일을 해야만 되기 때문이다.

'위대한 사람이 될 수 있는 기회는 나이아가라 폭포처럼 오는 것이 아니라 한 방울씩 떨어지는 물방울처럼 온다.'

찰리 큐렌의 말이다.

꾸준히 성실하게 일하면 대성할 수 있다는 격언이다. 하루의 일에서 얻은 성취나 업적이 쌓이면 매우 큰 성공의 토대가 된다는 사실을 우리는 잘 알고 있다.

큰 목표를 일정한 기한 내에 달성하려면 매일매일의 노력이 필요하다. 당신이 하루의 목표를 달성한다면, 곧 장기적인 목표가 하나씩 둘씩 달성된다는 사실을 알 수 있게 될 것이다.

넷째 목표는 구체적인 것이어야 한다.

구체적인 목표가 없는 사람은 어떤 일을 해도 성공할 수 없으며, 가치있는 업적도 남길 수 없다. 구체적인 목표가 없는 사람은 어떤 일을 해도 제대로 해 낼 수가 없다는 말이다.

구체적인 목표란 '나는 많은 돈을 벌 것이다.'라는 식의 막연한 계획이 아니라, '나는 좋은 집, 좋은 직장을 가질 것'이라는 구체적인 목표를 세운다. 따라서 목표는 항상 구체적인 현실성

실현성 없는 목표를 세우는 것은 실패했을 때 변명하기 위한 방편이다.

이 있어야 한다.

다음과 같은 요인이 목표에 포함되어서는 곤란하다.

첫째 행운만 바라고 성취의 주인공이 당신이라는 사실을 인정하지 않는다면, 그것은 잘못 설정된 목표이다.

둘째 실현 가능성이 없는 것이라면 당신이 성공할 수 없음은 두말할 나위도 없다.

셋째 목표가 당신에게 관심이 없는 내용이거나 남을 즐겁게 하기 위한 것이라면, 당신의 인생이 실패할 것은 틀림없다.

무엇보다도 너무 크거나 실현 가능성이 없는 목표를 설정해서는 안 된다. 사람들이 크고 실현성이 없는 목표를 세우는 것은 실패했을 때 변명하기 위한 한 방편이기도 하다. 이런 경우는 실패를 위한 준비에 불과하다. 그리고 누가 보아도 불가능하게 보이는 일이기 때문에 실패해도 다른 사람들이 이해해 주기를 바라는 면이 있다.

행운만 기대하고 목표를 설정하는 것도 잘못이다. 행운보다는 노력이 중요하다. 성공한 사람들의 특징은 뚜렷한 목표를 향해서 자기의 실력을 최대로 발휘한다는 점이다.

그들은 헌신과 노력의 중요성을 알았다. 당신도 성공을 원한다면 목표를 세우고 그것을 향해서 꾸준히 나아가야 한다.

목표 설정은 이렇게 한다

목표를 설정하기에 앞서 당신의 위치를 알아야 한다. 현재 자기 자신의 위치와 환경을 분명히 깨닫지 못한 채 목표를 설정하면, 그 목표는 실현 불가능한 것이거나 허망한 꿈에 지나지 않을 것이다. 당신이 처한 현실과 위치를 분명히 안다는 것이 선결과제이다.

다음으로는 당신의 능력 범위를 알아야 한다. 능력을 아는 일을 이해하기 위해 당신이 세일즈맨이라고 가정하여 설명해 보자. 먼저 당신의 실적을 기록해 본다. 적어도 30일 동안의 생활을 스스로 기록해 보는 것이다. 그러면 당신의 능력을 평가해 볼 수 있는 기회가 주어질 것이다.

정확한 기록을 남기려면 다음 몇 가지 사실에 주의해 본다.

첫째 아침에 일어나는 시간과 잠자는 시간, 직장에 출근하는 시간을 정확히 알아야 한다.

둘째 점심시간, 커피 타임, 개인적인 전화 방문, 그밖에 사적인 일로 소비하는 시간을 알아야 한다.

이러한 부분에 대해서 정확하게 기록해 본다. 일단 이런 자세가 확립되면 개선은 쉽다.

당신은 이런 자세가 확립되어 있는가? 이것이 바로 자기를 아는 가장 확실한 방법이다. 또한 목표를 설정하기 위한 필수적인 조건이기도 하다.

체계적인 사람이 된다

첫째 당신은 사회적인 목표, 경제적인 목표, 그리고 가족에 관한 목표를 가져야 한다.

이런 목표를 달성하려면 어떻게 해야 할까?

목표 달성을 하려면 우선 메모지에 원하는 목표를 상세히 기록해야 한다. 구체적으로 언제까지 무엇을 이루겠다는 내용까지 기록할 수 있어야 한다.

둘째 당신은 중요 순서대로 목표에 대하여 순번을 정해서 그것을 적어본다. 물론 여러 가지 목표를 동시에 달성하려고 노력하는 경우도 있을 수 있다.

예를 들어서 당신은 세일즈 지도자가 되는 것이 목표이며 동시에 골프 챔피언이 목표일 수도 있다. 당신의 목표가 무엇이든간에 순서대로 목표를 달성하는 것이 중요하다는 사실을 명심해야 한다.

다음에는 목표를 달성하는데 있을 수 있는 장애물을 리스트에 적어본다. 만일 목표와 당신 사이에 장애물이 없다면 이미 목표는 달성된 것이나 다름없다.

장애물 목록을 작성한 다음에는 그것들을 극복할 수 있는 계획을 세워야 한다. 그리고 처리 시간을 작성한다. 훌륭한 경영인은 문제가 무엇인가를 알게 되면, 이미 그 문제는 절반쯤 해결한 것과 같다고 생각한다.

미래에 대한 준비

어느날 한 아기의 어머니가 될 젊은 여성이 나에게 이런 질문을 해왔다.

"목표 설정을 어떻게 하면 될까요?"

그때 나는 이렇게 대답했다.

"무엇보다도 어머니는 큰 목표를 가져야 합니다."

어머니의 목표 중의 하나는 복잡한 사회 속에서 자립할 수 있도록 아이를 잘 가르치는 일이다. 아이를 인간답게 키우는 것은 큰 목표임에 틀림없다. 어머니의 장기 목표는 자녀가 사회에 꼭 필요한 인물로 성장할 수 있도록 교육시키는 일이다. 또한 어머니는 자녀들을 정신적으로 육체적으로 건강한 사람이 되도록 가르치는 것이 목표이다.

사람은 누구나 오늘의 목표 달성을 위해서 최선을 다하면서 내일에 대한 준비를 해야 한다.

미래를 생각하라. 미래 속에 당신의 남은 인생을 생각해 보라. 오늘의 성취는 그 곳으로 가는 디딤돌이라는 사실을 명심하고 최선을 다 하라.

일단 당신이 성공으로 가는 계단을 확실히 디디고 올라간다면 분명히 정상에 오르게 될 것이다.

5

목표는 어떻게 달성되는가?

독자에게 드리는 질문

당신은 이제 목표에 대한 확신을 가졌을 것이다. 당신의 현재 위치를 파악하기 위해서 하루 일과를 상세히 구체적으로 기록하고 있는가? 목표는 세워놓았는가? 목표 달성에 일어날 장애물들을 메모해 두었는가? 당신은 목표가 달성될 수 있다고 믿고 일하는가?

당신의 목표는 허황된 것이 아닌가? 아니면 도저히 불가능한 것을 목표로 세우지 않았는가?

인간의 자동 시스템

목표 달성은 인생에서 가치있는 삶의 보답이며, 자기 성취의 표현이다.

인간의 기본적인 행동 시스템은 설계 단계에서부터 목표 추구형으로 만들어져 있다. 이러한 인간의 기본적인 부분은 마치 자동유도 미사일과 그것을 움직이게 하는 자동 조정 장치와 비슷하다.

목표를 정하면 기본적인 자동 시스템이 항상 스스로에게 반문하거나 목표와 관계되는 여건 변화를 만들어 낸다.

목표가 애매모호하거나 적당히 계획을 세운다거나 또는 현실과 너무 거리가 먼 목표를 세우면, 인간의 자동 시스템도 그 자체가 소모되어 버리거나 목표를 찾아 방황하다가 자동적으로 소멸되어 버린다.

장애물은 반드시 존재한다

그런데 목표 달성을 위한 과정에서 반갑지 않은 장애물이 나타나 방해한다. 대부분의 사람들은 장애물을 만나면 그만 포기하는 경향이 있다.

중도에서 포기하게 되면 자동시스템도 움직이지 않게 되어 다른 사람의 영향력을 받게 되거나 그의 노예가 되어 자신의 인생을 제대로 살지 못하는 낙오자로 전락한다. 그리하여 가장 적극적인 사람이 소극적인 사람으로 변한다.

이러한 사람들은 성공보다는 실패를 강조하는 바보들의 말에 귀를 기울이게 되고, 마침내 실패자의 길을 가게 된다.

실패자의 기질을 가진 사람은 '나는 할 수 없다'는 말을 어떤 일도 해 보지도 않고 입버릇처럼 나약하게 외치는 자기 변명으로 끝난다.

당신이 진정으로 목표를 달성하기를 원한다면 이런 부정적인 생각을 버리고 마음의 문을 열고 현실을 직시해야 한다. 사물을 과대평가하지도 말고 과소평가도 하지 말라.

목표 달성을 위한 연습

목표 달성을 위해서는 꾸준한 연습이 필요하다. 그것을 설명하기 위해서 하나의 예를 들겠다.

네스미드 소령은 주말마다 골프를 치러 다녔다. 그의 실력은 90타 정도였다. 그러나 그 후 7년 동안 그는 골프를 즐길 수 없었다. 그럼에도 불구하고 그가 다시 골프채를 잡았을 때는 74타를 기록하였다. 그의 신체적 조건은 7년 전보다 훨씬 못 미쳤다.

그는 높이 4.5피트, 넓이 5피트의 협소한 우리 속에서 생활했어야 했다. 월남전에 참전하였다가 월맹군에게 포로가 되어 부자유한 몸으로 7년 동안을 갇혀 있었던 것이다.

그는 포로로 구금된 기간 중 3분의 2에 해당되는 5년 동안 비좁은 우리 안에서 홀로 지냈다.

처음에는 수용소에서 탈출할 일에만 골몰하였으나 석방될 때까지 미치지 않고 살아있으려면, 어떤 뚜렷한 적극적인 태도를 취해야 되겠다는 것을 깨닫게 되었다. 그래서 그는 평소 좋아하던 골프놀이를 하기로 마음먹었다. 오직 머리 속의 상상만으로 그는 매일 전체 18홀을 완전히 끝내곤 했다. 그는 세부적인 규칙까지도 소홀히 하지 않았다.

7년 동안 하루도 빠짐없이 골프 18홀을 완전히 해냈다. 한 번도 타를 실수해 본 일이 없었으며 컵 속에 공을 넣지 못한 적도 없었다. 그야말로 완벽하게 해냈다. 정신적인 골프 연습 과정에서 소령은 매일 4시간씩을 소비했다. 그리하여 그는 정신

현재의 자신은 과거의 결과이고 미래의 자신은 현재의 결과이다.

적으로 정상 상태를 유지할 수 있었다.

무엇보다도 상상의 골프 연습으로 많은 것을 얻을 수 있었다. 그는 마음속으로 목표 달성을 연습했던 것이다.

만약 당신이 봉급 인상을 원하거나 더 좋은 점수를 바라거나, 그밖에 다른 무엇을 원한다면 매일 몇 분 동안이라도 목표가 달성되는 과정을 살펴보라. 그러면 실제로 그 목표가 달성되는 과정을 엿볼 수 있을 것이다.

이러한 정신적인 연습은 당신이 하는 일이 무엇이든 간에 목표를 달성하는데 매우 중요한 효과를 나타낸다는 사실을 확인할 수 있다.

농구 선수가 연습으로 공을 던져보는 것, 젊은 의학도가 해부학 실험실에서 시체를 가지고 수련 받는 것, 판매원이 훈련과정에서 표현력을 연습하는 것 등이 목표 달성을 위한 연습이다. 어떤 분야에서든지 이러한 연습은 실제로 긴장할 때 더 좋은 결과로 이끌어간다. 또 한 가지 중요한 사실은 목표가 달성되는 것은 시간 문제라고 믿는 확신감이다.

당신이 어떤 분야에서, 무엇을 목표로 세웠던지, 그 목표가 곧 달성될 것이라고 믿고 시작해야 한다. 더 좋은 직장을 구할 때도, 더 많은 돈을 벌려고 할 때에도 목표가 달성되는 것은 시간 문제라고 믿는 마음가짐이 무엇보다도 중요하다.

목표만 바라본다

「신약성서」에 베드로가 물 위를 걷다가 바람을 보고 그만 물에 빠졌다는 구절이 있다. 그는 자기의 목표인 예수 그리스도보다 바람을 보았기 때문에 그런 일을 당했던 것이다.

세계적으로 유명한 왕년의 권투선수 알리는 시합을 앞두고'만약 내가 이 시합에서 진다면'이라는 말은 절대로 하지 않았다고 한다. '다음에는…'이란 의미심장한 말을 했다. 그는 자신의 목표 달성은 시간 문제라는 자신감을 갖고 시합에 들어갔기 때문에 세계의 유명한 선수들을 눕히고 정상에 오를 수 있었던 것이다.

당신도 목표를 세운 다음에는 다른 것에 눈을 돌리지 말고 오로지 정상만 바라보아야 한다. 당신이 적극적으로 그 목표가 달성될 수 있다는 믿음을 갖고 목표를 계속 주시하고 추적한다면, 그 목표는 쉽게 성취된다.

목표가 보이면 달려가야 성공을 잡을 수 있다.

실천한다

어느 젊은 선원이 처음으로 배를 타고 항해를 하게 되었다. 항해 도중에 북대서양에서 거센 폭풍을 만나자 놀란 그는 황급히 돛대 위로 올라가서 성난 바다를 내려다보는 순간 용솟음치는 파도에 그만 겁을 먹었다. 젊은 선원은 공포에 질려 균형을 잃고 당황하였다. 그때 밑에 있던 고참 선원이 그를 향해 소리쳤다.

"위를 보란 말이야! 위를!"

젊은 선원은 그의 말을 듣고 위를 올려다보았다. 그러자 그는 균형을 찾을 수 있었다.

일이 안 되는 이유만 찾지 말고 일을 해낼 수 있는 방법을 찾아내어라. 그러면 목표는 모든 장애물을 뛰어넘어 손쉽게 달성할 수 있을 것이다.

목표물에 대한 이모저모를 작은 카드에 기록하는 습관을 갖는다. 잘 알아볼 수 있도록 기록해야 한다. 그리고 그것을 항상 휴대하고 다니면서 틈틈이 꺼내어 보며 숙지한다.

그러나 무엇보다도 중요한 것은 행동이다. 실행에 옮기는 행동가가 되어야 한다. 목표를 설정하고도 행동하지 않으면, 당신의 목표는 신기루에 불과할 뿐이다.

신념과 자부심 •로버트 H · 슐러

신념은 기적을 낳는다

STEP2

1

신념의 마력

독자에게 드리는 질문

이제 당신은 삶의 목표를 세웠을 것이다. 또 장기 계획과 단기 계획도 세웠을 것이다. 그렇다면 당신에게 문제가 되는 것은 무엇인가? 그렇다면 목표와 계획을 어떻게 달성하느냐가 문제일 것이다. 지금 당신에게 가장 필요한 것은 무엇이라고 생각하는가? 그것은 바로 신념이다.

성공은 자존심을 일으킨다

성공이란 훌륭한 모든 것을 뜻한다.

성공은 사람들로부터 칭찬을 받는 것, 사람들을 지도하는 위치에 서 있는 것, 일이나 사회생활에 있어서 사람들에게 존경의 대상이 되는 존재를 의미한다.

성공은 괴로움, 두려움, 욕구불만, 실패 등으로부터의 해방된 자유의 표상이다. 성공은 당신의 자존심을 높여주고 끊임없이 보다 많은 행복과 만족을 보상해 줄 것이다.

성공은 승리를 뜻한다.

인간은 누구나 성공하기를 바라고 있다. 이 세상이 줄 수 있는 최선의 것을 원하고 있다.

남에게 뒤떨어진 불행한 생활을 하고 싶은 사람은 아무도 없다. 그러기 때문에 모두 성공을 바란다.

자기는 삼류에 속하는 사람이어서 어쩔 수 없이 세상을 살고 있다고 자포자기하는 나약한 생각은 누구에게나 비참하고 자존심 상하는 삶이다. 자기 인생은 자신이 책임져야 한다는 자존심을 가질 때 성공의 문을 열 수 있다.

신앙은 태산을 움직인다

성공을 가져다주는 가장 실제적인 지혜의 몇 가지는 '신앙은 태산을 움직일 수 있다'라고 하는 성서의 구절 속에서 찾을 수 있다.

"산아! 저리 가라"고 외치는 것만으로는 산을 움직일 수 없다. 그런 일은 도저히 불가능하다.

말과 생각하는 것만으로 산을 움직일 수 있다는 것은 현실과 다르다.

그러나 신앙의 힘으로 산을 움직일 수 있다. 당신이 '나는 성공할 수 있다'라고 굳게 믿음으로써 성공을 쟁취할 수 있다는 뜻이다. 이때 신념의 기적이 현실로 나타나는 것이다.

❖ 인생의 목표

크건 작건 우리에게는 목표가 있다. 공동의 목표도 있고, 개인의 목표도 있다. '목표란 달성되기 위하여 있는 것이다.'하고 큰소리로 장담하는 사람이 있는가 하면 목표를 설정하지 않은 채 막연한 상태로 허송세월 하는 사람도 있다.

지금 우리 앞에 있는 해결해야 할 과제도 목표이고 어떤 기간까지 성취해야 할 골(Goal)도 목표이다.

공동의 목표이건, 개인의 목표이건 우선 목표를 세우는 것이 인생의 출발점이다.

신앙은 힘을 가중시킨다

신념의 힘에는 마술적인 매력도 신비적인 능력도 발휘할 수 있다.

신념은 다음과 같이 작용한다. 즉 신념은 필요한 힘, 기술, 에너지를 제공해 준다. '나는 그것을 할 수 있다'라고 믿으면, 그 방법이 저절로 나온다.

세계 각국에서는 날마다 수많은 젊은이들이 새로운 직업을 창출해 내고 있다. 그들은 어느 날 성공하여 정상의 자리에 앉기를 바라고 있으나 대부분은 정상에 이르는 데 필요한 신념을 갖추고 있지 못하다.

그러므로 쉽게 정상에 도달할 수 없다. 한편으로는 그런 높은 곳에는 오를 수 없다고 스스로 포기하고 있기 때문에 그들은 위대한 정상에 오르는 길을 발견하지 못하는 것이다.

그들의 태도는 여전히 '보통사람'으로 안주하고 있다는 사실이다.

하지만 이들 젊은이들 중에 몇몇은 자기는 성공할 수 있다고 실제로 믿고 있다.

그들은 '자기는 지금 정상에 올라가고 있다', '나는 반드시 성공한다'라는 신념을 갖고 그들은 자신의 삶에 도전한다.

신념이 성공을 가져다 준다

우주 탐험의 기본적인 요소는 우주를 지배할 수 있다는 강한 도전의 신념이다. 우주를 여행할 수 있다는 확고부동한 신념이 없었다면 과학자들은 그것을 진행할 용기도, 흥미도, 열의도 갖지 못했을 것이다.

앞으로 암을 완치할 수 있다는 신념이 궁극적으로는 암의 치료법을 발견할 것이다.

성공한 모든 사업의 배후에는 성공에 대한 확고한 신념이 존재하고 있다. 성공에 대한 신념은 성공한 사람들의 내부에 있는 기본적인 성분이다.

당신이 성공할 수 있다고 믿는다면, 진심으로 그것을 믿는다면, 당신은 반드시 그렇게 될 것이다.

항해가 시작된 배는 목적지 항구에 닻을 내리기 마련이다.

❖ 성공과 실패

인생에 있어서 성공과 실패의 갈림길은 매우 단순하고도 간단한 차이가 있다.

성공한 사람은 중요하게 생각하는데 실패한 사람은 가볍게 생각하고, 성공한 사람은 실행하는데 실패한 사람은 실행하지 않아서 생긴 결과가 그 차이점이다.

의심을 품으면 실패한다

나는 오랜 세월에 걸쳐 사업 등 여러 가지 일에 실패한 많은 사람들과 이야기를 나눌 기회가 있었다. 그리고 그들이 실패한 원인이나 형편을 들어보았는데, 공통점은 다음과 같은 내용들이었다.

"주위 사람들이 많은 조언을 했지만, 나는 그것이 도움이 된다고 믿지 않았다."

"해 보기는 하겠지만, 잘 되지 않을 것 같았다."

이와 같은 불분명한 태도는 실패를 낳을 뿐이다.

믿지 않는다는 것은 부정적인 나약함이다. 당신이 믿지 않거나 의심을 하고 있을 때 마음은 불신의 원인을 만들어 낸다.

의심과 불신 그리고 '실패할 것이다'라고 하는 잠재의식은 실패의 원인이 된다. 그러므로 의심을 품고 있으면 삶의 바다에 침몰하는 실패의 좌절을 비극적으로 받아들여야 한다.

콩 심은 데 콩 난다

신념은 당신 인생의 모든 것을 조절하는 자동온도 조절기와 같은 것이다.

훌륭한 일을 하지 못하는 평범한 사람들을 관찰해 보라. 그러한 사람들은 자기 자신이 별로 가치가 없는 존재라고 믿고 있는 까닭에 인생으로부터 하찮은 것밖에 받아들이지 못하고 있다.

그는 자신이 큰 일을 할 수 없다고 스스로를 포기하고 있기 때문에 열등감에서 벗어날 수 없다. 또 한편 그는 중요한 존재라는 믿음이 결핍되어 주위 사람들로부터 그가 하는 일은 모두 신통치 않다는 낙인이 찍히고 만다.

세월이 흐름에 따라 자신에 대한 신념의 결여는 말씨, 걸음걸이, 행위에까지 나타난다. 자기의 자동온도 조절장치를 상향 조절하지 않는 한 점점 더 위축되어 마침내는 자기 자신을 과소평가하게 된다. 이것은 무서운 자기 비하 현상이다.

당신이 끝없이 전진하기 위해서는 자신이 가치있는 존재라는 확신감을 갖고 있어야 한다. 많은 정보를 얻음으로써 큰 일을 할 수 있다는 점진적인 자세를 갖출 때 당신의 계획을 이룩할 수 있다.

당신은 성공할 수 있다는 신념을 가지고 정직하고 성실하게 정상을 향해 공격을 개시할 때 비로소 정상이 보인다.

패배를 부정한다

당신의 마음은 '사고의 공장'이다. 그 마음의 공장에서는 하루 종일 끊임없이 여러 가지 생각을 만든다. 사고의 공장에서 만들어지는 생산품은 두 책임자에 의하여 관리되고 있다.

가령 그 중에 한 사람을 '미스터 승리'이라고 부르고, 또 한 사람은 '미스터 패배'라고 부르기로 하자.

미스터 승리는 적극적인 생산을 관장한다. 어떠한 일에 대해 나는 어떤 자격이 있는가? 나는 왜 그 일에 적합한가의 원인을 밝히는데 전념하고 있다.

또 한 사람의 책임자인 미스터 패배는 소극적이고 사물을 무가치하게 하는 생각을 관장한다. 그래서 그는 왜 나는 할 수 없는가? 왜 나는 부적당한가 하는 부정적인 이유를 발견하는 일에 전념한다.

그의 전문 사고방식은 '왜 너는 실패하는가?'라는 부분이다.

하지만 미스터 승리나 미스터 패배는 둘 다 순종적이다. 그들은 조금만 신호를 보내도 곧 반응한다. 만일 그 신호가 적극적이면 미스터 승리가 한 발 앞서서 작용하기 시작한다. 반대로 소극적인 신호는 미스터 패배가 나선다.

이 두 책임자가 자신을 위해 어떤 식으로 작용하는가를 살펴보기 위해 실례를 들어보자.

당신 자신에게 '오늘은 좋지 못한 날이다.'라고 말해 보라. 그러면 그것이 미스터 패배에게 즉시 행동하라고 신호를 보내이 세상에서 가장 중요한 인물은 바로 나 자신이다.

당신이 말하는 방법이 올바른가를 증명하도록 몇 가지 사실을 내보인다.

그는 오늘은 너무 덥다든가, 비가 올 것이라는 예보에서 일이 잘 되어 가지 않을 것이라는 불분명한 사실을 암시한다.

미스터 패배는 유능해서 눈 깜짝할 사이에 당신을 자기가 뜻하는대로 점령해 버린다. 당신이 '아차!' 하고 깨달을 겨를도 없이 지옥과 같은 좋지 못한 날이 되고 만다.

반대로 '오늘은 무척 좋은 날이다.'라고 당신 자신에게 말해 보라. 미스터 승리가 즉시 행동을 개시하려고 당신 앞으로 나온다. 그는 당신에게 알릴 것이다.

'오늘은 멋진 날이다. 날씨도 좋고 생기발랄하다. 오늘은 틀림없이 일이 잘 되어갈 거다.'

그러면 좋은 날이 된다.

미스터 패배는 당신에게 실패할 것이라고 납득시키려고 하는데 반해, 미스터 승리는 왜 당신이 성공할 수 있는지를 실제로 증명하려고 한다.

그뿐 아니라, 두 책임자 중에 어느 한쪽을 많이 작용시킬수록 점점 더 강력하게 된다.

만일 미스터 패배를 부추기게 되면, 그는 마음 속에서 보다 많은 영역을 차지하여 결국은 비관적인 생각을 떠올려 모든 부분이 그에 의하여 점령당하게 되며, 사고력은 소극적으로 되어 사람은 환경에 의해 만들어 지는 것이 아니라 마음가짐이 그 사람을 만든다.

버린다.

이에 대항하는 현명한 방법은 적극적으로 미스터 패배를 추방하는 일이다.

"필요없다. 할 수 없다. 실패한다."

이와 같은 말을 반복하며 떠들고 다니는 미스터 패배는 될수록 빨리 제거해 버려야 한다.

당신은 어떠한 장소에서도 미스터 승리를 활용해야 한다. 어떠한 생각이 되었든 간에 미스터 승리에게 부탁해야 한다. 그러면 그는 어떻게 하면 성공할 수 있는가를 보여줄 것이다.

바로 여기에 성공의 첫 스텝이 있다. 그것은 승리를 향한 발걸음이다. 이것을 통과하지 않고는 앞으로 나아갈 수 없다.

첫 스텝은 다음과 같다.

'당신 자신을 믿어라. 당신 자신은 필연코 성공한다는 것을 믿어라.'

신념의 힘을 발휘하는 방법

다음에 제시한 것은 신념의 힘을 몸에 익히고 적극성을 강화하는데 필요한 방법들이다.

첫째, 성공만을 생각한다.

일을 하고 있을 때이든, 집에 있을 때이든 간에 실패를 생각하지 말고 성공만을 염두에 둔다.

곤란한 처지에 직면했을 때에도 '바보 같은 행동을 취할지도 모른다'는 생각에 빠지지 말고 '이길 수 있다'라고 생각하라.

기회가 찾아오면 '할 수 있다'라는 자신감을 갖는다. '나는 성공한다'는 기본적 사고방식으로 일관한다.

둘째, 당신 스스로를 찬양한다.

성공한 사람은 결코 슈퍼맨이 아니다. 성공은 초능력을 필요로 하는 것도 아니며, 신비로운 것도 아니다.

성공한 사람들이란 자기 자신과 자기가 하는 일에 신념을 가진 평범한 사람에 불과하다. 그렇다. 결코 당신 자신을 값싸게 팔아서는 안 된다.

세 번째, 자기 자신을 믿는다.

당신의 성공 범위는 신념의 크기에 비례한다. 당신이 작은 목표를 생각하면 작은 성공밖에 기대할 수 없다. 큰 목표를 계획하면 큰 성공이 이루어진다.

당신이 하는 일은 반드시 성공한다는 신념부터 가지고 시작하라.

성공한 사람들이란 자기가 하는 일에 신념을 가진 평범한 사람에 불과하다.

흔들리지 않는 신념, 그것은 우리의 사고를 능력의 힘으로 전환시킨다. 그리고 그것은 한계를 극복하고 자신있게 도전하는 사람으로 바꾸어 놓을 것이다.

❖ 우리는 성공으로 가는 여행자이다

- 자기 자신을 가장 먼저 생각한다.
- 자신의 장점만을 의식한다.
- 하고 싶지 않은 일은 하지 않는다.
- 싫은 소리를 하는 사람과는 상대하지 않는다.
- 자신의 일을 즐긴다.
- 성공을 이루기 위해 구체적으로 행동한다.
- 자기 자신의 가치를 믿는다.
- 스스로 생각하고 스스로 결정한다.
- 자신의 인생에서 일어나는 모든 일에 책임을 진다.
- 자기 자신은 반드시 행복해진다고 믿는다.

2

자신감을 가지고 도전하라

독자에게 드리는 질문

지금의 당신을 받아들이고 있는가?

자신을 사랑한다고 말할 수 있는가?

당신에 대한 비난을 어떻게 처리하는가?

당신은 이기적인 행동을 할 때 죄의식을 느끼는가?

다른 사람이 당신을 칭찬할 때 편안한가?

자긍심을 가지고 자신과 대화를 하고 있는가?

당신은 실패할 운명이라고 체념하지 않았는가?

신념은 개발할 수 있다

신념은 마음을 조련하는 연금술사이다. 신념이 사고력과 결합했을 때 가물가물하던 정신이 일깨워지고 새로운 정신적 가치가 형성되면서 무한한 지성이 생겨난다.

신념과 사랑과 섹스의 충동은 모든 적극적인 감정 중에서도 가장 강력하다. 이 세 가지가 혼연일체가 되면 곧 잠재의식을 일깨울 만한 확고한 생각이 일어나고 그로 말미암아 정신적 가치와 무한히 교감할 때 새로운 형태를 만들게 된다.

그러면 자기 암시의 법칙이 인간의 욕망을 육체적 또는 물질적, 금전적 가치로 전환시키는데 있어 대단히 중요하다는 사실을 알기 쉽게 설명할 필요가 있을 것 같다.

즉 신념이란 자기 암시에 의하여 잠재의식 속에서 거듭 일깨워지고 가르침을 받아 일어나는 정신 상태를 말한다.

다시 말하면, 당신의 잠재의식에 '이렇게 해야 된다'라고 거듭 명령하고 확인해 가는 과정이 신념을 자발적으로 발전시키는 유일한 방법이다. 인간이 무분별하게 범하는 범죄의 방법을 설명한다면, 더욱 뚜렷해질 것이다.

어떤 유명한 범죄학자는 '최초로 죄를 저질렀을 때는 매우 불안하게 생각하고 그로부터 벗어나려고 애쓰지만, 다시 범죄를 저지르는데 익숙해지면 그다지 고통스럽지 않게 되고 점차 그 기간이 길어지면 완전히 범죄에 젖어 죄의식조차 상실된다.'고 말하였다.

신념은 마음을 조련하는 연금술사이다.

이것은 인간의 사고에 대한 충동이 쉴새없이 잠재의식에 작용하면 새로운 형태로 나타나 고정 관념으로 정착해 버린다는 것이다.

앞서 말한 범죄학자는 '사람의 생각은 신념과 결합되며, 그것은 곧 그 사람 자체가 갖고 있는 장점과 단점이 되는 것이다.'라고 지적하고 있다.

신념과 사랑과 성에 대한 충동의 감정이 인간의 생각과 융합되면, 그것은 상상을 초월한 삶의 원동력이 된다.

❖ 불평의 모래를 아낌없이 버리자

당신의 어려운 사정을 솔직하게 글로 써 본다. 일 년 동안 계속 써서 모아 보면 틀림없이 거대한 리스트가 될 것이다. 이를 모두 고통의 문제라고 쓰여진 쓰레기통에 던져 버린 다음에 괴로움의 알맹이를 진솔하게 관찰해 보라. 그러면 어떤 중대한 사실을 발견하게 될 것이다. 일이 제대로 풀리지 않는 경우에 토로하는 불평의 씨앗이 도처에서 화합의 싹을 틔울 때 당신을 가치 있는 인간으로 가꾸어 준다. 인격의 그릇이 크면 클수록 많은 어려운 문제를 처리하여 담을 수가 있는 것이다.

신념이 있으면 불행도 극복한다

앞에서의 설명을 통해 당신은 잠재의식에 의하여 한 인간의 삶을 좌우한다는 사실을 알았을 것이다. 이것이 인간이 체험하고 있는 '행운'이나 '불행'이라고 하는 기묘한 현상을 일으키는 반응이다.

인간은 태어날 때부터 가난하다던지 실패자가 되도록 운명지어졌으며, 이미 어찌할 수 없는 숙명적인 사실이라고 얼마나 많은 사람들이 체념하고 있는가? 이러한 사람들은 부정적이고 소극적인 신념으로 끊임없이 잠재의식을 자극하여 자기 자신을 불행으로 몰아넣는 결과를 스스로 초래하고 있다.

나는 자기 암시에 의하여 잠재의식을 좋은 방향으로 전환시키는 일에 방해되는 어떠한 것도 없다는 사실을 말하고 싶다.

당신이 부정적으로 '나는 이미 틀렸다. 비운의 별자리를 타고 태어났다'고 하는 따위의 잠재의식을 갖고 있을 경우, 그것을 기만하는 방법도 필요하다.

기만이라는 말에 당신이 오해하지 않기를 바란다. '나는 이미 틀렸다. 실패자의 운명으로 태어났다'라고 하는 부정적인 생각을 품고 있는 경우, 당신은 우선 자신이 요구하고 있는 것을 이미 획득하였다는 기분으로 스스로를 일깨울 필요가 있다. 그러한 생각을 하게 되면 당신의 잠재의식도 바꾸어질 것이다.

당신의 잠재의식이 변하면 실제로 유용한 방법도 나타날 것이고, 당신의 행동을 명령할 신념, 또 당신의 욕망을 실행으로 적극적인 마음은 신념이 자리잡기에 가장 좋은 장소이다.

옮길 자신감이 몸에 배이게 된다.

당신에게 가장 중대한 일은 적극적인 감정을 불러일으켜서 '해 봐도 소용없다'는 따위의 허약하고 부정적인 감정을 깨끗이 없애버려야 한다는 점이다.

적극적인 마음은 신념이 자리잡기에 가장 좋은 장소이다. 당신의 마음속에 신념이 있으면 행동할 수 있는 잠재의식도 풍부해질 것이다.

❖ 사장은 창조의 중심이다

사장, 그는 고독한 위치에 있는 사람이다. 그 자리는 냉엄하고 쓰라린 고통이 따르는 직책을 소유한 사람이다. 24시간, 그가 겪어야 하는 스트레스와 긴장은 크게 수지 맞는 업무라고 할 수 없다. 그러나 달리 생각해 보면 그 이상 보람있고 즐거운 직무가 어디에 또 있겠는가?

신념은 생각하는 힘을 준다

오랜 세월 동안 신부나 목사, 승려들은 인간에게 신앙을 갖도록 하기 위해 끈질긴 투쟁을 해 왔다. 그것을 위해서 교리와 교조라는 무기가 사용되었다.

그러나 오늘날까지 인간에게 어떻게 해야 신념을 갖게 할 수 있는지 설명한 예는 하나도 없다. 신념은 자기 암시에 의해서 생겨난다는 사실을 아무도 모르고 있기 때문이다.

적어도 당신은 신념에 대해서 만큼은 무한히 믿어라. 무엇보다도 신념이란 당신에게 생명과 힘과 생각하는 충동을 주는 '영원한 양약'임을 기억해야 한다.

신념은 성공의 출발점이다.

신념은 모든 기적과 모든 신비의 바탕이다.

신념은 실패자에게 희망을 주는 유일한 구제자이다. 신념은 무한한 지성과 상통하는 유일한 매체이다.

신념은 인간의 한정된 정신이 만들어 내는 생각을 뒤흔들고, 정신적 자신감으로 전환시키는 요인이다.

신념은 인간이 무한하고 광대한 지성을 발휘할 수 있는 유일한 매체이며 원천이다.

신념은 이렇게 키워라

자기 암시는 마술이다. 그러면 여기서 먼저 자기 암시가 무엇이며, 또 무엇을 할 수 있을까를 중심으로 생각해 보자.

당신이 어떤 일을 되풀이하면 그것이 이루어진다는 사실을 알고 있을 것이다. 거짓말도 몇 번이고 자꾸 되풀이하는 사람은 거짓이 진실이라고 생각해 버린다. 당신의 마음을 차지하고 있는 그 생각이 당신을 지배하기 때문이다. 당신 마음속 깊은 곳에서 생각하고 있는 것이 감정과 결부되면 행동을 지배하는 원동력이 된다.

그렇다면 당신이 아주 중요한 진리를 깨달을 단계에 이르렀을 때 즉, 어떤 감정이건 간에 그것이 당신의 생각과 융합되면 그 밖의 다른 생각을 전부 흡수하는 자석과 같은 힘이 생긴다는 것이다.

신념은 한 알의 씨앗에 비유할 수 있다. 비옥한 토지에 그 씨앗을 뿌리면 싹이 돋아 성장하여 꽃이 피고 열매를 맺어 새 씨앗을 만든다.

당신의 마음속에는 지배하려는 생각과 동화하려는 생각을 끊임없이 움직이는 힘이 있다. 즉 당신에게는 아이디어, 계획, 목적 등을 주관하는 여러 가지 생각이 있지만 감정과 신념이 계획이나 아이디어를 동화시켜 하나의 생각으로 통일시켜 버린다. 그런 후 한 가지 생각만이 당신의 마음속에 있는 전부를 지배하게 된다.

당신의 최대 결함은 '자신이 없다'는 패배 의식이다.

그렇다면 최초의 출발점으로 돌아가 보자. 아이디어, 계획, 목표 등을 결정하는 씨앗은 생각을 거듭해 가는 사이에 생긴다는 새로운 사실을 알게 될 것이다.

당신의 목표를 문장으로 적어 소리 높게 읽어본다. 그것이 결국 당신의 잠재의식을 일깨워 현실적인 것으로 만드는 방법이라는 사실을 깨닫게 된다.

당신이 어떤 역경에 처해 있다면 이 방법으로 그것을 떨쳐 버리고 창조적인 생활을 할 수 있을 것이다.

당신의 최대 결함은 '자신이 없다'는 패배의식이다. 자기 암시의 원리를 간결한 문장으로 만들어 그것을 되풀이 하여 외어나간다면, 당신의 잠재력은 사건을 해결하는 신념의 무기가 될 것이다.

자신감을 갖게 해 주는 다섯 가지 공식

당신은 다음에 제시한 문장을 계속 암기하라.

첫째, 나는 인생의 최대 목표를 달성할 능력이 있다. 그러므로 나는 인내하며 끈기있게 목표가 달성될 때까지 피나는 노력을 해야 한다. 나는 약속한다. 절대로 중도에서 포기하지 않고 목표를 관철할 것을 맹세한다.

둘째, 나는 나의 마음을 지배하고 있는 생각이 실제로 움직여 행동할 것을 믿고 있다. 그러므로 나는 매일 1분씩 정신을 통일하여 내 자신이 바라고 있는 인간상을 생각하겠다. 그렇게 하여 뚜렷한 영상을 마음속에 새겨둔다.

셋째, 나는 자기 암시의 원리를 통하여 내가 마음속으로 그리고 있는 목표를 실행에 옮기면 어떻게 달성되는가를 알 수 있게 되었다. 그래서 나는 10분간씩 자신감을 얻기 위해 집중적으로 시도해 본다.

넷째, 나는 나의 인생의 주요 목표를 문장으로 명확히 쓰기 시작했다. 그 목표를 달성시키는 데 필요로 하는 자신감을 몸에 익숙하게 될 때까지 결코 중도에 체념하지 않겠다는 다짐을 한다.

다섯째, 진리와 정의에 의한 것이 아니면 어떤 부나 지위도 오래 가지 못한다는 사실을 잘 알고 있다. 그러므로 나의 큰 목표 달성에 도움이 되지 않는 작은 이익이나 부당한 이익에 욕심을 내지 않겠다.

나는 약속한다. 절대로 중도에서 포기하지 않고 목표를 관찰할 것을 맹세한다.

나는 내가 걸어가는 바른 길과 남을 협력케 할 만한 강력한 방법을 몸에 지니고 싶다. 나는 타인에게 봉사하고 그 역시도 나에게 유용하길 바란다.

나는 증오 · 선망 · 질투 · 이기심 등을 배척한다. 그것은 타인을 함정에 몰아넣고 내가 성공한다고 해도 오래 가지 못하기 때문이다. 나는 남을 믿고 나 자신을 믿는 까닭에 남도 나를 믿어줄 것이라고 확신한다.

이러한 신조를 마음으로 맹세하고 하루 한 번은 소리 높여 외어보고 그것을 행동으로 실천해 나간다면 자신감 있는 인간이 되고 성공하는 인간이 되리라 확신한다.

이 공식은 지금까지 어떤 사람도 발견하지 못한 삶의 법칙이다. 이 법칙을 무엇이라 부르던 그것은 나와 상관없다.

중요한 것은 이 법칙은 패배를 멀리 하고 가난을 물리치며 빈곤을 퇴치시키는 진리를 내포하고 있다는 점이다. 그러나 그것이 나쁜 방향으로 사용된다면 도리어 역효과가 나타날 것이 확실하다.

당신은 자기 암시를 부정적인 것에 사용해서는 안 된다. 그 이유는 모든 사고의 충동은 당신의 육체적 자산으로 되어 나타나기 때문이다.

신념은 패배를 물리친다

당신의 잠재의식은 건설적인 생각과 파괴적인 생각을 구별할 수 없다. 당신의 생각에 따라 어느 쪽으로든 결정되는 것이다.

그것은 마치 전기와 같이 바르게 쓰여지면 산업의 톱니바퀴를 돌려 인간에게 유익한 서비스를 제공하지만, 만약 악용되면 인간을 멸망케 하는 불행의 결과를 가져온다.

자기 암시도 사용방법에 따라 당신에게 성공과 행복을 가져오기도 하고 비극과 실패와 죽음의 골짜기로 한 인간의 운명을 밀어던지기도 한다.

모든 것은 당신의 잠재의식을 어떻게 움직이며 실행하도록 하느냐에 달려 있다.

만약 자신의 능력에 대해 불신하거나 의혹을 품고 있으면 자기 암시의 법칙은 불신을 당신의 마음속에 심고 그것이 행동으로까지 반영될 것이다.

돛단배를 바람 부는대로 맡기는 것처럼 자기 암시의 법칙은 생각 여하에 따라 당신을 성공시키기도 하고 파멸로 이끌기도 한다.

자기 암시의 법칙은 다음의 시 내용에 잘 표현되어 있다.

모든 성공한 사람들은 '나는 성공할 수 있다. 나는 해 낼 수 있다.'라고 생각한 사람들이다.

자기 암시의 법칙

만일 당신이 파멸한다고 생각하면
당신은 파멸한다.
당신이 어쩔 수 없다고 포기하면
아무 것도 성취하지 못한다.
당신이 이길 수 없다고 생각하면
승리의 여신은 당신에게 미소짓지 않는다.
성공은 당신의 의지에서 비롯되며
정신 상태에 의해서 결정되는 것이다.

당신의 생각이 성공을 원한다면 당신은 성공한다.

높은 지위에 오르고 싶으면 반드시 이루어진다는 신념을 가지면 된다.

인생은 언제나 강하고 약사빠른 사람편에 서 있는 것이 아니다. 모든 성공한 사람들은 '나는 성공할 수 있다. 나는 해 낼 수 있다.'라고 생각한 사람들이다.

신념은 기적을 만든다

당신의 마음속에는 목표 달성을 위한 씨앗이 잠재해 있다. 그것을 파악하고 활동케 한다면 당신은 생각지도 못한 것까지 성취하게 될 것이다.

음악의 천재가 바이올린 줄에서 신묘한 곡을 만들어 내는 것처럼 당신도 머리 속에 잠들고 있는 재능으로 목표에 도달할 수 있다.

에이브라함 링컨은 마흔 살이 넘을 때까지 계획이나 사업이 모두 실패의 연속 뿐이었다. 그의 마음과 머리 속에서 잠들고 있던 재능이 위대한 경험을 하기 전까지는 링컨이란 존재조차 희미한 위인이었다. 그런데 그가 앤 리들지란 여자를 만난 후부터 그의 재능이 눈을 떴다.

사랑은 신념과 거의 비슷한 정신 상태이며, 그만한 힘을 가지고 있다. 때로 사랑은 인간의 정신적 자산으로 매김할 수 있는 위대한 힘을 발휘한다.

필자는 큰 목표를 달성하고 성공한 많은 사람들의 사업을 분석하면서 그들 대부분은 부인의 사랑에 의하여 크게 영향을 받았음을 알 수 있었다.

당신이 신념의 힘을 알고자 원한다면 훌륭한 업적을 남긴 사람들은 연구해 보는 것도 좋은 방법이다. 우선 역사적으로 알려진 인물 중에서 첫 번째로 생각나는 사람은 예수 그리스도이다. 그는 아무리 박해를 당해도 신념에 차 있었다. 기적이라고 당신의 마음속에는 목표 달성을 위한 신념의 씨앗이 잠재해 있다.

말하는 그리스도의 가르침은 신념 이외에는 아무 것도 아니다.

그 다음은 마하트마 간디이다. 그는 돈도 없고, 집도 없고, 군대나 무기도 없이 전쟁을 치렀다. 그에게는 권력의 도구라곤 아무 것도 없었다. 그러나 그에게는 강한 신념이 있었다.

간디는 영국과의 투쟁에서 싸워야 할 힘을 신념에서 얻었다. 그는 이 신념을 통하여 2백만의 사람을 움직일 수가 있었다. 신념 외에는 그토록 강한 힘을 발휘할 수 있는 무기라곤 아무 것도 없었기 때문이다.

이 두 사람 외에도 수많은 위대한 인물이 인류 역사에 빛나고 있다. 그들은 모두 신념에 의해서 자기가 바라는 일을 성취한 성공자들이다.

신념이 없으면 성공도 없다.

오로지 신념은 잠재의식 속에 숨은 암시에 의해서 유도되고 강화될 뿐이다.

3

신념과 자신감

독자에게 드리는 질문

당신은 신념과 자신감이 없으면 어떠한 일도 이룰 수 없다는 사실을 알고 있는가?
아무리 신념이 강하고 자신감이 넘친다 하더라도, 실행이 따르지 않으면 죽은 것이나 다름없다. 당신이 진정으로 성공하여 역전의 대 드라마를 엮어내려고 한다면, 신념을 갖고 목표를 향해 진지한 노력을 해야 한다. 그렇게 하기 위해서는 무엇보다도 신념과 자신감을 가져야 하며, 그것을 강화시켜야 한다. 이제 그 비결을 알아보자.

실행이 따르는 신념을

신념은 단순히 말로만 존재하는 환상이 아니다. 그것은 확실한 힘이며 활력원이고 인생의 조력자이다. 그리고 형형색색의 삶의 조화를 끌어들이고 인간의 행동에 충동을 주는 폭발적인 영향력이다.

세계의 재벌가들은 모두 신념에서 그 힘을 얻고 있다. 신념은 성공에의 추진력이다.

신념이 없으면 목표를 향한 자신감을 갖지 못한다. 이 두 가지는 서로 양립하여 전진하는 것이다. 신념과 자신감을 갖고 일에 임하면 실패 없는 인생을 살 수 있다.

무엇인가 가치있는 목표에 정신을 집중하라. 그리고 그것을 지향하는 자기 자신을 신뢰하도록 하라. 당신과 같은 일을 하는 동료를 신뢰하라. 모든 사람의 운명을 지배하고, 모든 부정적인 생각을 떨쳐버리고, 오로지 자신감을 갖고 일을 추진하는 당신 안에 있는 '그것'을 믿도록 하라. 그렇게 하면 모든 장애물은 당신 곁을 떠날 것이다.

당신도 알고 있는 것처럼 신념은 모든 위대한 종교의 기조를 이룬다. 그것은 예수, 석가모니, 공자, 마호멧, 모세 등등 그밖에도 수많은 현인들이 되풀이 강조해 온 사상이다. 다음과 같은 한 마디의 말로 요약할 수 있다.

"당신이 그것을 믿으면 그렇게 된다!"

그러나 여기에서 당신이 항상 기억하고 있어야 될 필연적인 신념은 형형색색의 삶의 조화를 끌어들이고 인간의 행동에 충동을 주는 폭발적인 영향력이다.

진실이 있다.

그것은 확신이라든가 신념이 진실에 기초를 두고 있다고 하여도 당신이 스스로 원하고 있는 것에 대한 열정적 노력을 기울이지 않으면 무슨 일이든지 실현될 수 없다는 것이다.

가령 신념을 올바르게 써서 표면상 기적이라고 생각될 만한 일이 실현되었다고 하더라도 피나는 노력의 대가라는 사실만은 절대로 부정할 없는 일이다.

위대한 일은 모두 한 인간의 신념으로부터 출발하고 있지만, 그것은 노력에 의해서만 완성된다.

위대한 발명은 모두 신념과 아이디어 그리고, 그것을 실현하려고 하는 노력에 근거한다. 그들은 이 원리를 알고 있으며 근거를 두고 있다. 성공한 사람들의 비밀은 모두 여기에 있다.

당신의 신념을 활용하라

우리들은 누구나 '당신이 믿기만 하면 그렇게 된다'고 하는 말을 의심없이 받아드리고 '뜻이 있는 곳에 길이 있다'라고 하는 격언을 마음에 새김으로써 자신이 추구하고 있는 목표를 달성할 수 있다.

바꾸어 말한다면, 하루 24시간, 1주 7일간 그리고 1년 365일 동안 계속하여 일할 수 있는 사고력, 신념, 확신을 갖고 있어야 한다.

신념은 인공위성과 같은 속도로 당신을 데리고 간다. 신념은 언제나 사물을 끌어당기고 불신은 사물을 쫓아낸다.

당신은 신에게 드리는 기도에 대한 지식을 조금은 알고 있을 것이다. 기도란 마음으로부터 진솔하고 진정한 소원, 또는 욕망의 표현이 아니고 무엇인가?

저 위대한 그리스도는 다음과 같이 가르치고 있다.

'당신들이 무엇을 원하던 간에 기원할 때에는 그것을 받고 있다고 믿으라. 그렇게 하면 당신들은 그것을 받게 되리라.'

이 가르침 대로이다. 누구나 다 우리 자신에게 미치는 효과와 여러 가지 사건이 강렬한 욕망에 의해서 어떻게 영향 받는가를 알고 있을 것이다.

몇 세기 사이에 일어난 경제적인 변동도 자기 이득을 얻으려고 한 인간의 욕망 때문에 일어난 사건이었던 것이다. 그러나 우리는 믿지 않으면 안 된다. 신념을 갖지 않으면 안 된다.

신념을 가져라. 그러면 당신이 바라는 것은 무엇이든지 당신 것이 될 수 있다.

그렇지 않으면 우리들의 심오한 욕망(기도)은 단순하게 떠오르는 물거품에 지나지 않게 된다.

위대한 교사는 말하고 있다.

'모든 것은 믿는 사람에게 주어진다.'

신념과 신앙은 한 번 그것을 잡은 당신을 붙잡고 놓지 않는다. 그런 다음 당신 안에서 뿌리를 내리고, 이번에는 '안에서 밖으로' 작용하게 된다.

어떤 일을 굳게 믿을 때 이미 그것은 당신의 마음속에 이미 뿌리를 내린 것이다. 그리하여 당신 안에 있는 창조의 힘이 그것을 성장시킨다. 그리고 다시 외부를 향해 확산하기 시작한다.

만약 당신이 잠재의식에 부여한 이 마음의 그림을 공포나 고민 또는 의심으로 바꾸어 버리지만 않는다면 성공이 실현되는 시간이 반드시 찾아온다.

신념을 가져라. 그러면 당신이 바라는 것은 무엇이든지 당신 것이 될 수 있다.

신념의 뛰어난 힘

당신은 '신념은 현실적이 아니다. 당신이 나에게 약속한 것과 같은 일은 일어날 수 없다'라고 생각하는가?

여기 놀라운 신념의 힘이 잘 표현된 이야기가 있다.

화제의 주인공은 19세의 수병(해군)이다. 그는 항공모함에 타고 있다가 구명보트나 구명조끼 하나 없이 거센 파도에 휩쓸려 바다 한복판으로 내던져졌다.

그 때가 새벽 4시였는데, 장소는 아프리카 대륙에서 멀리 떨어져 있는 해상이었다. 그가 휩쓸려 바다 한복판에 떨어지는 순간 그는 이제 죽었다고 생각했다.

그러나 젊은 수병은 절망적인 상황에서도 용기와 살 수 있다는 신념을 잃지 않고 입고 있던 군복 하의를 벗어 그 끝을 묶고 바람을 불어넣어 임시변통의 구명대를 만들었다.

그는 점호 시간이 되면 자신이 없어진 것을 알고 수색기가 그를 찾아오리라고 생각했다. 한편 그가 타고 있던 항공모함은 정규 항로에서 벗어나서 멀리 떨어진 곳을 향해하고 있었다.

수병은 두려움을 누르고, '나는 분명히 살아서 돌아간다'라고 수없이 마음속으로 부르짖으며 절망하는 자신을 달랬다.

그러나 날이 밝고, 아침이 되고, 그리고 한나절이 지나도 비행기는 그림자도 보이지 않았다. 그의 마음은 점차 절망감으로 침통해지기 시작했다.

'하느님, 어떻게 해서든지 살려주십시오.'

당신의 신념이 강하다면 당신이 원하는 것을 실은 배가 언젠가는 눈앞에 나타날 것이다.

그는 신념을 잃지 않고 계속 기도했다.

그 날 오후 늦게 수평선 너머로 해가 떨어지고 그가 파도에 밀려 바닷가에 떨어진지 11시간이 지나서야 항공모함에서는 대원이 없어진 사실을 알았으나 그가 구출된 배는 항공모함이 아니라, 그때 그곳을 지나가던 화물선에 의해서 발견되었다.

선원들은 대양의 한복판에 사람이 떠 있는 것을 보고 놀랐다. 그러나 더욱 더 놀란 것은 망망대해에서 구명기구 하나 없이, 그것도 19세의 소년 수병이 12시간 동안이나 바다에 표류하면서 살아있다는 기적과 같은 사실이었다. 그가 생사를 초월한 악조건 속에서도 살아남은 것은 삶에 대한 투철한 신념이 있었기 때문이다.

사람의 마음은 끝이 없다. 상상의 날개를 펴 날아가는 곳에는 한계가 없다. 인간의 신념 역시 강하고 크다. 당신이 인생에서 무엇을 이루려고 한다면 '하면 된다'는 확신과 '된다고 믿으면 그대로 된다'는 것을 깨닫고 굳은 신념으로 목표를 향해 나아가야 한다.

만약 당신의 신념이 강하다면, 당신이 원하는 것을 실은 배가 언젠가는 눈앞에 나타나게 될 것이다.

세계적으로 훌륭한 업적을 남긴 사람들은 신념이 강한 사람들이었다. 그들은 자기 자신을 믿었고, 자기 안에 있는 힘을 믿었으며, 자신의 능력을 믿었다.

신념과 자신감을 가져라. 그것이 역전의 인생 드라마를 이루는 비결이다.

당신의 인생이 역전의 대 드라마를 계획하고 있다면, 더욱더 신념이 강해야 한다.

당신의 사상은 적극적이며, 기대에 차 있고, 진실한 것이 아니면 안 된다. 그렇지 않으면 당신의 신념이 당신의 내부에 잠재해 있는 창조력에 불을 붙이지 못한다.

위급한 상황에 처해 있을지라도 당신에게 확고한 신념만 있다면, 당신이 믿고 있는 신이 당신의 부르짖음에 응답해 위급한 상황에서 벗어날 수 있도록 해줄 것이다. 신념과 자신감을 가져라. 그것이 역전의 인생 드라마를 이루는 비결이다.

❖ 리더가 되기를 원하는가?

이 세상에는 두 가지 타입의 인간이 있다. 하나는 리더라고 불리 우는 사람이며, 또 하나는 그것에 따르는 사람이다. 당신은 리더가 되기를 원하는가? 아니면 리더를 따르는 사람이 되고 싶은가? 리더가 되느냐, 되지 못하느냐에 따라 보수의 차이는 커진다. 종속자가 되는 것이 결코 불명예스러운 것은 아니다. 또 언제까지나 종속자이어야만 한다는 규칙이 있는 것도 아니다. 처음부터 리더로 시작하는 것은 아니다. 리더가 된 것은 그들이 지성에 가득 찬 종속자였기 때문이다. 가장 능률적으로 리더에 따라갈 수 있는 사람은 대개의 경우 급속하게 리더로서의 재능을 개발해 갈 수 있는 사람이다.

4

삶을 변화시키는 능력

독자에게 드리는 질문

당신은 자기가 위대한 능력의 소유자임을 믿는가? 아니면 보통의 능력을 가진 사람이라고 생각하는가? 당신은 지금까지 게으르고 투쟁적인 삶의 자세를 취해 오지는 않았는가? 그것이 당신의 인생에 어떤 영향을 주었는가?

당신에게 위대한 능력이 있음을 믿는 신념

당신은 위대하고 놀라운 능력의 소유자이다. 그 능력이 적절히 활동한다면 스스로에 대한 확신을 갖게 될 것이고 마음의 혼란은 평안으로 불안은 평화로 바뀌게 될 것이다. 이러한 사실을 믿는 것이 신념이다.

이 신념의 능력을 발견하고 활동한다면 당신의 인생은 변화되고 원하는 방향으로 발전하게 될 것이다. 슬픔은 기쁨으로, 실패는 성공으로, 망설임은 확신으로, 실망은 새로운 기쁨과 의욕으로 새로운 생활이 시작될 것이다. 당신이 비록 과거에 실패한 인생을 살았을지라도 그 실패를 딛고 일어나 성공을 향해 나아갈 수 있다.

자기의 능력을 믿지 못하는 부정적인 자세로는 결단코 성공할 수 없다.

많은 사람들이 자신이 갖지 못했던 승리를 자식들을 통해 얻으려고 한다. 그러나 자기가 이루지 못한 꿈은 아이들에게도 맞지 않는다는 사실을 뒤늦게 깨닫는 순간 자기 인생의 허무함을 느낀다.

대다수의 사람들은 자신에게 인생을 변화시킬 수 있는 능력이 있다는 사실을 모르고 있으며, 그 능력을 깨닫지 못하는 불행을 자초하고 있다. 그들은 다른 사람들도 자기와 같은 방법으로 애쓰고 있다고 생각하고는 이것이 생의 전부라고 단정해 버린다.

시금석의 비밀

레이몬드 데이비스가 필자에게 들려준 이야기를 하나 소개하겠다. 이 이야기는 많은 교훈을 준다.

알렉산드리아 도서관에 불이나 모든 것이 타버렸을 때 한 권의 책만이 잿더미 속에 남아있었다. 그런데 그 책은 그렇게 귀중한 책은 아니었다.

어느 날 가난한 사람이 그 책을 샀다. 그 책에는 관심을 끄는 내용이 있었기 때문이다. 그 책의 표지는 고급용지로 되어 있었는데, 「시금석의 비밀」이라고 쓰여져 있었다.

시금석은 어떤 금속이라도 순수한 금으로 변화시킬 수 있는 조그마한 검은 빛깔의 수정이다. 그 책 속에는 조그마한 수정이 흑해에 있는데, 아주 비슷하게 보이는 수많은 자갈 중에 섞여 있다고 기록되어 있었다. 단 한 가지 다른 점은 수정은 따스하게 느껴지지만 자갈은 차갑다는 내용이다.

그래서 그 가난한 사람은 얼마 안 되는 자기 재산을 전부 팔아 경비를 마련하여 흑해로 날아가서 캠프를 쳤다. 그리고 자갈들을 하나하나 조사하기 시작했다.

그는 자갈을 집어들었다가 차가우면 물 속에 넣었다. 그렇게 하기를 3년 동안이나 계속했다.

그런데 어느 날 아침, 그는 여느 때처럼 조약돌 하나를 집어들었다. 그 돌은 따뜻하게 느껴졌다. 시금석임에 틀림없었다. 그러나 그는 돌을 습관적으로 던져 버렸다. 그 동안 바다에 돌

내일은 꿈꾸는 사람에게 강력한 힘을 준다. 오늘은 실천하는 사람의 강력한 무기이다.

을 던지는 습관이 몸에 배어 있었던 것이다. 그는 그 습관 때문에 3년 동안 고생하며 원했던 것이 주어졌는데도 무의식적으로 그 돌을 던져 버린 것이다.

그렇다. 일생동안 자신의 놀라운 능력이 여러 번 가까이 다가온다. 사실은 그 놀라운 능력이 우리 앞에 나타난 것이 한두 번이 아니다. 그럼에도 불구하고 당신은 그것을 깨닫지 못하고 타성으로 팽개쳐 버리지는 않았는가?

우리는 그 위대한 힘을 바로 알아야 한다. 그 힘은 누구나 가지고 있는 시금석이다.

❖ 열중은 성공의 힘이다

열중하게 되면 자신감이 생겨 모든 일이 가능하게 보이며, 자기가 세운 꿈을 실현할 수 있다고 믿게 해준다. 즉 목적으로 가게 하는 원동력이 되는 것이다. 그러므로 지나간 과오나 실패는 잊고 현재에 열중하면 보답을 얻는다.

자신의 능력을 깨닫지 못한 사람들

얼마 전 아프리카 원주민들에게 일어난 에피소드를 소개하고자 한다.

한 탐험가가 아프리카의 미개지로 갔다. 그는 원주민들을 위해 여러 가지 장신구를 가지고 갔는데, 그 중에는 두 개의 거울이 있었다.

그는 이 두 개의 거울을 서로 다른 나무 위에 세워놓았다. 그리고 나서 탐험 계획에 대해 일행들과 이야기를 나누고 있었다. 그때 한 원주민이 손에 창을 들고 거울 가까이 다가오는 모습이 보였다. 원주민은 거울을 들여다보았다. 그리고는 그 유리를 향해 창을 던져 산산조각을 냈다. 탐험가는 그에게로 걸어가서 왜 거울을 박살 냈는가를 물어보았다.

"그가 나를 죽이려고 했소. 그래서 내가 먼저 그를 죽인 것이오."

그 탐험가는 원주민에게 거울에 대해 설명하면서 두 번째 거울이 있는 곳으로 데리고 갔다. 그는 원주민에게 말했다.

"자, 보십시오. 거울이란 당신의 모습이 어떤가를 보기 위한 물건입니다."

그러자 원주민은 이렇게 말했다.

"나에게 가르치려고 하지 마시오."

교육을 받지 못한 사람들은 그 원주민과 같다. 그들도 인생과 투쟁하며 살아간다. 그러나 삶의 방식이 다를 뿐이다.

인생을 영위하는 기술은 하나의 목표를 정하고 거기에 힘을 집중하는 일이다.

그들은 목적 없는 적을 찾기를 은연중에 기대한다. 그들은 자신의 인생에 고난만이 계속될 것이라고 생각하고 그런 방식으로 행동한다. 그래서 그들은 자신의 놀라운 능력을 깨닫지 못하고 있다.

❖ 육체적 고통은 정신으로 치유할 수 있다

살아가노라면 고통은 피할 수 없고, 막을 방법도 없다. 하지만 마음먹기에 따라 모든 고통을 어느 정도는 조절할 수 있다. 옛날의 성인들은 일부러 고통을 찾아 맞서기도 했다. 힘을 주면 육체는 강해진다. 그러므로 정신에도 힘을 주어야 한다. 우리가 가지고 있으면서 기른 용기, 결심, 긍지 등은 무엇에 쓸 것인가? 고통이 없다면 그것들은 의미가 없다. 인간의 본성에서 가장 강력한 것은 정신력이다. 우리의 모든 힘, 육체의 힘과 정신의 힘이 한데 합쳐지면 그 강도의 힘은 어떠한 것으로도 막을 수 없다. 한 가지 일, 한 가지 문제에 전력투구하는 사람 앞에는 어떠한 장애물도 가로막지 못한다.

삶을 지배하는 힘

당신이 인생을 변화시킬 수 있는 놀라운 능력을 알지 못하는 것은 마치 뒤뜰에 다이아몬드가 묻혀 있다는 사실을 알지 못하는 것과 같다.

평범한 인생을 보내는 사람들이 대부분이고 비참한 삶을 보내는 사람도 적지 않다. 그것은 자신이 지닌 능력을 깨닫지 못하고 활용하지 않기 때문이다.

당신은 자신의 인생과 더불어 투쟁하려고 하지 말라. 당신의 삶을 다스리도록 노력하라. 우리는 이 진리를 하루라도 빨리 깨달아야 한다.

우리가 자신의 인생을 최대한으로 활용하려면 먼저 삶을 이해해야 한다.

이 놀라운 힘은 누구나 다 활용할 수가 있다. 거기에는 어떤 특별한 훈련이나 교육을 필요로 하지 않는다. 소질도 필요로 하지 않는다. 부나 명성도 필요로 하지 않는다. 그 놀라운 힘은 신분과 지위를 막론하고 태어날 때부터 소유하고 태어난다.

당신은 이 놀라운 힘을 인정하여 받아들이고 아낌없이 활용해야 한다. 그리고 하루 빨리 성공의 무대에 올라서야 한다.

선택할 수 있는 능력

모든 사람이 소유한 가장 위대하고 놀라운 힘은 바로 선택할 수 있는 능력이다.

종교에 대한 신념이 어떻든 간에 당신은 선택할 수 있는 능력을 소유하고 있다. 이런 선택과 결정을 할 수 있는 사람은 당신 자신 밖에 없다. 왜냐 하면 당신이 그것을 원했기 때문에 선택할 수 있는 능력인 것이다.

한편 그 선택이 잘못된 것이라면, 당신은 그 책임을 다른 사람에게 전가시키려고 한다. 어떤 사람은 그것을 조상의 탓으로 돌리기도 하고, 또 하늘에 책임이 있다고 회피한다.

'하늘은 스스로 돕는 자를 돕는다'라는 말을 알고 있을 것이다. 하늘은 모든 사람에게 스스로 도울 수 있는 권리를 준다. 즉 그것은 선택할 수 있는 권리를 뜻한다.

만약 당신이 음주 운전을 하다가 사고를 냈을 때, 부자가 되고 싶은데도 아직 가난을 면치 못했을 때 그 책임은 누구에게 물어야 하는가?

당신을 해치는 사람은 바로 자기 자신이다. 그것은 당신이 태어날 때부터 가지고 있는 선택의 능력을 잘못 사용했기 때문이다. 이제부터라도 선택의 능력을 바로 사용해야 할 것이다.

5

두려움과 고뇌를 극복하기 위해서는

독자에게 드리는 질문

당신에게 제1의 적은 누구인가?

당신에게 비열한 행동을 한 친구인가? 아니면 재정적으로 막대한 손실을 입힌 고향 사람인가? 당신이 그토록 사랑하던 연인을 빼앗아간 자인가? 아니면 당신의 신뢰를 배반한 자인가? 당신이 하고 싶지 않은 일을 강요하여 사표를 쓰게 한 직장 상사인가?

지금까지 열거한 사람들이 당신의 천적일 수도 있다. 그러나 당신에게 이러한 사람들보다 더 무서운 적이 있다. 그것은 바로 두려움이다. 이제 그 두려움을 물리치는 방법에 대해서 논해 보자.

두려움과 공포란 어떤 의미인가?

이 세상을 살고 있는 사람 중에서 두려움이나 공포를 느껴보지 않은 사람은 없을 것이다. 대부분의 사람들에게는 두려움을 느끼는 감정을 제2의 천성이라고도 할 수 있다.

젊었을 때 두려움을 갖는 것은 곧 '주의'를 요한다는 뜻이므로 유익한 면도 없지 않다. 그러나 사회인으로 성공을 향해 달려가는 당신은 두려움에 지배당해서는 안 된다.

당신이 갖고 있는 두려움과 공포의 대부분은 어려서부터 느껴온 본성적인 것이다. 어둠의 공포, 불안의 공포, 패배 뒤의 두려움, 이별의 아픔이 주는 두려움, 사람을 만나는 일에 대한 두려움 따위는 옛날에 있었던 경험에서 비롯된 것이다.

만약 당신이 직면해야 할 상황이나 부딪쳐야 할 사람을 피한다고 하면, 그것은 당신이 용기가 없어서가 아니라 감정을 통제하는 힘이 부족하다는 표시일 뿐이다. 공포의 영향을 받아 정신적으로나 육체적으로 상처를 받고 있는 마음의 어두운 그림에 잠재의식이 작용하여 두려움을 느끼게 되는 것이다.

'나는 내 자신이 약하다는 사실을 잘 알고 있으므로 두려움과 부딪칠 용기가 없다.'

사람들은 감당할 수 없는 대상에 대해 두려운 감정을 느끼게 되면 이렇게 말한다. 그들은 자기 마음속의 어떤 상태를 확인하고 마지막에는 그 상황을 생각만 해도 두려움을 느껴 자신을 통제하지 못한다.

두려움을 느낀다는 것은 외부로 나타난 자아와 내부에 숨어 있는 자아 사이에 균형이 잡혀 있지 않다는 표출이다.

길거리에서 교통사고의 현장을 목격하거나 피를 흘리며 싸우고 있는 광경을 보았을 때 사람들의 반응은 각각 다양하다. 더 이상 볼 수가 없어서 그 자리를 피하는 사람이 있는가 하면, 너무 놀란 나머지 어떤 행동도 할 수 없는 무기력한 상태에 빠진 사람도 있을 것이며, 사건에 적극적으로 개입하는 사람도 있을 것이다. 같은 사건에 대하여 이렇게 다양한 반응을 나타내보이는 것은 사람에 따라 자기의 감정을 제어하는 힘이 다르기 때문이다.

두려움을 느낀다는 것은 외부로 나타난 자아와 내부에 숨어 있는 자아 사이에 균형이 잡혀 있지 않다는 표출이다. 외부의 경험에 대한 적절한 적응이 아직 '진정한 당신 자신'에 의해서 행해지고 있지 않다는 심리적 현상이다. 그렇지 않다면 그러한 사건에 대한 공포심은 소멸되어 버렸을 것이다.

당신은 자신 안에서 아직 완전히 극복하지 못한 대상에 대해서만 두려움을 느낀다. 당신이 두려워하고 있는 경험이 일어나고, 그에 대한 낡은 감정이 당신의 내부에서 두려움으로 작용하도록 내버려둔다면, 그와 유사한 일이나 똑같은 상황에 처하게 되었을 때, 그에 적응하는 능력을 더욱 약화시키는 상실감에 빠질 것이다.

모든 사람이 과거의 경험에 대해서 똑같은 반응을 일으키지는 않는다. 어떤 사람은 강하게 반응하지만, 다른 사람은 전혀 느끼지 못하는 경우도 있다. 이렇게 사람에 따라 반응이 각각 다르다.

따라서 다른 사람에게는 고통스럽지 않은 일이 당신에게만 유독 두려움을 느끼게 하는 것은 감정의 조절에 달려 있다.

❖ 삶의 향기를 음미하라

조그만 침대에서 긴 여름밤을 낭비하고 나서야 인생이 얼마나 귀중한가를 깨닫고, 50대, 60대가 얼마나 빨리 다가 오고 그 모든 것을 감사히 받아들이지 못한 것을 후회하게 된다는 사실을 젊은 시절에 깨닫게 하는 방법은 없는 것 같다.

젊은 시절에 주어진 행복을 놓치지 않으려면, 모든 것을 이용하고, 모든 제안을 받아들이고, 무전여행도 해 보고, 주말을 다른 사람의 집에서 보내기도 하고, 하룻밤쯤 멋을 내기 위해 모피 코트를 빌려 입어도 보고, 파티에서 남은 과일을 싸 들고 집으로 돌아와 보기도 해야 한다. 혹시 가지고 있다면, 멋진 은장식이나 비단 혹은 보석도 모두 사용해 보아야 한다. 어느 것도 상자 속에 처박아 두거나 보관해 두지 말고 끄집어내어 놓고 마음껏 사용하는 것이 좋다.

친구도 올바르게 이용할 줄 알아야 한다. 당신의 아파트를 친구들을 불러들여 즐기는 데 사용될 수 있어야 하고, 즐거움을 얻을 수 있도록 사용되지 않은 그것은 당신이 낭비해 온 모든 것 중에서 가장 큰 낭비가 될 것이다.

두려움과 싸워야 도전할 수 있다

당신 주위에는 매일 계속적으로 해결하지 않으면 안 될 많은 문제들이 일어나고 있다. 가족의 질병, 사업의 실패나 실직, 실연 등 갖가지 일들이 따른다. 괴롭더라도 직면해야 하는 어두운 상황은 수없이 많다. 그때마다 나타나는 반응은 마음속에서 어두운 그림을 형성하고 그것이 잠재의식에 새겨져 기억의 한부분이 될 뿐만 아니라 감정의 일부가 되기도 한다.

어떤 경험이 당신의 마음속에 공포를 불러일으키면 다른 비슷한 사건이 발생했을 때에도 나타나게 된다. 그리고 공포에 들볶일 때마다 두려워하고 있었던 일이 당신을 지배하게 된다. 그 두려움은 신경조직에도 끊임없이 영향을 미치어 육체의 건강까지 파괴한다.

사람의 신체는 '감정의 연료'와 같은 조직이다.

당신은 연소되기 쉬운 신경망을 가지고 있으며, 그것이 두려움이나 공포에 반응을 나타내어 즉각 의식에 불이 붙는다.

이때 '감정의 화재'가 당신의 마음속에 짙은 연막으로 피어올라 숨이 막히고 혼란을 일으켜 위험한 상태에서 빠져나올 수 있는 출구를 찾지 못한다. 공포에 신경조직이 일시적으로 연소 되어 당신은 정상적인 기능을 발휘할 수 없게 된다.

어떤 사건에 부딪쳐서 두려움을 느꼈던 감정을 살펴보면, 당신의 신체에 독이 생겨 신경조직이 파괴되고 신체기관에 영향을 주어 해롭게 반응하는 감정의 활동을 이해할 수 있을 것이다.

우리들이 두려워해야 할 것은 두려워하는 그 마음이다.

만약 당신이 두려움으로부터 받은 과거 경험 중에 몇 가지를 회상해 보면 신체에 나타나는 반응을 기억할 것이다. 가슴의 두근거림, 숨가쁨, 식은 땀, 그밖의 여러 가지 육체적인 장애가 일어났던 일을 떠올려 볼 것이다.

이러한 두려움에 대한 반응은 신체에 영향을 주기 때문에 우리의 건강에 좋지 않다. 그러므로 두려움을 극복해야 한다.

"우리들이 두려워해야 할 것은 두려워하는 그 마음이다."

루즈벨트 대통령이 한 말이다.

두려워하는 감정은 그 대상이나 두려움 자체라는 뜻이다. 따라서 걱정하고 두려워하기보다는 직접 부딪치는 것이 훨씬 편하다. 막연하게 두려워하고 있던 상황에서 이제까지 생각하고 있었던 만큼 나쁘지도 무섭지도 않다는 사실을 깨닫게 될 것이다.

공포의 그림자를 추방한다

당신의 의식 속에 들어온 강렬한 공포의 감정은 씨앗과 같아서 싹이 트면 깊은 뿌리를 내린다.

나쁜 감정의 반응에 공포감이 확산되는 것을 막기 위해서는 제어하는 능력을 지니지 않으면 안 된다.

다음에 열거한 말을 자주 입밖에 낸다면 마음속에 두려움이나 공포의 어두운 그림을 품고 있다는 증거이다.

"언제나 두려운 생각에 빠져 있어 솔직하게 나의 의견을 말할 수 없다."

"나는 무엇을 해본다는 것에 두려움을 느낀다."

"내가 하려는 것은 무엇이든지 잘 되지 않을 것이라는 기분이 든다."

"나는 매사에 자신감이 없다."

"나에게 일어난 일을 극복할 수가 없다."

"나는 증오심이나 공포심이 생겨날 때면 내 스스로 억제할 수 있는 힘을 발휘하지 못한다."

"이제 나는 사는 것에 흥미를 잃었다. 두렵지만 않다면 죽고 싶다."

이런 말들이 당신 입에서 자신도 모르게 자주 튀어나오지 않는가? 만약 그렇다면 지금이야말로 그런 패배적인 태도를 버려야 한다.

언제나 공포는 나쁜 상태만을 끌어당기지만 용기는 그런 상

언제나 공포는 나쁜 상태만을 끌어당기지만 용기는 그런 상태를 추방시키는 힘이 있다.

태를 추방시키는 힘이 있다.

당신이 두려움의 그림자를 지우기 위해서는 제일 먼저 그런 문제와 대결하는 것이 최선이다.

한 번에 한 가지 문제씩만 대결하도록 하라. 두려움의 실체가 무엇인가를 파악하라. 자세히 관찰하면 당신이 부질없이 두려워했다는 것을 알 수 있다. 두려움이 당신의 마음을 지배하고 있을 때는 그런 감정이 올바른 것처럼 느꼈을 것이다.

그러나 지난날 가장 두려웠던 때를 회상해 보면, 그 당시 그토록 두려웠던 감정이 한낱 부질 없는 생각이었음을 느끼게 될 것이다. 만약 두려움이나 공포의 감정을 갖지 않았더라면 어떻게 대처했을 것이라는 생각도 떠오를 것이다.

그리고 나서 올바르게 대처했을 때 당신이 해야 될 말이나 행동을 기억하고 두려움을 극복하는 자신의 모습을 그려보면 새로운 용기가 솟아오를 것이다.

두려움이 느껴질 때는 마음의 그림을 지워버리고 자신에게 의식적으로 명령을 내려본다. 두려움 따위는 관심도 두지 않는다는 명령을 내린다. 그 다음에는 조금도 두려움 없이 그 상황에 대처하고 있는 그림을 마음속에 생생하게 떠올림으로써 공포의 어둠을 즉시 지워버린다.

비행기 조종사들은 이런 법칙을 응용하고 있다. 그들은 비행기가 추락한다든가, 사고가 나는 상상을 떠올리면 실제로 그와 당신이 두려움의 그림자를 지우기 위해서는 제일 먼저 고통을 주는 문제와 대결하는 것이 최선이다.

같은 비참한 결과가 일어난다는 것을 알고 비행연습 도중에 작은 불상사라도 발생하면 곧 다른 비행기로 바꾸어 타고 향로를 계속하면서 사고 당시의 일을 잊는다.

❖ 당신은 누구인가?

당신은 지식인이나 대단한 학자는 아닐지 모르지만, 그들 못지 않게 세상 일에 밝다. 숲속의 동물처럼 당신은 기민하고 민첩하며 적응력이 강하다. 당신은 세상 돌아가는 이치를 알고 있고, 올바른 상식이라는 것을 가지고 있다. 당신은 가슴 속 깊이 만족감을 느끼고 싶어할 뿐만 아니라 물질적인 축복도 받고 싶어 한다. 당신은 인생이 빈약하고 무미건조하기보다는 풍요롭기를 바라지만, 이러한 소망은 당신을 몽상가나 이상주의자와 구별해 준다. 당신이 원하는 것이 별로 댓가가 크지 않다는 빈곤한 생각이나 하면서 헛된 시간을 보내지 않는다. 당신은 자신이 원하는 인생을 위해 치르어야 할 댓가가 다름 아닌 일이라는 것을 알고 있다. 열심히 일하라. 열심히 일을 하지 않고는 좀더 나은 인생을 바랄 수 없다는 것을 잘 알고 있다. 당신은 그러한 인생을 살기 위해서는 스스로 열심히 일을 해야 한다는 목적을 인식하고 있다.

이성으로 공포를 추방시킨다

당신은 두려움과 공포감을 느낄 때 그것에 도전하도록 자신을 훈련시킬 수 있다. 그리고 두려움을 느낄 때, 당신이 해야 할 일을 완수함으로써 물리칠 수도 있다.

'고민은 근심이나 걱정을 빌린 사람의 의자이다.'

조지 워싱톤의 말이다.

'번민은 공포의 시녀이다.'

「천로역정」의 작가 존 번연은 어떤 인생보다도 험난한 가시밭길을 걸어왔다. 그러나 그는 이렇게 말했다.

"내가 절대로 고민하지 않는 날이 한 주 동안에 2일이 있다. 다시 말해 두려움이나 근심에서 해방되는 신성한 날이 있다. 그 날은 바로 어제이고, 또 하루는 내일이다."

그러나 당신에게는 바로 오늘이 근심 없는 날이 되어야 한다. 오늘이야말로 당신이 현실에 직면하지 않으면 안될 유일한 순간이기 때문이다.

오늘은 당신이 적극적으로 무엇을 해야 하는 날이다. 오늘과 내일, 어제 사이에 존재하는 아주 중요한 기회로써, 내일이 되기 전에 무엇인가를 해야만 되는 날이다.

오늘날 많은 사람들이 당신이 직면한 상황보다 더 두렵고 무서운 환경에서 그것을 극복해 내고 훌륭한 업적을 이룩했다. 당신도 능히 그렇게 할 수 있다.

어떤 두려운 상황에서도 자기 자신을 움직이는 모든 것의 고민은 근심이나 걱정을 빌린 사람의 의지이다.

'보스'로서, 그리고 모든 상황의 주인으로 생각하고 그러한 모습을 마음에 그리도록 하라.

이성은 공포를 추방할 수 있다. 이성에 호소하면 모든 공포를 능히 물리칠 수가 있다.

적극적으로 문제에 대처하라. 당신의 미래를 크게 이끌어 갈 수 있도록 용기와 신념을 가져라.

❖ 성공한 사람은 시간을 경영한다

영국의 사상가 아놀드 베네트는 아침 시간의 경영을 가능하게 하려면 이를 실행하는 사람으로부터 정신적인 충격을 받아야 한다며, 모든 것을 하루 아침에 이루려고 하지 말라는 충고를 한다. 아침을 경영하는 방법에 특별한 것은 없다. 건강한 육체와 정신을 만드는 토대를 아침에 다지는 것, 단 몇 분만이라도 자신만의 시간을 만들어 경영에 필요한 지적 소양과 전문성을 키우면서 사생활의 절도와 건강을 살려 나가는 것이다. 이러한 자세가 하루를 경영하는데 큰 자신감이 되고, 이런 아침이 모이면 달라진 자기의 인생을 발견할 수 있다는 것이다.

노 력 •오그 만디노

맡은 일에 최선을 다하라

STEP3

1

세상에 공짜는 없다

독자에게 드리는 질문

당신은 열심히 일하고 노력하는 사람이 반드시 성공한다고 믿는가?
아니면 적당히 노력하고 기회를 잘 잡는 사람이 성공한다고 믿는가?

위대한 지혜

오래 전에 어느 현명한 왕이 현자들을 한 자리에 모아놓고 "후세에 남겨 줄 수 있는 '위대한 지혜'를 다 정리하여 책에 기록하도록 하라."고 명령하였다.

현자들은 왕의 명령에 따라 오랜 세월에 걸쳐 연구에 연구를 거듭하였다.

그들이 연구한 12권의 책을 가지고 왕 앞에 나타났을 때 왕은 그 책의 양이 후세에 남겨 주기에는 너무나 방대하므로 간략하게 줄이라고 하였다.

현자들은 다시 열심히 연구한 끝에 한 권의 책으로 줄여서 왕에게 보여주었다. 그러자 왕은 그것을 더 요약하라고 명령하였다. 현자들은 한 권의 책을 몇 장으로 줄였다. 그리고 그것을 다시 한 페이지로 결국은 한 줄의 문장으로 바꾸었다. 그러자 왕은 기뻐서 어쩔 줄 몰라 하면서 이렇게 말하였다.

"세상에 있는 모든 사람들이 이것을 배우면 곧 그들의 문제가 해결될 것이다."

현자들이 후세에 물려주기 위해서 만든 '위대한 지혜'는 무엇이었을까? 그것은 바로 '세상에 공짜는 없다.'는 글이다. 그렇다. 세상에 공짜는 없다. 무엇이든지 대가를 요구한다.

성공한 사람들의 특징은 열심히 일하고 성실하다는 점이다. 그들은 일하는 것을 즐거움으로 삼았으며, 성실을 부모처럼 받들었다.

일은 모든 사실의 기초이며, 풍부한 삶의 근원이요, 생활의 뿌리이다.

당신이 성실하게 일하며 생활하는 사람이라면 어떤 고민이라도 순조롭게 해결할 수 있을 것이다.

다음의 시는 일과 성실의 가치에 대해서 잘 나타내고 있다.

음미하기를 바란다.

일은 모든 사실의 기초이며, 풍부한 삶의 근원이요, 생활의 뿌리이다.

일로 하여 사람은 발전하고 부자가 된다.
일은 돈을 저축할 수 있게 하며 행운의 기초이다.
일은 인생을 즐겁고 행복하게 만들어 주는 요소이므로
우리는 일을 사랑해야 한다.
일의 축복과 결과를 기대하는가?
그렇다면 더욱 더 일하기를 즐겨라.
일을 사랑하면 인생이 즐겁고 가치있게
그리고 풍요롭게 만들 것이다.

작가 미상의 이 글은 우리에게 일의 중요성에 대해서 잘 묘사해 주고 있다.

마음의 문을 열어라

일의 중요성을 알기 위해서는 마음의 문을 열어야 한다. 다시 말해 고정관념을 버리라는 뜻이다.

세상의 많은 학자들, 그리고 성공한 사람들이 열심히 일하라고 조언하며, 곧 일하는 사람만이 승리자가 될 수 있다고 수없이 권고한다.

그러나 많은 사람들은 이러한 말을 한 귀로 듣고 흘려보낸다. 세상에서 가장 효과적이고 아름답고 실용적인 철학이라도 당신의 허락 없이는 절대로 작동할 수가 없다. 세상에 아무리 지식이 풍부하다고 해도 그것을 이용하지 않으면 소용이 없는 것이다.

대다수의 사람들은 직장을 얻으면, 바로 그 순간부터 일의 중요성을 잊어버린다.

어느 기업인에게 회사 종업원 중에서 몇 명이나 당신을 위해서 열심히 일하느냐고 묻자, 그는 씁쓰레한 표정을 지으면서 "전체 종업원의 절반 정도가 나를 위해 일하지요."라고 대답했다고 한다.

종업원들의 절반이 일을 축복이 아니라 저주의 대상으로 생각하고 있었던 것이다. 돈이 있든 없든 간에 인간은 당연히 일을 하면서 살도록 창조된 존재임을 잊어서는 안 된다.

일의 대가가 곧 성공이다

일의 대가는 곧 성공이며, 일의 부산물이 돈이며 명예이다. 따라서 당신은 남보다 열심히 일하면 더 큰 성공을 기대할 수 있다.

분명히 장애물이 있을 것이다. 그러나 그것은 문제가 안 된다. 꾸준히 일하는 사람에게는 장애물 따위는 결코 성공의 걸림돌이 될 수 없다.

'성공하려면 당신이 무슨 일을 하고 있는지를 알아야 하며, 하고 있는 일을 사랑해야 하며, 하는 일을 믿어야 한다.'

윌 로저스의 말이다. 그는 미국 굴지의 고무제품 생산회사 회장이다.

H.M 그린버그가 미국의 18만 명 노동자를 상대로 조사해 본 결과 그들의 80%가 일에 취미를 붙이지 못했다는 결과를 발표했다. 참으로 비극적인 일이다. 이런 이유로 저조한 생산 실적과 엉터리 상품이 범람하고 있는 것이다.

나는 종종 많은 사람들이 소극적인 자세로 일하는 모습을 보아왔다. 그들은 퇴근 시간만을 기다리며 일한다. 시간 가는 줄 모르고 열심히 일하는 것이 아니다. 그들은 참으로 무엇을 위해서 사는 지 궁금할 따름이다.

승진을 원하는 사원에게

당신이 현재 소속된 직장에서 일정한 시간에 출근하고 정직하게 일과를 완수하고 기업주에게 나름대로의 충성을 하며 급여를 받는 사람이라면, 당신은 비겁한 사람이 아니다. 그런 마음으로 근무하면 직장은 계속 보장 받을 수 있을 것이다. 그러나 보다 빠른 승진은 기대할 수 없다.

당신의 기업주는 자선가가 아니라 사업을 운영하는 기업가이다. 그로부터 많은 봉급을 받기 원한다면 당신은 그를 위해 더 가치있는 직장인으로 변해야 한다. 그러기 위해서는 더 많은 노력, 더 많은 충성심, 더 많은 열정, 더 많은 시간 그리고 더 많은 책임감을 감수해야 한다.

한 마디로 말해 남보다 배로 일하면 될 것이다. 이렇게 하면 당신은 바라는 직장, 돈 그리고 승진을 기대할 수 있다.

다른 동료들 보다 많이 일하라. 그러면 놀라운 결과가 나타난다. 일찍이 봉급만큼만 일하는 사람이 대성했다는 이야기를 우리는 들어본 적이 없다. 그런 식으로는 성공할 수 없기 때문이다.

현대는 치열한 경쟁시대이다. 남에게 이익을 주지 않으면 이익을 받을 수 없다. 다시 말해 다른 사람에게 이익을 배로 주지 않으면 당신은 이익을 몇 배로 받을 수 없다. 이것이 직장인의 철칙임에도 불구하고 많은 사람들은 그렇게 생각하지 않는다. 일은 적게 하면서 승진은 빨리하기를 기대하고 있다.

치열한 경쟁시대이다. 남에게 이익을 주지 않으면 이익을 받을 수 없다.

성공하려면, 다른 동료나 직원보다 빨리 승진하려면 몇 배의 노력을 해야 한다.

일하지 않고 가만히 서 있는 사람에게는 아무도 승진의 기회를 주지 않는다.

❖ 열등감을 발견하는 방법

1) 줄을 설 때 언제나 맨 끝에 선다.
2) 식당에서 뒷자리에 앉는다.
3) 학교, 단체 회의에서 맨 마지막에 손을 든다.
4) 언제나 남의 뒤를 따라 걷는다.
5) 금방, 가끔 얼굴을 붉힌다.
6) 매우 약하게 힘 없는 악수를 한다.
7) 다른 사람과 시선이 마주 치는 것을 피한다.
8) 말소리가 작다.
9) 듣기만 하고, 그다지 말을 하지 않는다.
10) 구석을 찾아 앉으려고 한다.

스스로 창조하는 가치

당신은 자신의 인생을 위해서 열심히 일해야 한다. 보람있는 삶이 되기 위해서는 반드시 일해야 한다. 일하지 않는 사람은 아무런 업적을 남길 수 없다.

회사에 다니는 사람들에게 공통적이면서 가장 중요한 꿈은 직장에 대한 보장이다. 안전한 보장을 원하고 있다. 일과 안전문제는 밀접한 관계가 있다. 그러나 여기서 알아야 될 것은 안전 보장도 남이 주는 것이 아니라 자신이 만들어 낸 가장 확실한 결과임을 잊어서는 안된다.

국가에서 허락해 주는 보장과 개인이 자력으로 이룬 안전한 보장과는 엄청난 차이가 있다. 당신이 일하면서 추구하는 것과 다른 사람이 당신의 안전을 보장하는 것과는 다르다는 사실을 명심해야 한다.

진정한 보장은 일하는 사람만이 가질 수 있는 것이다. 그것은 남이 주는 것이 아니라 스스로 창조하는 결과물이다. 따라서 꾸준히 일하는 사람만이 안전한 보장을 받을 수 있다.

일에 대한 긍지를 가진다

오늘날의 현대인들에게 여가 시간은 생활의 필수품처럼 삶의 질을 높이고 있다. 한편 여가 시간이 증가되면서 사회 문제와 질병도 비례하여 높아졌다는 사실 또한 부인할 수 없다. 욕구불만, 신경쇠약, 이혼, 알콜 중독 그리고 각종 범죄가 과거 어느 때보다 증가된 것 또한 사실이다.

만일 사람들이 올바른 생각으로 부지런히 근면한 자세로 일을 했다면, 이런 사회적 문제들이 전 인류의 복지를 위협하는 지경에까지는 이르지 않았으리라고 생각된다.

당신이 자기가 하는 일에 긍지를 갖지 않으면 최선을 다 할 수 없다. 또한 실력을 발휘할 수도 없다.

일을 열심히 하기 위해서는 자기가 하는 일에 긍지와 자부심을 가져야 하며 보람을 느껴야 한다.

돈에는 천한 돈과 귀한 돈이 없듯이 직업에도 천한 일과 귀한 일이 없다. 일은 신성한 것이다. 따라서 당신이 하고 있는 일이 도둑질이나 사기 등과 같이 비정상적인 것만 아니라면, 그 일에 긍지를 가져야 한다.

일은 성공의 첫걸음이다

오랫동안 실직으로 놀던 사람보다 직장에서 일하는 사람이 다른 직장을 구하기가 더 쉽다. 기업주는 집안에서 빈둥거리고 있는 사람보다 현직에서 일하는 사람을 더 원하기 때문이다.

취직은 성공에 이르는 첫째 관문이다. 그러나 첫 취업은 매우 어렵다. 일단 취직이 되면 당신은 점차적으로 승진을 기대할 수 있다. 첫 관문을 통과하면 그 다음을 통과하기는 비교적 쉬운 법이다.

일도 마찬가지다. 처음 일을 시작하면 많은 어려움이 뒤따른다. 그러나 동료들과의 근무 시간이 즐겁다는 사실을 깨닫게 된다.

일을 시작하라. 시작이 절반이다. 당신이 해야 할 일이 보람 있는 일이라면, 즉시 시작하라.

일을 구하는 많은 젊은이들은 처음부터 완벽한 직장을 원한다. 대우가 좋고 장래가 보장되는 완전한 직장에 애정을 갖고 있다. 그러나 세상에는 그렇게 입에 맞는 떡은 많지 않다. 나름대로의 결점이 있게 마련이다. 따라서 처음부터 완전무결한 직장을 구하려고 한다면 무리가 뒤따를 것이다.

일도 마찬가지다. 아무리 하찮게 보이더라도 올바른 일이라고 판단되면 시작하라. 그러면 더 좋은 일을 구할 수 있는 발판을 마련하는 계기가 된다.

천리 길도 한 걸음부터 시작된다. 일단 시작하라.
시작하면 전진은 어렵지 않다.

소원 성취는 일의 부산물이다. 많은 사람들은 생활 보장, 휴가, 보너스, 퇴직금 등이 보장된 직장을 원한다. 그러나 희망을 가진 젊은이는 그토록 완벽한 직장이 아니더라도 일단 취직한다. 변화의 필요성을 알기 때문에 적응해 나가는 것이다.

일을 신성한 것으로 보는 사람은 성공할 가능성이 많지만, 완전무결한 직장을 기다리는 사람은 실패할 가능성이 높다.

일은 일단 시작해야 끝낼 수 있다. 첫째 관문을 통과해야 둘째 관문, 셋째 관문도 통과할 수 있는 것이다.

천 리 길도 한 걸음부터 시작된다. 일단 시작하라. 시작하면 전진은 어렵지 않다.

만일 어떤 일이 어렵거나 힘들 때라도 그것을 즉시 처리해야 한다. 그렇지 않고 기다리거나 주저한다면 일은 더 어렵게 보이게 될 것이고, 결국 당신은 겁이 많은 소극적인 사람이 된다. 어렵고 힘이 든 일일수록 즉시 시작하라.

인생에 기적을 일으키자

사람들이 자신의 숨겨진 잠재 능력을 깨닫지 못하고 활용하려 하지 않는다면, 그 인생은 패배자라는 각인을 짊어지고 살아야 한다.

인생에서 가장 소중한 것은 이 잠재된 능력을 끌어내기 위해 얼마나 잠재의식을 다듬고 자각하고 활용하는가이다.

그것이 바로 인생의 목적이다.

"당신이 절망과 낙담, 그리고 우울증이라는 늪에 빠진 근본적인 원인은 당신의 생각과 감정, 즉 당신의 마음가짐에 있으며, 조건이나 환경은 참고 사항에 지나지 않는다."

이와 같이 모든 문제의 근본적 원인이 자기 내부에 있다는 것을 인정하지 않는 한 인간은 자신이 만든 움막에서 영원히 나올 수 없으며 영광으로 빛나는 미래를 만날 수 없다.

영광된 미래에 도달하려면 '지금''여기''나'라는 세 가지의 핵심어를 가지고 모든 것을 믿고 생각해야 한다.

그래서 그것을 깨닫고 실천했을 때 비로소 결실 있는 내일을 손에 넣을 수 있다.

2

준비하라

독자에게 드리는 질문

당신은 세상에 공짜가 없다는 사실을 믿는가? 아니면 노력하지 않고도 일확천금을 얻을 수 있다고 생각하는가? 세상에 많은 업적을 남긴 위대한 사람들은 모두 피나는 노력을 하였다는 사실을 기억하자.

일을 시작했는가? 그 일에 보람을 느끼고 있는가? 또한 긍지와 자부심을 느끼고 있는가? 이제 그 일을 완성시켜 성공하는 방법에 대해서 연구해 보기로 하자. 인내력과 끈기 없이는 어떤 일도 완성할 수 없다는 것을 기억하자.

중단하지 말라

준비하라, 준비된 사람만이 일을 시작하면 끝낼 수 있다. 일에 대한 올바른 자세를 가져야 한다는 말이다.

일에 대한 자세의 중요성에 대해서는 발명왕 에디슨의 이야기에 잘 나타나 있다.

어느 날 에디슨과 그의 연구팀은 무엇을 발명하기 위해서 열심히 실험을 하고 있었다. 연구에 몰두하던 한 연구원이 이렇게 물었다.

"에디슨 선생님, 이번 발명을 위해서 만 번 정도는 실패를 경험한 것 같은데요…."

그러자 에디슨은 진진한 표정으로 그 연구원을 바라보면서 이렇게 말했다.

"젊은이, 내가 볼 때 그것은 만 번의 실패가 아니오. 나는 이제 효과가 있는 만 개의 방법을 알아냈다고 생각하오."

에디슨은 전등불을 발명하기 위해서 이보다 더 많은 1만 4천 번의 실험을 했다. 그는 효과가 있는 방법 한 가지를 찾기 위해서 꾸준히 효과가 없는 실험을 했던 것이다.

그러나 실패한 사람들은 일을 하다가 난관에 봉착하게 되면 중단하고 만다.

어떤 일을 할 때 중단하지 않는 한 당신은 일시적인 실패에도 불구하고 다시 일어설 것이다. 다시 말해 실패했을 때, 계획이 실패한 것이지 당신이 실패자가 아니라고 생각한다면 성한 번 실패했다고 해서 실패자가 아니다. 실패한 상태에서 계속 머물러 있으면 실패자가 된다.

공할 수 있다.

영국이 위기에 처해 있을 때 처칠은 끈기와 헌신, 분투, 노력하라고 국민에게 호소하여 위기를 극복하였던 것이다.

그리스의 유명한 데모스테네스는 웅변가가 되기 전에는 말주변이 없는 사람이었다. 그는 아버지로부터 많은 유산을 받았기 때문에 평생을 부자로 살 수 있었다. 그러나 그리스법에는 재산에 대한 권리를 대중 앞에서 상세히 설명할 수 있는 사람만이 자기의 재산을 소유할 수 있었다.

그는 말주변이 없었기 때문에 자기 재산을 모조리 잃게 될 처지에 놓이게 되었다. 그래서 그는 유명한 웅변가가 되기로 결심한 후 열심히 연습하고 노력한 끝에 세계적인 웅변가가 된 것이다.

한 번 실패했다고 해서 실패자가 아니다. 그러나 실패한 상태에서 계속 머물러 있으면 실패자가 된다.

준비된 사람만이 성공의 기회를 발견한다

성공한 사람들 중에 실패를 경험하지 않은 사람은 한 사람도 없다. 최선의 노력을 하였는데도 실패하였다면 절대로 포기할 필요가 없다. 다른 계획을 세워서 시작하라.

두 번의 큰 실패에도 불구하고 미국의 대통령이 된 헨리 S.트루만의 이야기를 소개하겠다.

그는 석유업에 종사하다가 실패하자 자기 주식을 친구에게 팔았다. 그 후 회사는 번창했다. 트루만은 다시 피복업에 종사했으나 전번보다도 더 참담한 실패를 맛보았다. 그러나 그는 실망하지 않고 정치에 투신하여 마침내 미국의 대통령이 되었다. 그는 실패를 했을 때, 그것은 하나의 계획이 실패한 것이지 자기가 실패한 것이 아니라고 생각했던 것이다.

끈기와 용기를 가진 사람은 일시적인 실패에도 불구하고 계속 발전할 수가 있다. 치열한 삶의 현장에서 계속 일하고 노력하는 사람을 막을 방법은 없다.

준비된 사람만이 성공의 기회를 발견할 수가 있다. 준비된 사람이란 어떤 일이 있어도 끈기로 밀고 나가는 사람을 말한다. 오늘을 준비한 사람만이 내일을 기대할 수 있는 것이다.

'이 세상에 끈기보다 강한 것은 없다. 재능도 그것을 이기지 못한다. 이 세상에는 재능을 가지고도 성공치 못한 사람들이 많기 때문이다. 천재도 끈기 있는 사람을 이길 수 없다. 성공과 실패를 좌우하는 것은 끈기와 결단, 그리고 남보다 더

열심히 일하는 것이다.'

켈빈 클리저의 말이다. 명심해야 할 격언이다.

❖ 기업가의 신조

1986년 미국 기업가 협회는 기업가의 신조를 발표하였다. 이는 기업 활동에 참여하고자 하는 모든 사람들에게 용기있는 선언문이다.

"나는 평범한 사람이 되는 것을 거부한다. 나의 능력에 따라 비범한 사람이 되는 것은 나의 권리이다. 나는 안정보다는 기회를 택한다. 나는 계산된 위험을 단행할 것이고 꿈꾸는 것을 실천하고 건설하며 또 성공하고 실패하기를 원한다. 나는 보장된 삶에의 도전을 선택한다. 나는 유토피아의 생기 없는 고요함이 아니라 성취의 전율을 원한다. 나는 어떤 권력자 앞에서도 굴복하지 않을 것이며, 어떤 위협에도 굽히지 않을 것이다. 자랑스럽고 두려움 없이 꿋꿋하게 몸을 세우고 서는 것, 스스로 생각하고 행동하는 것, 내가 창조한 결과를 만끽하는 것, 그리고 세상을 향해 하느님의 도움으로 내가 이 일을 달성했다. 이것이 기업가라고 힘차게 말할 수 있는 것이다."

장애물을 극복할 수 있는 끈기

인생을 살다 보면 때때로 피곤을 느끼고 실망하고 좌절하는 경우가 있다.

심리학자 윌리엄 제임스에 의하면, 우리에게는 두 번, 세 번이 아니라 일곱 번이라도 다시 도전할 잠재력이 있다고 한다. 그러나 당신이 그 잠재력을 활용하지 않는다면 쓸모가 없는 것이 된다.

세계적으로 유명한 첼로 연주자는 성공한 음악가가 된 후에도 하루에 열정적으로 16시간씩 연습을 했다고 한다. 주위 사람들이 그에게 왜 그렇게 열심히 하느냐고 묻자, 그는 이렇게 대답했다.

"계속 꾸준히 노력해야만 발전할 수 있다고 생각하기 때문이지요. 노력 없이는 아름다운 음악도 만들어지지 않아요."

성공할 수 있는 기회가 당신을 찾아오도록 기다리는 사람이 되지 말고 기회를 창조하는 사람이 되어야 한다.

쇠는 뜨거울 때 두드리라는 말이 있다. 그러나 두드릴 수 있도록 쇠를 뜨겁게 만드는 사람이 성공하는 사람이다.

끈기와 노력은 매우 중요한 과정이다. 당신이 끈기있게 열심히 노력하면서 스스로 재능을 개발한다면 분명히 성공할 것이다. 노력하지 않고 기회만 엿보는 삶은 파멸이란 운명을 만날 뿐이다.

펌프의 교훈

나는 강연할 때마다 물 펌프에 관한 이야기를 즐겨 말한다. 내가 이 이야기를 특별히 주장하는 것은 자유의 본질을 잘 표현해 주는 내용이며, 더 나아가서는 인생의 교훈을 비유한 이야기이기 때문이다.

이제 그 펌프 이야기를 독자에게 들려주겠다.

10여 년 전에 나와 절친한 두 친구는 차를 타고 남알라버마의 산중턱을 올라가고 있었다. 때는 무더운 8월이었다. 그들은 몹시 목이 말랐다.

그래서 그들은 폐허가 된 농가 근처에 차를 세웠다. 급히 뛰어내려 우물이 있는 곳으로 달려가 펌프질을 했다. 아무리 펌프질을 해도 물이 나오지 않았다.

그러자 옆에 있는 친구에게 세숫대야를 가지고 부근의 냇가에서 물을 떠오라고 하였다. 그 친구가 의아한 얼굴로 바라보자 펌프 손잡이를 잡고 있던 친구가 "펌프에 물을 부어야 물이 나온다."고 말했다.

인생도 마찬가지이다. 다른 사람으로부터 무엇을 얻으려고 하면, 당신이 먼저 무엇을 그에게 주어야 한다.

일을 해야 돈을 받을 수 있다. 당신이 대가를 지불해야만 대성할 수 있다. 그러나 많은 사람들은 그런 노력과 대가를 지불하지 않으려고 한다. 어떻게 손쉽게 얻을 수 있는 방법이 없을까를 궁리할 뿐이다. 그리고 다른 사람이 먼저 자기 자신을 승

> 당신의 인생 속에 대가를 집어 넣어야 그 속에서 무엇을 캐 낼 수 있다.

진시켜 주거나 대우를 해주어야만 그만한 노력을 하겠다고 생각한다.

농부는 이른 봄에 밭이나 논에 씨앗을 뿌려야 가을에 추수를 할 수 있다. 무엇보다도 추수하기 전에 많은 노력을 해야 결과를 기대할 수 있다.

학생도 예외는 아니다. 지식과 졸업장을 얻기 전에 열심히 공부를 해야 하는 책임과 의무가 있다.

사무관리나 책임자가 되려는 사원은 잡다한 많은 일을 처리해야 한다. 앞으로 사장이 되려는 중견간부는 남보다 배로 일해야 할 것이다.

보상의 법칙에 의해 당신의 인생 속에 대가를 집어넣어야 그 속에서 무엇을 캐낼 수 있다는 사실을 명심해야 한다.

❖ 꿈꾸는 사람과 실천하는 사람

실천하는 사람은 꿈꾸는 사람보다 더 큰 성공을 거둔다. 실천하는 사람은 목표를 세우고 끊임없이 노력하지만 꿈꾸는 사람은 목표를 향해 출발하지도 못하고 쉽게 포기한다. 실천하는 사람은 스스로 자기 삶을 변화시킬 능력을 갖추고 있다. 실천하는 사람은 자기 목표를 달성한다. 그러나 꿈꾸는 사람은 그런 것을 꿈꾸기만 한다.

중단하는 자는 실패자다

다시 펌프 이야기로 돌아가자. 얼마동안 펌프질을 계속 해도 물이 나오지 않았다. 그러자 물을 길어 온 친구는 더 이상 이 펌프에서는 물이 나오지 않는다고 판단하고 중단할 것을 요구했다.

그때 펌프질을 하던 친구가 이렇게 말했다.

"지금 중단해서는 안 된다. 만일 펌프질을 중단한다면 올라오던 물이 다시 우물 속으로 내려간다. 그러면 우리는 처음부터 다시 시작해야 돼."

그렇다. 인생 역시 중단하면 실패한다. 중단하는 자는 승리자가 될 수 없다.

사람은 누구나 중도에 포기하고 싶을 때가 있다. 왜냐 하면 우물에 물이 없는 것처럼 보이기 때문이다. 이런 때일수록 당신은 더 분투 노력해야 한다.

한 번 더 시도하라

밖에서 보아서는 펌프질을 얼마나 더 해야 물이 나올 수 있는지 판단할 수 없다. 인생이라는 게임에서도 지금 하고 있는 이 일이 실패로 끝날 지 1주일 후에 어떤 새로운 변화가 일어날지 알 수 없기 때문이다.

그러나 당신이 무엇을 하든지 간에 열심히 끈기있게 노력한다면, 조만간 노력의 대가가 찾아올 것이다. 한 번 물이 나오기 시작하면 계속 펌프질만 하면 충분히 쓸 만큼의 물이 나온다는 우리는 이 펌프 이야기가 시사하는 메시지를 이해할 수 있을 것이다. 무엇을 하든, 무슨 일을 하던 지구력과 끈기를 가지고 꾸준히 노력하면 성공의 문이 열린다는 뜻이다. 당신이 학생이든, 회사원이든, 아니면 세일즈맨이든 한 번 물줄기를 얻으면 그 때부터 적은 노력으로도 그것을 유지할 수가 있다.

나는 펌프 이야기가 인생을 비유하는 교훈이라고 생각한다. 이 이야기가 주는 믿음은 연령과 종교, 인종에 관계없이 모든 인류에게 해당된다고 믿고 있다.

당신이 정상을 향해서 달려갈 때, 이 펌프의 이야기가 예시하고 있는 메시지를 기억하기 바란다. 아무리 힘이 들더라도 물이 나올 때까지 계속하여야 한다. 그러면 결과는 기대한 것 이상으로 나타날 것이다.

3

한 가지 일에 몰두하라

독자에게 드리는 질문

지금 당신은 열심히 노력하고 있는가? 그럼에도 불구하고 당신이 원하는 것을 소유하지 못하고 있는가?
열심히 일한다고 하는 것은 매주 40~50시간 동안 일하고 휴일이면 집에서 쉬는 정도를 의미한다.
성공한 사람들은 매주 70~80시간 또는 그 이상으로 노력하고 일에 애착을 가진다. 그리고 다른 사람이 불가능하다고 생각하는 목표를 향해 끊임없이 노력한다.
이것이 바로 한 가지 일에 전념하는 이유이다. 독자들은 이 글을 통해서 전념의 비결을 배우기 바란다.

목표에 전념한다

당신은 성공을 위해 열심히 노력하고 있는가? 당신이 목표에 쏟는 시간과 에너지에 대한 불만은 없는가?

대그룹의 경영진을 상대로 조사한 어느 보고서에 의하면, 그들은 자신의 능력을 최고로 발휘하는 욕구가 보통 사람들보다도 월등히 강했으며, 또한 일에 전념하는 특성이 어느 누구보다도 뛰어났다는 점이다.

그들은 매주 60~80시간씩 일하는 것이 보통이고, 때로는 100시간씩 일한다. 그들은 자신이 하고 있는 일이 성공할 것을 확신하기 때문에 더욱 더 몰두할 수 있는 것이다.

완전한 전념, 그것은 성공자의 공통분모이다. 그 중요성은 아무리 강조해도 지나치지 않을 것이다.

❖ 큰 욕망이 큰 성공을 가져온다

모든 목표에 대한 관찰을 위한 출발의 발판은 욕망이다. 이 점을 언제나 마음 속에 간직해 두고 성공의 불을 지펴야 한다. 조그만 불을 지피고 있으면 극히 소량의 열밖에 얻을 수 없는 것과 같이 욕망이 작으면 얻어지는 결과도 작을 수밖에 없다. 자신이 끈기가 없다는 사실을 깨달았다면, 그 약점을 욕망이라는 불로 일으켜 크게 타오르게 함으로써 바로 잡을 수 있다.

왕성한 의욕과 강인한 정신력

성공한 사람들은 왕성한 의욕과 강인한 정신력, 그리고 탁월한 건강을 지니고 있었다.

정상에 오르려면 힘이 필요하다. 그것은 에베레스트의 정상이든 기업에서의 정상이든 상관이 없다. 열심히 오르다가 보면 빨리 피곤해지기 쉽고 에너지가 소모된다. 이러한 사람들은 목표를 재검토할 필요가 있다.

선천적으로 체질이 약한 사람은 큰 기업의 회장이 되기보다 조그마한 사업의 책임자가 되고자 노력해야 한다. 물론 그 작은 목표도 보람되고 만족스러울 수 있다. 작은 사업의 성공에서 만족을 느끼는 사람은 보다 풍요로운 생활도 누릴 수 있다. 왜냐하면 평범한 행복을 원하기 때문이다.

그러나 힘이 있고 야심을 가진 사람들은 작은 것에 만족하지 않으며 목표를 향해 전력하는 것을 희생으로 생각하지 않는다. 오히려 그런 일을 성취했다는 것에 긍지와 행복감을 느낀다.

보통 사람들의 눈에는 철저히 전념하는 그들이 정신병자로 보이기까지 할 것이다. 일의 노예라고 혹평까지 한다. 그러나 그들은 자신이 원하는 일을 하고, 그 일에 애착을 느끼고 전념할 뿐이다. 그들은 성공하려고 노력하는 사람들이다. 그들은 항상 다른 사람들보다 더 높이 오르려고 한다. 그들이 원하는 권력이나 명성은 그들에게 '넘치는 기쁨'이 된다.

일에 기쁨을 느껴라

그러면 '넘치는 기쁨'이란 무엇을 의미하는가?

'일에 완전히 전념하고 몰두할 때 나타나는 감정'이라고 말한다. 당신이 하는 일에 기쁨을 느낄 때, 그 일에 대한 노력은 누구의 지시 없이도 계속된다.

서두르지도 않는다. 주위에 대해 어떤 신경 쓰지도 않는다. 순간 순간 모든 일이 물 흐르듯 흘러간다. 미래에 대해서도 걱정하지 않는다. 당신과 일 사이에 어떤 장벽이나 구별이 없이 그야말로 일체가 되는 것이다.

이러한 상태가 계속 유지되면 당신은 더욱 여유를 갖게 되고 정력적이고 새로운 의욕을 느낀다. 당신의 집중력은 배가된다.

당신은 일이 자신의 세계를 지배하고 있다는 강렬한 열정을 느끼게 된다. 그리고 그러한 경지에서 당신은 행복감을 맛본다.

여기에서 다시 한 번 강조하고 싶은 것은 도전할 만한 가치가 있는 일에 최대한의 힘으로 노력하라는 것이다. 그리고 그 일은 당신이 해낼 수 있는 것이라야 한다. 그러면 어제보다 오늘 더 훌륭하게 일을 하고 있다는 사실을 깨닫게 될 것이다.

어떤 일에 대한 집중력은 단시간에 이루어지지 않는다. 만일 당신이 주위의 산만한 장애물에 사로잡히게 되면 집중은 불가능하다. 하지만 당신은 효과적으로 자신을 다스릴 수 있다. 그 때는 그 일에 기쁨을 가지고 몰두할 수 있게 될 것이다.

먼저 과거에는 어떤 일에 몰두했었는가를 기억해 보라. 거기

완전하게 집중하는 일이 바로 성공할 수 있는 최선의 방법이다.

에 누구나 다 적용할 수 있는 공통적인 요소가 있음을 발견한다. 그런 요소를 깨닫게 되면 당신은 지금 하고 있는 일에 즐거움을 가지고 전념할 수 있을 것이다.

누구든지 늘 집중된 상태에 머물러 있을 수는 없다. 또 그렇게 쉽게 그런 일이 있어서도 안 된다. 아무튼 그러한 집중으로부터 얻어지는 쾌감은 얼마동안 지속되기 마련이다.

어떤 일에 몰두한다는 것은 꼭 일에만 한정되는 것은 아니며, 집중력이 필요한 것에는 모두 적용할 수 있다. 그것은 어떤 것에 완전히 전념함으로써 얻어지는 황홀감, 즉 도취감의 상태이다.

간혹 집중력은 스트레스를 일으키는데, 모든 신경이 극도로 예민해져 있기 때문이다. 그러나 그 정도는 오히려 유익할 수도 있다.

연구에 의하면 성공한 사람들은 우선 건강이 실패자나 보통 사람들 보다 탁월해야 한다는 것을 염두에 두어야 한다.

긍정적인 스트레스도 있다

흔히 스트레스하면 어떤 질병을 연상하게 되고 심신이 쇠약해지는 것으로 생각하지만, 오히려 건강을 위한 긍정적인 요소도 있다. 물론 신경쇠약을 가져다주는 스트레스도 있긴 하지만.

성공자들은 어떤 일에 직면하여 느끼는 스트레스를 오히려 보람으로 느낀다. 그들은 '능히 이겨낼 수 있는 위험'에서 오히려 매력을 느낀다. 그래서 그러한 일을 즐겨 찾는다. 그들에게는 에너지가 넘쳐 흐르기 때문이다.

그들이 적극적으로 활동할 때는 에너지가 넘쳐 흐른다. 적극적으로 활동할 때, 더욱 생기를 느낀다.

적극적인 사람은 수동적인 사람보다 훨씬 머리 회전이 빠르다. 적극적인 사람은 보통 사람의 신체보다 더 활기차다. 따라서 스트레스조차도 유익하게 활동해 이용한다. 그리고 어떤 변화가 있을 경우 그것을 유익하게 만들어 버린다. 물론 스트레스가 너무 지나치면 위험함은 당연하다.

집중력 역시 도가 지나치면 적신호일 수 있다. 그러나 그것을 걱정할 필요는 없다. 당신의 신체는 스스로를 보호할 능력이 있기 때문이다. 불건전한 스트레스를 일으킬 만큼 비합리적인 집중력에 빠지지 않는 자제력이 있기 때문이다.

철저하게 몰두하라

완전한 헌신은 꼭 열심히 일하는 것만을 의미하지 않는다. 그것은 일에 대한 전념을 말한다.

만약 당신이 생활에서 진정 무엇을 원하는가를 알고 거기에 전념하게 된다면 기회는 꼭 주어질 것이다.

세상에는 게으름뱅이도 많다. 정력과 욕망은 가졌으면서도 생각만으로 중도에 그친 사람들이 더 많다. 게으름 때문에 후회하는 일이 없도록 결심하라.

완전하게 집중하는 일이야말로 바로 성공할 수 있는 최선의 방법이다. 당신이 하는 일에 최선을 다하라. 노력한 만큼 당신의 목표가 이루어질 것이다.

❖ 실패가 두려워 계획을 세우지 못함은 어리석은 자의 변명이다

만약 처음의 계획을 이루지 못했을 경우 곧 새로운 계획을 세우는 것이 좋다. 그리고 그것도 잘 되지 않으면 또다른 계획으로 바꾸는 식으로 목표에 도달할 수 있을 때까지 몇 번이라도 참을성 있게 도전해 본다. 바로 여기에 포인트가 있는 것이다. 대다수의 사람들은 한 가지 계획을 세워서 그것에 실패하면 그에 대체하는 다른 목표를 세울 끈기가 없어서 성공의 기회를 놓쳐 버린다.

목표한 인간이 되는 기술을 익혀라

인생은 극장이고 무대이다. 그리고 자신이 그 무대의 연출가이며 주역이다. 그러므로 인생 무대의 완전한 주역이 되는 기술을 몸에 익히는 것이 중요하다.

성공하여 승자가 되기 위해서는 평탄한 길만이 아니라 산과 계곡의 험로 또한 넘어야 한다.

괴롭고 힘들어서 도중에 목표를 포기하지 않고 손쉽게 승자가 되는 방법을 가르쳐 주겠다.

그것은 자기식의 의미 변환, 목표 변환을 하여 다른 생각으로 잠시 쉰 후에 다시 전진하는 방법이다.

괴롭고 힘들 때를 극복하는 또 다른 방법은 인간의 습관성을 활요하는 것이다.

아무리 괴롭고 힘들어도 한 가지 일을 2주일 이상 계속하면 몸에 밴 습관처럼 되고, 도중에 포기하면 오히려 정신적으로 불안해져 안정이 되지 않는다. 이 습성을 잘 활용하는 것이다.

그리고 후회없는 오늘, 내 인생이 끝나도 후회가 없도록 하루하루를 충실하게 살아가면 만족스런 삶의 방법이 될 것이다.

4

기회는 이렇게 잡는다

독자에게 드리는 질문

당신은 지금까지 놓친 기회를 모조리 열거할 수 있는가? 주어진 기회를 잡지 못했다고 해서 아쉬워하고 있는가? 기회가 주어졌을 때 그 기회를 활용할 수 있는 능력과 힘을 가지고 있는가?

이런 것은 그렇게 중요한 문제가 아니다. 중요한 것은 비행기가 활주로를 이륙하고 있는데, 당신은 여전히 탑승구에 남아 있다는 사실이다.

기회란 도대체 무엇이며, 언제 문을 두드리면 되는가? 다음 장에 정신을 집중시켜주기 바란다.

당신이 그 기회이다

기회란 무엇인가? 바로 당신이 기회이다. 즉 당신 자신이 스스로의 운명을 개척하는 문을 두드려야 한다. 당신은 기회를 깨닫고 그 기회를 붙잡을 수 있는 준비를 해야 한다. 당신의 능력을 개발시키고 이미지를 만들어야 한다. 그럼으로써 자존심은 더욱 높아지고 활기에 넘친 삶을 살 수 있게 된다.

기회가 주어질 수 있는 영역은 광범위하다. 흔히 재정적인 성공이나 직장에서의 성공만을 생각하고 그 기회를 한정시켜 생각하는 경향이 있는데 기회는 어떤 조건하에서도 주어질 수 있다. 또 기회는 부정적인 감정을 피해 간다. 기회는 권위의식이나 편협된 생각, 기만된 행동에서 얻어지는 것이 아니다. 기회는 긴장이나 갈등 속에서도 혼자 힘으로 자신감을 발견하려고 애쓸 때 얻어진다. 자신감은 급변하고 복잡한 이 세상에서 당신에게 내적인 평화와 안도감을 가져다 줄 것이다.

당신이 생산적인 목표에 전념할 수 있는 최상의 기회는 꼭 주어진다. 단 거기에는 조건이 있다. 그 목표를 달성하는데 당신의 능력을 최대한 활용해야 한다는 점이다.

당신의 자존심을 높여 스스로의 힘을 개발시킬 때, 당신은 행동으로 옮기게 되고 절적한 시기에 기회를 붙잡게 된다.

당신은 자신의 사고능력을 배양하고 활용할 때 무한히 뻗어나가게 된다. 내적인 힘이 먼저 갖추어져야 성공과 행복이라는 당신의 목표를 향해 나아갈 수 있다.

기회를 창조하라

스스로 기회를 창조해야 한다. 기회를 향해 자신감 있게 나갈 수 있는 능력을 개발해야 한다. 위기를 기회로, 패배를 성공으로, 좌절을 성취감으로 바꿀 수 있어야 한다. 그러면 어떻게 해야 그것이 가능할까?

그것은 보이지 않는 당신의 훌륭한 무기로서 만이 가능하다. 그 무기란 스스로에 대해 좋은 이미지를 가지며 최선의 삶을 살겠다는 결심이다. 당신만이 자신을 좌우한다는 것을 잊어서는 안 된다.

당신에게는 기회를 최대한 활용할 수 있는 권리가 있다. 그것은 자신을 과소평가하지 않고 스스로를 높여줄 때 가능하다. 동시에 다른 사람의 생각에 대해 불안해 하거나 닥쳐올지 모르는 여러 가지 재난을 생각하지 않아야 한다. 오직 창조적이고 창의적인 힘을 개발하는데 몰두해야 한다.

당신은 불행했던 과거를 생각하며 번민하기보다는 주어진 기회를 생각해야 한다. 당신에게는 분명히 여러 가지 한계가 있다. 때로는 좌절감을 느낄 것이다. 그러나 당신에게도 다른 사람에게 주어지는 기회와 똑같은 기회가 주어진다. 따라서 창조적인 힘을 발휘할 수 있도록 노력해야 한다.

기회는 다른 사람의 것이 아니다

많은 사람들이 기회에 대해서 고민한다.

"다른 친구는 기회를 잡았는데, 나에게는 그런 기회가 없다."

"나에게는 이런 약점이 있어서 일을 시작하기도 전에 실패할 것 같다."

이런 말들은 바로 패배자의 변명이다. 무엇보다도 먼저 이런 부정적인 사고를 극복해야 한다. 그렇지 않으면 기회의 문을 스스로 닫게 된다.

기회는 다른 사람을 위해서 있는 것이 아니다. 바로 당신을 위해서 있는 것이다. 당신이 그 기회를 받아들여 환영할 때 당신의 곁에 머물게 된다. 어떤 식물도 물을 주지 않거나 충분한 햇빛을 받지 못하면 시들어 죽어버린다. 기회도 만찬가지이다. 기회가 당신 곁을 떠나지 않도록 하라. 주어진 기회를 부정적인 사고방식으로 쫒지 않도록 하라.

많은 사람들이 모여 앉아 불만불평을 하거나 누군가를 시기한다. 만일 그들이 헬렌 캘러의 이야기를 듣는다면 예외라고 말할 것이다.

헬렌 캘러는 기회를 붙잡기 위해 이루 말할 수 없는 불운들을 극복했다. 사실 헬렌 캘런의 불행은 특별한 경우라는 생각을 하지 않을 수 없다.

이것은 어느 조사 결과에 나타난 것인데 성공자들의 4분의 3이 바로 그런 어려움을 극복했던 사람들이다. 젊은 시절, 비극과 기회는 다른 사람을 위해서 있는 것이 아니라 바로 당신이 기회이다.

좌절에 빠진 일이 있었지만, 그 어려움을 극복하고 이겨낸 사람들이다.

많은 인물들 중에 불리한 조건을 극복하고 성공한 사람의 대표적인 예로 토마스 에디슨과 엘리노 루즈벨트를 들 수 있다.

기회는 다른 사람을 위해서 있는 것이 아님을 기억하라. 기회는 바로 당신 것이다.

❖ 성공한 남자 뒤에는 위대한 여자가 있다

헨리 포드를 자동차 산업의 아버지라고 일컫는다면, 포드 부인이야말로 자동차 산업의 어머니라고 불러도 손색이 없을 것이다. 주위 사람들로부터 미친놈이라는 놀림을 받으며 낡은 헛간에서 최초의 달리는 수레(자동차) 발명을 지켜보며 용기와 격려를 준 사람은 아내 뿐이었다. 그로부터 50년 후, 평소에 윤회설을 믿어온 포드는 이 다음 이승에 다시 태어나면 무엇이 되고 싶으냐는 질문에 다음과 같이 대답했다.

"내 아내와 같이 있을 수만 있게 된다면, 무엇으로 태어나든지 조금도 개의치 않겠소."

기회의 문은 닫혀 있지 않다

당신은 자주 기회의 문을 닫아버린다. 참으로 불행한 일이다. 이러한 일이 없도록 대비하기 위해 한 예를 소개하겠다.

어떤 젊은 의사가 전업하기 위해서 성형외과의 유명한 박사를 찾아갔다.

"제가 박사님 수술하는 것을 보아도 괜찮을까요?"

그가 박사에게 물었다.

"좋지요. 내일 아침 8시에 수술이 시작됩니다."

그는 오전 8시에 오겠다고 약속했다. 다음날 그는 약속대로 8시에 왔다. 수술을 지켜본 그는 매력 있는 일이라고 말했다. 그래서 박사는 그를 지도해 주기로 했다.

그는 성형외과 의사의 일에 대해 보람과 긍지감을 느끼면서 돌아왔다. 그런데 다음 날 아침, 그는 가지 않았다. 그 다음 날도 또 그 다음 날도…

며칠이 지난 후 그 젊은 의사는 박사의 진찰실을 두드렸다.

"자네는 그 동안 어디 있었는가?"

박사가 그에게 물었다.

"그만 늦잠을 잤습니다."

그는 졸린 목소리로 말을 이었다.

"깨어나서 시계를 보니 너무 늦은 것 같아서 오지 못했습니다."

"그런 자세로는 배울 수 없네."

성공에 얼마나 가까이 다가가 있는지 깨닫지 못하고 포기하는 사람이 바로 실패자이다.

박사는 단호하게 말했다.

그 젊은 의사는 성형외과 일에 대해 매력은 느꼈지만, 필요한 일을 하지 않았다.

당신도 그런 기회를 소홀히 다루어 성공할 수 있는 기회를 잃지는 않았는가?

❖ 성공에 대한 훈계

1) 새는 말이 아니다. 한 번 날아가면 잡을 수 없다.
2) 이빨 빠진 다람쥐에게 도토리를 주어도 소용이 없다.
3) 바보스런 질문에는 대답하지 않아도 좋지만, 예의를 잃지 않아야 한다.
4) 두 마리의 말을 타게 되면 진흙 속으로 떨어지게 된다.
5) 멋쟁이가 되려고 초조하게 굴지 말고 좋은 인상을 갖도록 힘쓰라. 인생을 서두르는 사람은 요절한다.
6) 친한 벗과 함께 동행하면, 지루한 여행길도 반으로 줄어든다.
7) 백 사람의 친구도 많은 것은 아니지만, 한 사람의 적은 너무 많다.
8) 남의 차를 타게 되면, 그 사람을 위한 노래를 준비해 두어라.

기회를 찾는 방법

'완전'이란 있을 수 없다. 당신은 완전한 것을 추구해서는 안 된다. 이 세상에서는 무언가 이룩할 수 있는 기회들이 무수히 많다.

당신은 기회로 가득 찬 세상에 살고 있다. 새로운 기회가 눈앞에 있으며, 지금도 앞을 바라보고 나아갈 수 있다. 새로운 기회가 당신을 기다린다. 그 기회를 향해 나아가라. 새로운 기회를 향해 나아갈 수 있는 방법 몇 가지를 소개하겠다.

적색 신호에 유의한다 : 여기에서 말하는 적신호란 정신적 신호이다. 이 신호를 보았을 때 당신은 무조건 기다려야 한다. 그리고 다음과 같이 자문해 보라.

'나는 위험한 곳으로 가고 있지는 않은가?'

'나 자신에 대한 평가는 좋은가?'

'내가 나 자신을 무가치한 존재로 생각하기 때문에 적신호에 걸린 것이 아닌가?'

지난 일에 당신의 에너지를 소비해서는 안 된다. 감정을 잘 간수하여 목적하는 곳으로 조종해 나가야 한다.

당신의 마음 속에 '적신호'가 잠시 정지하기를 요구한다면 멈추어라. 그러나 부정적인 감정으로 인해 기회를 향해 전진하지 못하고 있다면 적신호를 청신호로 바꾸어야 한다.

적신호 때는 잠시 멈추어 섰다가 다시 나아가라. 이것이 목표를 향한 중요한 방법이기도 하다.

기회란 현재의 애매모호한 순간, 즉 다음 주나 다음 달이 아니라, 바로 오늘 이 순간을 의미한다.

목표를 향해 출발하는 지금 과거에 성공했던 일을 기억하라. 그리고 그 목표가 달성되고 있는 모습을 마음속에 그려보는 것이다. 그러면 성공이 머리 속에서 선명하게 나타나 현실화될 것이다. 그때 멈추었다가 다시 전진하라.

현재를 보라 : 이미 과거는 지나갔고 미래는 불확실하다. 그러나 현재는 당신의 것이다. 당신의 기회는 바로 현재에 있다. 이 기회를 놓쳐서는 안 된다. 지금 기회가 다가온다.

당신이 과거에 사로잡혀 실수나 비극에서 벗어나지 못하면 지금의 기회는 영원히 당신의 것이 될 수 없다.

과거의 불행을 잊고 현재 주어진 기회를 다시 보라.

기회란 현재의 애매모호한 순간, 즉 다음 주나 다음 달이 아니라, 바로 오늘 이 순간을 의미한다. 과거가 장애물은 아니다. 장애물은 내일로 미루는 사고방식이다. 무엇이든지 내일로 미루려고 할 때 장애가 된다.

내일에 대한 동경은 비현실적이고 부정적인 것으로 작용한다. 내일 누군가 당신을 도울 것이라는 환상을 갖거나 기적이 일어나겠지 하는 막연한 기대를 갖게 될 때 내일은 걸림돌이 된다. 성공할 수 있다는 자신감과 막연한 기적을 기다리는 마음과는 전혀 다른 것이다.

자신을 과소평가하지 않는다 : 대부분의 사람들은 자신을 지나치게 과소평가한다.

현재 당신이 하는 일이 무엇이든지 간에 상관없다. 용기와 자신감을 가져라. 당신은 위대한 존재가 될 수 있다.

현재 당신은 백만장자도 아니고, 저명인사도 아니며, 우주비행사도 아닐 것이다. 그러나 당신은 그보다 더 위대한 인물이 될 수 있다.

현재 당신이 하는 일이 무엇이든지 간에 상관없다. 용기와 자신감을 가져라. 당신은 위대한 존재가 될 수 있다.

자신을 절대로 과소평가해서는 성공할 수 없다. 자신을 현재 있는 그대로 받아들여야 한다. 그래야만 기회를 맞이할 수 있다. 기회를 향해 적극적으로 활용하지도 못하며, 붙잡을 가치가 없다고 자학하지 말라. 당신에게 기회는 반드시 찾아온다.

건설적인 목표를 세워라 : 오늘날에는 많은 부정과 폭력과 냉소주의가 범람하고 있다. 아무리 세상이 그럴지라도 건설적인 목표를 세워야 한다.

부모 없는 아이를 남모르게 키우는 양부모, 조용히 연구실에서 첨단과학을 연구하는 연구원들, 도서관에서 이른 새벽부터 밤늦도록 공부하는 학생들, 내일을 위해 묵묵히 자기 일에 몰두하는 직장인들, 이 둘이 사회의 희망이다. 그들은 모두 건설적인 목표를 가지고 현실에서 열심히 일하고 있다.

우리 모두는 기회를 향해 전진해야 한다.

위기에 굴복하지 말라 : 위기가 닥쳐와도 굴복하지 말라. 침착하게 대처하라. 위기는 오히려 창조적인 기회로 전환될 수 있다.

당신이 지금까지 세운 이미지를 포기하지 말라. 어떤 경우에 포기하지 말라. 넘어지지 말라. 그러면 성공의 그날이 오기까지 자신을 지켜나갈 수 있다.

도 자신을 높여라.

과거에 이룩한 성취를 마음 속에 기억하고 어떤 실패가 닥치더라도 자신에 대한 신뢰를 버리지 말아야 한다. 참담한 실패가 운명을 좌우할지라도 침착하고 용기있게 다시 일어나야 한다. 포기하지 말라. 넘어지지 말라. 그러면 성공의 그날이 오기까지 자신을 지켜나갈 수 있다.

거울 속의 당신을 보라. 그리고 자신을 긍정적으로 인정하라. 거울 속의 친구는 바로 당신이다. 특히 위기에 직면할 경우 당신을 지켜주는 것은 바로 자신임을 잊어서는 안 된다.

그러나 자기 도취나 자만하지 말라. 조용히 자신을 생각해 보라. 과거에 극복한 여러 가지 위기를 생각해 보라. 성공적으로 슬기롭게 넘긴 위기의 기억들을 생각해 보라. 당신 자신을 무시하지 말라.

기회와 자존심

기회는 지금도 무한히 열려 있다. 그중에 어떤 기회는 우리 마음속에 확고하게 자리잡은 다음에 행동으로 나타나는 경우가 있다.

기회는 스스로에 대해서 신뢰하며 존경심을 가질 때 찾아온다. 우리의 문화적 배경이나 제도를 존경하는 것만으로 충분하지 않다. 건전하게 기회를 포착하고 그것을 최대한으로 이용하기 위해서는 자신을 존중해야 한다.

우리 인간은 복잡한 세상을 살아가면서 여러 가지 문제와 질병, 뜻하지 않은 사고 등으로 좌절하기도 하고 때로는 타협하며, 자신을 포기하기도 한다. 포기는 곧 실패를 자초하는 자기 배반이다. 자신에 대해 분노하지 말고 더 많은 애착을 가져야 한다. 겁쟁이가 되지 말고 용기 있는 사람이 되어야 한다. 당신의 무능력이나 불가능한 것을 생각하지 말고 주어진 자신을 생각하라. 자신에게 주어질 그 기회에 대해 적극적인 자세를 취해야 한다. 그때 기회는 당신의 삶을 부유케 하고 자존심을 높여줄 것이다.

마음의 문을 활짝 열고 모든 것을 긍정적으로 받아들이면서 당신 자신을 높여라. 그리고 오늘이라는 기회를 놓치지 않도록 최선을 다하라.

5

오늘 일을 내일로 미루지 말라

독자에게 드리는 질문

당신에게는 해야 할 일이 많은가?

당신은 오늘 하루 스케줄을 짜면서 실천 불가능한 계획을 세우지는 않았는가?

오늘 할 일을 내일로 미루지 않았는가?

성공하는 데 무엇이 가장 방해가 되는가? 그것에 대해 당신은 어떻게 대처하고 있는가?

당신은 계획한 것보다 더 많은 것을 남에게 주고 있지는 않은가?

일을 뒤로 미루는 이유

일을 미루는 사람들이 흔히 하는 얘기가 있다.

"나는 일이 잘 되기를 희망한다."

"나는 일이 향상되기를 바란다."

당신은 이 말에 공감하는가? 그러나 당신이 '바란다, 희망한다'라는 말을 하는 동안에 그 일은 해결될 수 없을 것이다. 그저 막연히 바란다거나 희망한다는 것은 기적과 같은 요정의 나라에서나 있을 수 있는 일이다.

오늘 할 일을 미루지 말고 당장 실천하라.

이루고자 하는 그 어떤 것도 당신은 해낼 수 있다. 당신은 능력있고 대담하며 나약하지 않다. 그런데도 내일로 일을 미룸으로써 도피, 자기 불신, 자기 도취에 빠져버리고 마는 것이다.

가장된 삶의 연기는 당신의 현재를 약화시키며, 언제까지고 잘될 것이라는 어리석음에 빠져들게 할 뿐이다.

❖ 같은 실패를 반복하지 않는다

많은 경영자들은 젊은 시절부터 '성공 법칙 노트'라고 불릴 만한 것을 갖고 있어서 성공했을 때보다도 실패했을 때를 상세하게 써서 그 원인과 해결법을 반성하고 있다. 이렇게 하면 왜 실패했는지를 분명히 알 수 있어 같은 실패를 반복하지 않기 때문이다.

생활의 방편이 된 타성

최근 나를 찾아온 환자 중에 마크라는 사람이 있었다. 그는 불행한 결혼생활에 대해 불평을 늘어놓았다. 그의 나이는 50세였는데 30여 년 간의 결혼생활을 하고 있다고 말했다.

그와 대화를 나누는 동안 분명한 것은 그의 불평이 오랫동안 쌓여왔다는 사실이다.

"결혼생활은 시작부터 좋지 않았습니다."

이어서 다시 말했다.

"앞으로는 나아지겠지 생각하고 기다려왔지요."

그러나 30년 동안 그 희망은 이루어지지 않았고 여전히 결혼생활은 비참했다.

나는 그와 좀 더 구체적으로 이야기를 나누었다. 그는 10년 전의 중요한 한 사건을 말했고, 나는 그에게 그 문제를 해결하고자 도움을 구한 적이 있었느냐고 물었다.

"아닙니다."

그는 아내를 피했고 그 문제가 저절로 해결되기를 바랬다.

마크의 결혼생활은 무기력한 타성의 좋은 표본이다. 그는 항상 '아무 일을 하지 않아도 시간이 지나면 저절로 해결되겠지' 하는 생각과 함께 자신의 회피를 정당화시켰다.

그러나 상황은 그대로였다. 변한 것이 있다면 오직 주위 환경뿐 문제는 해결되지 않았다.

일(환경, 상황, 사건, 사람)은 저절로 개선되지 않는 결과를 나타낸다. 만약 당신의 생활이 나아지고 있다면 그것은 자신이 그렇게 되도록 건설적인 일을 하고 있기 때문이다.

그렇다면 그 '미루는 행위'를 쉽게 해결할 수 있는 방법은 없을까? 그것은 수고스러운 '정신적 노력'이 없이도 가능한 것이다. 왜냐 하면 미루는 행동은 당신 스스로 만든 것이기 때문이다. 누군가의 강요에 의해서 만들어진 것이 아니다.

❖ 가난은 계획이 필요없다

가난과 부는 흐름이 바뀌는 물줄기와 같다. 그러므로 모든 사람들은 이 인생의 물줄기의 존재를 알려고 매달린다. 때로 그것은 인간의 사고력을 통해 이루어질 수 있다. 그 사고력의 적극적인 감성은 행운을 수반하는 물줄기의 한 부분으로 나타난다. 소극적인 감정은 가난으로 떨어지게 하는 지류를 이룬다. 그러므로 부가 가난을 대신 할 때, 그 변화는 계획을 잘 세워 주의 깊게 수행함으로써 일어난다. 하지만 가난은 아무런 계획도 필요하지 않는다.

미루는 습관은 왜 생기는가?

도날드 마퀴스는 미루는 일을 '어제에 집착하는 것'이라고 말했다.

나는 이 말에 '오늘을 피하는 것'이라고 덧붙여 말하고 싶다. 바로 이것 때문에 미루게 된다.

당신은 해야 할 어떤 일들이 있음을 알고 있다. 그것은 다른 사람이 그렇게 하라고 지시하지 않았으며 스스로 선택한 일인 것임을 알고 있다. 그러나 해야겠다고 늘 자신있게 말하면서도 결코 실천하지 못한다.

당신이 지금 할 수 있는 일을 앞으로 할 것이라고 미루는 것은 자신을 기만하는 행위이다. 당신은 실제로 자신이 해야 할 일을 하지 않음으로써 생기는 비난이나 좋지 못한 결과를 은근히 합리화시키려고 한다.

'나는 그것을 해야 한다는 것을 알고 있다. 그러나 그 일이 잘 되지 않을까 염려한다. 그리고 도중에 그 일이 싫어질까 하는 걱정도 있다. 그래서 나는 내 자신에게 앞으로 그 일을 할 것이라고 다짐한다. 그러나 나 자신은 실제로 그 일을 하지 않으리라는 것을 알며, 그것을 스스로 인정하기가 두렵다. 그래서 그 일을 미루는 편이 낫다고 생각한다.'

이 말은 당신이 불쾌한 상태에 있거나 어려운 일을 해야 만할 때 나타나는 편리한 구실이다.

그러나 그렇게 미루는 것은 아무 의미가 없다. 당신은 항상 좋은 습관을 바탕으로 한 일상생활이 보통 사람과 성공한 사람을 구분하는 중요한 차이점이다.

미루면서 어떤 일도 하지 않기 때문이다.

물론 미루는 일도 언제까지 미루느냐 하는 정도의 차이는 있다. 어떤 일을 어느 선까지 미룰 수는 있다. 그러면서도 마감일이 되기 훨씬 전에 그 일을 마칠 수 있다. 그러나 그것도 자기기만의 일시적인 형태이다. 만약 당신이 일을 해야 할 시간을 미룬다면 그 일을 했다 해도 최고의 성과에 미치지 못할 경우가 많고 당신은 그것을 정당화시키려고 한다.

그 때 그는 자신에게 이렇게 말한다.

'나는 충분한 시간을 가지지 못했어.'

그러나 당신은 충분한 시간을 가졌다. 당신은 바쁘게 뛰는 사람들이 보다 많은 일을 한다는 사실을 알고 있다. 만일 해야 할 일에 관하여 불평만 하는데 시간을 보낸다면 당신은 그 일에 필요한 어떤 시간도 갖지 못할 것이다.

나의 옛 지인 한 사람은 미루는 일에 선수였다. 항상 그는 많은 일들을 해야 한다고 떠들기만 한다. 그런 그를 보며 친구들은 그의 생활방식을 알기 때문에 피곤해 한다. 그가 거의 어떤 일도 하지 않는다는 사실을 알고 있기 때문이다. 그는 마음속에 헤아리기 어려울 정도로 많은 계획을 가지고 있지만, 그 어떤 계획도 실행에 옮기려 한 적은 없다.

에머슨은 다음과 같이 말했다.

'말로써 그 일을 다 하지 말라. 당신의 웅변은 자신의 본 모

습을 드러낸다. 따라서 당신의 속마음은 알 수 없다.'

당신은 '다음 번엔 그 일을 할 것'이라고 말한다. 그러면서도 당신은 그 일을 할 수 없다는 것을 안다.

에머슨의 말이야말로 미루는 것을 고치는 최선의 방법이다.

❖ 성공자와 실패자의 차이

승자는 실수했을 때 "내가 잘못했다고 말한다."
패자는 실수했을 때 "너 때문에 이렇게 되었다"고 말한다.
승자는 "예","아니오"를 확실히 말하고
패자는 "예","아니오"를 적당히 말한다.
승자는 어린아이에게도 사과할 수 있으나
패자는 노인에게도 고개를 못 숙인다.
승자는 넘어지면 일어나 앞을 보고
패자는 넘어지면 일어나 뒤를 돌아다본다.

비 평

우리 주위에는 비평만 하는 사람들이 너무 많다. 사실 우리들도 그들의 비평에 자주 신경을 쓴다. 주위 사람들을 한 번 살펴보라. 많은 대화가 비평으로 이루어지고 있지 않은가? 왜 그럴까? 그것은 실제로 행동하기보다는 말하는 것이 더 편하기 때문이다.

실제로 일하는 사람들은 누군가를 비평할 시간이 없다. 그들은 정신없이 일하며 재능이 부족한 사람들을 도와줄 뿐 비평의 대상으로 삼지 않는다.

물론 건설적인 비평은 장점도 있다. 그러나 행동으로 옮기지는 않고 비평만 하고 있다면 당신은 퇴보하고 있다는 증거이다. 더구나 당신은 누군가를 비평함으로써 당신 자신의 무능함에 대한 책임을 무마하려고 한다.

오늘 일을 미루며 비평만 하는 사람이 되지 말고 행동하는 사람이 되어보지 않겠는가?

싫증

인생은 결코 짜증스럽지 않다. 그런데도 짜증스럽게 되는 일을 스스로 선택한다. '싫증'이라는 말에는 성공적인 방법과 현재의 시간을 활용할 수 없는 무능력의 뜻도 포함되어 있다.

싫증은 선택이다. 그것은 당신 스스로가 만든 것이다. 당신 생활에서 능히 없앨 수 있는 자기 패배적인 요소이다. 언제까지고 일을 미룬다면 당신은 현재의 시간을 무익하게 보내게 된다. 아무 일도 하지 않으므로 싫증이 난다.

이미 당신은 싫증을 체험한 경우도 있을 것이다. 그러나 그것은 다른 어떤 일을 해보거나 에너지를 다른 데로 돌림으로써 싫증을 극복할 수 있다.

사무엘 버틀러는 말했다.

'자신을 싫증에 방치하는 사람은 비열한 사람보다 더 비난을 받을 만하다.'

당신이 선택하였다면 지금 실행하라. 그리고 당신의 마음을 창조적인 생각으로 바꾸어라. 자신이 '싫증'을 선택하지 않을 수 있다는 확신을 가질 수 있다. 그 선택의 여부는 당신 자신에게 있다.

미루는 행동의 몇 가지 예

미루는 일이 행동하는 것보다 더 쉬운 경우가 있다.

•현재 상태에서는 성장할 수 없다고 생각하면서 계속 그 곳에서 일하는 경우.

•이미 악화된 관계에서 단순히 일이 잘 되기만을 바라는 경우.

•이성 관계나 수줍음, 또는 공포증과 같은 어려운 문제를 해결해야 할 때, 그저 기다리기만 할뿐 해결에 힘쓰지 않는 경우.

•알콜 중독, 마약, 아편, 흡연 등을 '마음만 먹으면 끊을 수 있다'라고 큰 소리를 치지만 자신이 해결할 수 있을지 의심스럽기 때문에 끊을 것을 미루는 경우

•권위 있는 사람이나 친구, 애인, 판매원과 같은 이들과 대면하기를 꺼려하는 경우, 사실 어떤 면에서는 실제로 부딪침으로서 관계를 호전시킨다는 것을 알면서도 미룬다.

•자녀들과 하루나 한 시간 정도 함께 보내는 일을 뒤로 미루는 경우. 너무 일이 많다, 문제가 심각해서 꼼짝할 수 없다고 당신은 핑계를 댄다.

•내일이나 다음 주에 식이요법을 시작해야 할 경우, 그 일을 못한다고 말하기보다는 '내일 할 것이다'라고 말한다. 하지만 결코 그 일은 실행되지 못한다. 왜냐 하면 내일은 또 다시 내일로 미루기 때문이다.

•졸음이 온다, 피곤하다는 말로 미루는 이유를 찾고자 하는 경우가 있다. 흔히 귀찮거나 어려운 일을 대하면 피곤함을 핑계로

그 일을 미루게 된다.

•'나는 그것을 할 시간이 없다.'라는 말을 할 경우. 당신은 바쁘다는 구실로 일을 하지 않고 그것을 정당화시킨다. 그러나 어떤 경우에도 당신이 원하는 일을 할 시간을 늘 가지고 있다.

•계획에 의해 일정하게 정한 목표를 행동으로 옮겨야 할 경우. '나는 그것을 다음 주에 시작할 것이다.'하고 말한다.

•당신의 행복은 자녀의 행복이다. 그 아이들에게 문제가 생겼을 때 문제 해결을 위한 '여유'가 있어야 하는데, 그것을 항상 미룬다.

❖ 인내력을 기르는 4가지 단계

1) 명확하게 구체적인 목적 의식을 가지고, 그 달성을 위해 불타는 욕망을 가질 것.
2) 목표 달성을 위해 보다 현실적인 계획을 세워 끊임없이 실천에 옮길 것.
3) 실천에 있어 소극적인 자세, 용기를 잃는 그러한 불필요한 부작용에 대해서는 굳게 마음의 문을 닫고 뒤를 돌아보지 말 것. 친척이나 친구들의 반대하는 충고도 예외는 아니다.
4) 자기의 성공 계획이나 목표를 수행하는데 있어서 격려해 주는 사람들과 우호적인 관계를 갖는다.

미루는 행위에 대한 해결 방법

- 생각할 수 있는 5분간의 여유를 가져라. 미래에 대해서 지나치게 고민하지 말고 현재 당신이 원하는 일에 대해서 5분간만 생각한 다음 미루는 일을 거부하라.
- 당신이 지금까지 미루어 왔던 일을 시작해라. 그러면 미루는 일이 불필요하다는 사실을 알게 될 것이다.
- 자신에게 이렇게 반문해 보라. '내가 미루고 있을 경우 나에게 손해가 있다면 무엇인가?'
- 그 손해라는 것은 아주 작은 범위이며, 무시해도 좋을 정도이다. 그보다 당신이 걱정하고 있는 것을 따져 보라. 그러면 당신은 굳이 그 걱정에 얽매일 필요가 없다는 사실을 깨닫게 될 것이다.
- 당신이 과거에서부터 지금까지 미루어 왔던 일에 전적으로 매달릴 수 있는 시간을 구체적으로 정하라.
- 당신은 해야 할 일에 대해서 미리 걱정하며 생활할 만큼 한가한 사람이 아니다. 자기 자신을 사랑하는 사람들은 일을 미룸으로써 그들 자신이 망치게 하지 않는다는 것을 기억하라.
- 현재의 당신을 주의 깊게 살펴보라. 어떤 일에 관여하고 있는가를 생각하고, 그 두려움을 효과적으로 없애도록 하라.
- 미루는 일은 현재의 일을 미래의 걱정거리로 만든다. 만약 그 어떤 일이 현재의 일이라면 그 일을 바로 시작하라. 그러면 두려움이 사라진다.

의식적인 삶은 행동하는 삶이다. 당신은 무엇을 기다리고 있는가?
오늘 당장 행동에 나서라.

•당신을 퇴보시키고 있는 것은 바로 자신이다. 지금까지 해 온 것도 당신의 선택에 의해 이루어졌음을 잊지 말라. 당신은 자신이 생각하는 것보다 대담하고 능력이 있음을 믿으라.
•과거의 지리한 관념에서 벗어나 창조적으로 당신의 생각을 활용하라. 당면한 문제에 불안감을 가질 필요가 없다. 자신감을 가져라.
•당신의 삶을 냉정하게 판단하라. 만약 당신이 앞으로 6개월밖에 살지 못한다면, 당신은 하고자 하는 일을 지금 실행하고 있는가?
만일 하지 못하고 있다면 하루 빨리 시작하라. 그 시간은 당신이 사용할 수 있는 전부이기 때문이다. 앞으로 30년 또는 6개월이 당신에게 주어진 시간이라 해도 차이는 없다. 당신의 생은 하나의 점에 불과하다.
•당신이 지금까지 피해 왔던 일을 용기있게 시도하라. 용기 있는 행동은 모든 두려움을 추방시킨다. 잘 해야겠다는 말은 하지 말라. 그보다는 그 일을 시작하는 것이 더 중요하다.

결단력 •나폴레옹 힐

결단력이 승패를 좌우한다

STEP4

1

결단력이 있어야 성공한다

독자에게 드리는 질문

당신은 좋은 의견이나 아이디어를 가지고 있으며, 그 의견을 당당하게 펴 볼 정도로 결단력이 있는가?

당신은 소심하고 우유부단하여 결단을 내려야 할 시점에서 결단을 내리지 못해 손해를 보거나 겁쟁이라는 소리를 들어본 적은 없는가?

결심은 무한한 힘을 가져다 준다. 우유부단함은 흔히 젊은 시절부터 시작된다. 위대한 사람들을 분석해 보라. 그러면 당신도 결단력 있는 행동을 할 수 있을 것이다.

결단력 부족이 실패의 원인

실패를 경험한 2만 5천 명의 남녀를 정확하게 분석해서 주요 원인 30가지를 리스트로 작성해 보았다. 그런데 그 첫째 원인이 결단력 부족이었다. 이것은 단순한 이론적인 설명이 아니라 실제 경험이 말해 주는 내용이다.

결단력의 반대는 우유부단으로 당신이 극복해야 할 첫째 과제이다.

몇 백만 달러 이상의 재산을 모은 재벌들이나 세상에 위대한 업적을 남긴 사람들을 분석한 결과 이들 모두가 결단력이 강한 사람들이었음을 알게 되었다.

미국의 자동차 왕 헨리 포드의 특출난 재능의 하나는 매우 빠르고 정확한 결단을 내리는 습관이었다. 포드의 이와 같은 재능은 특별한 것이어서 타고난 자질이라는 평판을 들을 정도이다.

포드가 T형 모델을 개발했을 때 수많은 고객을 비롯해서 그의 고문들이 모두 차형을 개조하도록 충고했음에도 불구하고 끝내 변경하지 않고 계속 생산한 것도 그의 결단의 재능에 의한 것이었다.

포드가 결심을 변경하는데 너무나 판단이 느렸는지 모르지만, 그것을 계속 고집하여 나갔다는 사실이 큰 재산을 모우는 원인이 되었던 것이다.

들을 줄 아는 사람이 되라

돈을 잘 벌거나 사회적으로 보람 있는 일을 하는 저명 인사들은 거의가 타인의 의견에 영향을 받는다. 이런 사람들은 신문기자나 주위의 수다쟁이에게 '어떻게 하면 좋은 지 당신이 좀 의견을 말해 주시오.'라는 말을 잘 한다.

의견이란 이 세상에서 가장 값싼 상품이다. 무슨 좋은 의견이 없을까 해서 기웃거려보면 사람을 움직일 수 있는 정도의 의견은 누구나 다 가지고 있다. 그러므로 다른 사람의 의견에 의해 결단을 내리면 결코 성공할 수 없다. 다른 사람의 의견을 듣고 참고만 해야 한다는 얘기다.

만일 당신이 다른 사람의 의견에 의해 지배되는 경우라면 욕망이 없는 사람이라는 결론이 나온다. 그러므로 무슨 일이 있어도 당신 자신이 곰곰이 생각하여 확고한 결단을 내리도록 해야 한다.

당신은 두뇌와 마음을 가지고 있다. 그 두뇌와 마음을 사용하여 결단을 내림이 마땅하다.

당신이 결단을 내리기 위해서 타인으로부터 정보나 실제 지식을 얻으려 할 경우엔 목적을 밝히지 말고 필요한 정보나 지식을 조용히 분석해 본 다음 자신의 것으로 만들어야 한다.

빨리 결단을 내리는 습관을 터득하고 싶다면 당신은 눈과 귀를 크게 열어놓는 대신 입을 꽉 다물고 있는 연습이 필요하다.

말이 많으면 아무 일도 하지 못하는 사람이다. 당신이 남의 빨리 결단을 내리는 습관을 터득하고 싶다면 당신은 눈과 귀를 크게 열어 놓는 대신 입을 꽉 다물고 있는 연습이 필요하다.

말을 듣는 것보다 자기 말을 하는 편이라면 유익한 지식을 얻을 수 없을 뿐만 아니라, 경쟁에서 당신을 꺾으려고 항상 노리고 있는 사람에게 목적과 내막을 폭로하고마는 결과가 된다.

따라서 풍부한 지식을 가진 사람 앞에서 입을 여는 것은 당신이 정확한 지식의 소유자가 아니며, 지식이 부족한 사람이라는 약점을 드러내보이는 결과가 된다. 현명한 사람은 의식적으로 겸손한 태도를 지으며 말이 없다.

따라서 당신이 최초의 결단을 내릴 때, 항상 입을 닫아둔 채 귀와 눈을 크게 열어 놓아야 한다.

❖ 성공하려면 아무도 가 보지 않은 기로 떠나야 한다

한없이 외롭고 두려움마저 느껴지는 그 길로 가야 한다. 커다란 절망이 기다리고 있을지라도, 아니 죽음마저 피할 수 없는 길이라 할지라도 스스로 선택한 길이기에 떠나야 한다. 안주하는 삶은 실패보다도 더 두렵기 때문이다.

역사는 결단에 의해 이루어진다

결단의 가치는 사람들에게 보답할 수 있는 용기에 의존한다. 위대한 결단은 때로는 죽음을 초래하는 커다란 모험으로 이루어진다.

흑인 노예들에게 자유를 부여한 유명한 「노예해방선언」을 추구한 링컨의 결단은 그를 반대하는 수천 명의 친구나 정치적 지지자들에게 등을 돌린 행동이었다.

인간적인 신념과의 타협보다는 독약이 든 잔을 마셨던 소크라테스의 행동은 위대한 용기의 결단이었던 것이다.

그것은 수천 년의 인류 역사의 흐름을 바꾸고 놓았고, 태어나지도 않은 후손들에게까지 올바른 사상과 자유를 주었다.

❖ 꼴찌의 자기 신념

언제 배움의 즐거움을 발견하는가는 사람에 따라 각기 다르지만, 영국의 수상으로서 노벨 문학상을 수상한 윈스턴 처칠의 경우에는 상당히 나이를 먹고 난 후였다.

그의 말에 의하면 만 22세가 되어서야 처음으로 향학심이 생겼다고 했다. 처칠이 낙제생이었던 것을 아는 대부분의 사람들은 이렇게 생각한다.

'낙제생이라도 일국의 수상이 되기도 하고 노벨상을 받기도 한다. 역시 학교의 성적은 꼭 필요한 것이 못된다.'라고 말한다.

내부의 힘과 외부의 힘을 일치시켜라

진정한 힘, 실력이 없는데도 외견이나 겉치레만으로 분에 넘치는 생활을 하는 것은 매우 위험하다.

벼락부자나 위선자처럼 자기의 실력에 어울리지 않는 무리한 행동을 하면, 오히려 모순을 확대시켜 실패를 초래하게 된다.

거품경제의 주역이 되어 파멸을 초래한 일부 토지 브로커나 기업 경영자 등은 내실이 아니라 허영을 추구한 결과이다.

현재 자신의 내부와 외부의 실력을 파악, 무리없이 적당한 행동을 취하는 것이 좋다.

2

결단력은 사물을 끌어당긴다

독자에게 드리는 질문

당신에게 결단력이 있는가?

당신은 자신이 바라는 목표를 결정할 수 있는가?

만일 당신이 동요하고 있는 마음을 안정시키지 못한다면 좋은 일이나 가치 있는 일은 결코 이루어지지 않을 것이다. 결단을 내리지 못하는 사람, 결의를 하지 못하는 사람은 큰 일을 할 수 없다.

당신은 지금 자신이 걸어가고 있는 길이 어느 쪽으로 향해 있는지 생각해 본 일이 있는가? 그 길로 계속 걸어갈 것인가, 아니면 방향을 선회해야 할 것인가? 지금이 바로 그것을 결정해야 할 때이다.

두 가지 종류의 사람

세상은 두 종류의 사람으로 나뉘어져 있다. '결단코 해 내겠다'고 하는 신념의 사람과 '어떻게 했으면 좋을지 모르겠다'라고 하는 불확실한 사람이다. 많은 사람들이 후자에 속한다.

'나는 어떻게 하면 좋을까?' 하고 당신은 자신을 향해 수없이 말하지 않았는가? 인간의 삶은 어떠한 원인에서보다 결단에 의해서 파멸에 이르는 쪽이 많다.

당신의 마음속에는 무엇인가를 창조하는 힘이 있다. 그러나 그 힘은 당신의 결단에 의해서 자력을 부여하지 않는 한 실력을 발휘할 수 없다.

당신은 이 사물을 끌어당기는 힘을 원하는 방향으로 향하게 할 필요가 있다. 왜냐하면 원하는 것을 손에 넣는데 필요한 힘을 발휘할 수 있기 때문이다.

당신이 정신적 감정적으로 조화를 이루지 못하고 있을 때에는 혼란을 느낀 나머지 자석처럼 원하는 것을 끌어당기는 힘이 파괴되기까지 한다. 정신과 육체의 불안정한 상태에서는 그 어느 것도 끌어당길 힘이 없다.

수많은 사람들이 입으로 토해 내는 한탄의 말은 '나는 결정할 수가 없다'는 나약함이다. 이것은 인간의 마음에서 일어나는 가장 슬픈 마지막 외침이다. 그것은 희망과 자신감을 떠나보내는 우울한 종소리와 같은 것이다.

당신이 마음을 결정하지 못하는 한 어떠한 도움도 받지 못할 내일 시작하겠다고 계획을 세운다면 실천할 가능성은 거의 없다. 자기를 속이는 수단에 불과할 뿐이다.

것이며, 자신감을 갖고 어떤 방향으로 움직여 간다는 것조차도 불가능한 일이다.

당신은 현재 있는 곳에 그대로 머물러 있고 싶은가? 만약 그렇다면 결심 따위는 할 필요가 없다. 생각을 바꾸지 않는 한 현재의 위치와 삶의 모습이 어떠하든지 정체된 채로 그대로 머물러 있을 것이다. 아니면 더 낮고 비천한 곳으로 침몰해 갈지도 모른다. 전진하지 않으면 그것은 후퇴이며 발전하지 않으면 곧 퇴보이기 때문이다.

당신의 사고력이나 생각 역시 경험을 쌓아감에 따라 새롭게 탄생된다. 만약 그렇게 하지 않을 때 낡고 고루한 생각이 당신의 마음을 점령하여 둔화시키고 머리를 녹슬게 하며 발전을 가로막는다.

만약 당신이 이제까지 해 온 것과 같은 식으로 결단을 내릴 수 없다면, 당신의 낡은 생각과 욕망의 다툼으로 하여 '마음의 소리'가 생존의 진흙탕 속에서 빠져나와야 한다고 명령해도 전달되지 않는다.

만약 당신의 마음가짐이 위에서 설명한 것과 유사한 상태라면, 결단을 내리고 빠져나오는 길밖에 없다.

그 다음에는 자신에게 수정된 방향을 제시하고 흐트러진 힘을 모아서 새로운 마음으로 거듭 나야 할 것이다.

결단을 내리면 실행하라

"좋아, 부딪쳐 보겠다. 반드시 해내고 말 것이다!"

인내의 한계에 다다랐다고 생각되는 경우에도 마음속으로 부르짖으며 적극적인 결의를 하면 새로운 힘이 솟는다.

어떤 경우라도 너무 늦었다고 생각하지 말라. 당신 안에 있는 창조하는 힘은 올바른 생각, 올바른 결정에 의해서 자력을 가질 수 있으며 그것에 의해서 난관을 타개할 수 있는 지혜를 획득할 수 있다.

'신은 나를 구해 주셨다.'

이 말은 많은 사람들이 위기에서 벗어나서 하는 환희의 외침이다. 그런데 사실은 이들이 여러 가지 실패를 경험하다가 마지막으로 어떤 일을 시도하여 성공한 다음에 기쁜 마음으로 하는 말이지만, 그들은 마지막 순간에 자신 안에 숨어 있는 힘에 호소했다는 사실이다.

당신은 지금부터 순간순간의 발전이냐 몰락이냐, 어느 한 가지를 선택해야 한다. 우리의 삶이란 무엇인가 선택하지 않으면 안 되는 운명이다.

당신은 이 세상의 어느 누구보다도 자기 자신에 대해 잘 알고 있다. 그러나 알려고 하지 않는데 더 큰 문제가 있다. 그러나 이제부터는 무엇을 결정하기 전에 먼저 자신에 대해서 철저하게 알아야 한다.

만약 당신이 자신에 대해서 철저히 알고 있다면 '올바른 궤

'이것도 아니고, 저것도 아닌 삶'을 살다가는 영원히 짓밟히는 인생으로 끝나고 만다.

도'에 진입하는데 지금도 늦지 않았음을 깨달을 것이다. 이제 당신은 축구 경기에서 축구공을 되돌려 받은 선수와 같이 골문을 향해서 질풍같이 돌진할 때이다. 지금 그 일을 하지 않으면 앞으로는 그러한 기회를 두 번 다시 잡지 못할 것이다. 당신은 결단의 순간에 있는 것이다.

'물러설 수 없다. 오직 뚫고 나갈 뿐이다.'

돌진해야 한다. 늦으면 늦을수록 사태는 악화되어 곤란하게 될지도 모른다.

당신의 내부에 잠재해 있는 진정한 자아로부터 지시를 받아들여야 한다. 그 지시가 실행하기에 아무리 어려울지라도 명령하는 바를 따르도록 하라.

결단을 내려 당신의 의식을 과거의 공포나 심리적 억압으로부터 해방시키도록 하라. 그렇게 하면 당신의 마음은 좋은 생각만 하게 되어 해결할 수 있는 일을 당신 쪽으로 끌어당기기 시작한다.

"그렇다. 아니 그렇지 않다, 그럴지도 모른다, 아니 그렇지 않을 지도 모른다고 하는 불분명한 말과는 영원히 결별하라. 그렇게 갈팡질팡해서는 아무 일도 성사되지 않는다."

데이비드 하램이 한 말이다.

그렇다. '이것도 아니고, 저것도 아닌 삶'을 살다가는 영원히 짓밟히는 인생으로 끝나고 만다.

어떤 성공한 사업가가 이렇게 말했다.

'나는 전혀 결단을 내리지 못하는 것보다는 설사 잘못된 결단이라도 내려서 그것을 실행하는 쪽을 택하겠다.'

❖ 결점도 장점으로 바꿀 수 있다

스스로 결점이 많다고 생각하고 있는 사람은 사회생활이나 대인관계에서 위축되기 쉽다. 결점이 있다면 고치는 것이 좋지만, 그것이 선천적이거나 유전적인 것이라서 뜻대로 바꿀 수 없다면 어떻게 할 것인가? 이를테면 남과 어울리지 못하고 외톨박이로 지내는 사람이라면 성격상 한쪽으로 기운 데가 있다. 성격상의 결함으로 볼 수 있다. 그러한 결함이 있다고 해서 사회적으로 출세가 불가능하다고 단정할 수는 없다. 이름 난 학자나 예술가 중에는 그러한 성격을 가진 사람이 적지 않다. 그들이 나중에 학문이나 예술 부문에서 남이 못한 큰 일을 이루어낸 것은, 그 결함이 외부 조건과 조화를 얻었기 때문이다. 자신이 갖고 있는 결점을 새로운 정세에 적응시키고 조화시켰던 것이다. 때문에 어떠한 결점이 있느냐가 문제가 아니라, 그 결점을 어떻게 이용하느냐가 중요하다. 결점을 잘 이용함으로써 도리어 성공의 발판이 될 수 있다.

결단을 못함으로써 파멸에 이른 인생

결단을 내리지 못함으로써 결국 파멸에 이른 사람이 수없이 많지만, 그런 사람으로 목사 한 분을 소개하겠다.

그는 목사였지만 성서를 읽으면 읽을수록 의문이 생기는 것은 어쩔 수가 없었다. 그는 마음속으로는 성서를 의심하는 것이 죄인 줄 알면서도 점차 성서의 어느 부분을 부정하기에 이르게 되었다.

'나는 이 상태로 설교를 계속할 것인가, 아니면 목사직을 그만두어야 할 것인가?'

그의 마음은 결단을 내리지 못한 채 혼란스러웠고 마침내 건강에까지 영향을 주어 몸이 약해지기 시작했다.

이제는 강단에 서서 설교하는 것조차 두려움을 느끼기 시작했다. 그리하여 설교를 하지 않아도 될 만한 적당한 구실이 일어나기를 은근히 기대하는 처지였다.

마침내 마음속으로 기대하던 일이 일어났다. 신념의 마술이 부정적인 방향으로 작용한 것이다. 그가 설교하려고 강단에 올라선 순간 갑자기 심한 기침이 나서 숨쉬기가 곤란할 정도였다. 그의 건강이 그로부터 더욱 악화되어 목사직을 사퇴하지 않으면 안 되었다.

누구나 그를 동정했지만, 그는 자기 자신을 비난했다. 그로부터 얼마 후에 건강은 회복되었지만, 어떠한 일에도 결단을 내리지 못하는 우유부단한 인간이 된 것이다.

그리하여 목사의 직분으로 신도들에게 새로운 신앙의 방향도 제시하지 못하였으며, 자기가 의심하고 있는 문제점을 누구에게 말하는 것조차 두려워하여 고뇌하고 번민하기까지 하였다. 그때부터 그는 자신의 문제를 결정하려고 하면 기침부터 나오기 시작하여 무엇하나 결단을 내리지 못하는 불쌍한 노인으로 전락하고 말았다.

그는 임종 직전에 필자에게 이런 말을 했다.

"나는 다시 한 번 인생을 산다면, 신념을 숨기지 않고 정직하게 말하는 인간이 되겠다. 그리고 두려움 때문에 결단을 내리지 못하여 항상 자책과 우유부단으로 자학하는 인생이 되지는 않겠다."

당신은 이러한 병적일 만큼의 우유부단으로 괴로움을 당하고 있지는 않는가?

결단은 용기로부터 생긴다. 그리고 용기는 자신의 힘을 믿는 자신감에서 솟아오른다.

현재 당신을 에워싸고 있는 문제나 상황이 언제까지나 그대로 계속되리라고 생각해서는 안 된다. 상황은 항상 변한다. 그러기에 당신에게 결단을 요구하는 것이다.

3

결단의 시기를 잘 선택한다

독자에게 드리는 질문

당신은 이제 결단력이 얼마나 중요한가를 깨달았을 것이다. 문제는 언제 어떻게 결단하느냐가 문제이다.

당신은 어떤 일을 결정할 때 그 시기를 잘 선택했는가? 아니면 결정의 시기를 놓쳐 일을 그르치지는 않았는가?

결단은 그 시기가 중요하다. 역사를 바꾼 위대한 결단도 시기를 잘 선택했으므로 그 진가가 발휘되었다.

당신이 정상에 오르려면 승부를 결단해야 할 때가 있다. 그럴 경우 시기와 선택이 무엇보다도 중요하다.

이제 그 시기와 선택 방법에 대해서 연구해 보자.

결단의 때를 알라

'결단이 있는 곳에 성공이 있고, 성공이 있는 곳에 반드시 결단력이 있다.'

이 말은 닥터 죤스닝이라는 영국의 사서편자 시뮤엘 죤슨이 한 말이다. 결단력이 있는 사람은 반드시 성공을 거둔다는 뜻이다. 여기에 예외란 있을 수 없다.

지금까지 성공한 사람들은 모두 결단력이 뛰어난 사람들이었으며, 결단할 때를 알고 일단 결심하면 다른 것에 마음을 빼앗기거나 진로를 바꾸거나 하지 않았다. 그들은 설령 부와 재산을 다 잃어도 오로지 그것만을 위해 노력하며 실현시켰다.

프랑스의 츄렌타 육군지휘관은 전술에 대해서 지휘를 맡은 어느 한 사람의 말을 소개하고 있다.

"잘못을 했을 땐 언제까지나 그것을 후회만 하고 있지 말고, 곧바로 일어서서 복구 작업을 시작하라."

선택은 오직 전진뿐이다

그야말로 '실수를 했어도 금방 일어선' 한 청년의 이야기를 소개하고자 한다.

한 청년이 친구로 자칭하는 추종자들과 유흥가에서 놀기만 하다가 부모로부터 물려받은 상당한 액수의 재산을 2, 3년 만에 다 탕진해 버렸다.

그 청년을 따라다니던 추종자들은 재산이 떨어지자 그를 거들떠 보지도 않았다.

어느 날 몹시 곤궁해진 그는 자살을 결심하고 여기저기 헤매던 중에 높은 낭떠러지까지 오게 되었다. 거기에서 내려다본 들판에는 최근까지 자신의 소유지였던 토지가 보였다.

청년은 무릎을 꿇고 몇 시간 동안 가만히 앉아서 생각하다가 이윽고 힘차게 일어섰다. '저 토지를, 저 건물을 다시 되찾자' 그렇게 결심한 것이다.

이제 그는 자신이 무엇을 해야 하는가를 알게 되었던 것이다. 그는 서둘러서 걷기 시작했다.

'아무리 하찮은 일이라도 좋다. 설령 참새 눈물만큼의 돈밖에 안 된다 할지라도 좋으니 기회가 있다면 피하지 말고 다시 시작해 보자. 그리고 손에 들어온 돈은 한푼이라도 저축을 하자.'

청년은 그렇게 맹세하였다.

우선 그의 눈을 끈 것은 어느 집 현관 앞에 배달되어져서 아무렇게나 쌓여 있는 석탄더미였다. 그는 집주인에게 석탄을 보관 장소에 운반하는 일을 해주고 약간의 돈을 받았다. 그리고 또 다음 일을 찾아 나섰다.

그는 자신으로서는 도저히 생각할 수조차 없을 만큼 비참한 경우라도 기회를 놓치지 않고 일했다.

그렇게 해서 원래의 재산을 되찾기 위해 노력을 계속하는 한편 절약하는 것도 잊지 않았다.

그리하여 상당한 시간이 지나고 어느 정도 저금한 돈이 생기자 장사를 시작하여 많은 이익을 보았다. 그는 그것을 자본으로 하여 작은 업체를 세워 신중하고 신속한 거래를 확대해 나갔다.

거래는 점차 확대되고 원래의 자산을 회복하기에 이르렀다. 마침내는 잃었던 재산을 모두 되찾았을 뿐만 아니라 일생 동안 절약을 게을리 하지 않았으므로 거액의 재산을 남기게 되었다.

이 이야기는 결단력이 어느 만큼 커다란 힘을 가지고 있는가를 나타내는 하나의 예이다. 위기의 순간에 결단을 내릴 줄 알았기에 이 청년은 자신의 인생을 성공적으로 이끌 수 있었다.

이 같은 선인들의 대표적인 사람이 혼 하워드이다.

하워드는 뭔가 사람들에게 도움이 되는 일을 하려고 결심하면 그 순간부터 실행에 옮겼다. 그리고 어떠한 장애도 그를 방해할 수 없었다.

죄수들의 환경 개선 문제로 외국을 방문했을 때도 하워드는 명승고적 같은 데는 찾아가지 않았다. 유명한 그림이나 조각을 감상하고 고대 유적지들을 방문하게 되면 원래의 목적을 다할 시간이 적어지기 때문이다. 그래서 로마를 방문했을 때도 바티칸 궁전조차 보지 않았던 것이다.

하워드에게 최고의 기쁨은 자신이 바라는 것이 하나하나 실현되는 것을 확인하는 일이었다.

"내가 여행길의 위험에 둔감한 것이 아니다. 자신이 목표로 하는 것을 향해서 걷고 있을 때 설령 그로 인해 목숨을 단축시키는 일이 있다 해도 신께서는 기뻐해 주시리라고 믿는다. 이것만은 오해하지 않았으면 한다. 나 자신이 하고 싶은 것 때문에 주위를 돌아보지 않거나 정신력이 산만해져 있지도 않다. 나는 한정된 자기만의 세계에서 여생을 보내는 것이 아니라 좀더 많은 사람에게 도움이 되는 일을 하고 싶다. 그것이 자신의 의무라고 생각한다. 그리고 지금 내가 하고 있는 것은 그러한 일이라고 믿고 있다."

어떻게 하면 많은 사람에게 도움을 줄 수 있을까 하고 오랫

분산된 빛은 아무런 힘도 발휘하지 못한다. 하지만 초점을 맞추면 에너지를 모을 수 있다.

동안 생각하기 전에 우선 눈앞에 있는 한 사람에게 도움이 될 수 있는 것부터 생각해야 한다. 아무리 하찮은 행위라도 아무것도 하지 않고 있는 것보다는 훨씬 낫다.

어느 작가는 다음과 같이 쓰고 있다.

'언제 올지 모르는 '언제인가'만 생각하고 있는 기다림은 무익할 뿐만 아니라 유해하다. 한편 의지는 있지만 결단력이 없는 사람은 집에서 한 발짝도 밖으로 나가지 못한다. 따뜻한 난로 앞에 두 다리를 내뻗고 손에 불을 쬐면서 우아하게 공상의 세계에 빠져 있다.

그런 사람도 나름대로 인류의 일을 심각하게 생각하고 있을지 모르지만, 실제로는 아무것도 하지 않고 있다. 생각은 많아도 그 십분의 일도 세상에 공헌하지 못하는 몽상가일 뿐이다.'

❖ 목표의 힘

목표를 정한 사람은 그렇지 못한 사람보다 더 성공하며 더 행복한 모습을 보인다는 것이다.

목표를 정하면 스트레스와 걱정이 적으며 깊은 집중을 할 수 있고 자신감을 크게 갖게 된다. 또한 성취도가 지속적으로 발전되면서 더욱 효율적으로 계획된 일에 만족할 수 있다는 것이다.

나폴레옹을 영웅으로 만든 최대의 자질

역사적 인물 가운데 결단력이 뛰어난 사람을 말하면 어느 누구보다도 나폴레옹이다.

한순간의 중요함을 깨닫고 신속한 행동으로 싸움을 승리로 이끈 나폴레옹은 '장군에게 필요한 자질은?'이라는 질문에 '시간을 정확하게 재는 능력'이라고 대답한다.

몬테페로의 전쟁은 그야말로 그 실천이라고 해야 할 사례이다. 오스트리아군의 기병대가 전장에 들어오기까지는 15분이 걸린다고 계산한 나폴레옹은 그 15분 동안 아군이 확실하게 승리할 수 있는 작전을 세웠던 것이다. 그 날 전쟁이 끝나고 나폴레옹은 오스트리아가 패한 원인은 시간의 중요함을 깨닫지 못했던 탓이라고 지적하였다.

그의 결단력은 거보리 전투에서도 위력을 발휘하였다. 천하를 가르는 큰 전쟁이 될 것이라고 생각한 나폴레옹은 일시적으로 휴전의 깃발을 적진에 보냈다.

휴전 의논을 하고 있는 동안의 몇 분간 휴식 시간을 이용해서 작전을 다시 세웠던 것이다. 나폴레옹 측이 큰 승리를 거둔 것은 그 몇 분간의 덕택이었다. 그렇지만 그런 나폴레옹도 신속한 결단의 중요성을 잊고 워털루 전쟁 이후 몰락해 갔다.

이와 전혀 반대되는 예로써, 결단력의 부족으로 인하여 성공을 거두지 못했던 사람은 제임스 매킨토쉬이다.

애버딘 대학에서 훌륭한 성적을 받았던 매킨토쉬가 우수한 교수로서 성장할 것이라는 것은 누구나 예상한 바였다.

그런 매킨토쉬가 좌절하고 그 능력을 발휘하지 못했던 것은 오로지 본인의 우유부단함과 결단력의 결여 때문이었다. 그야말로 '자주 마음이 변하고, 한 곳에 가만히 머물러 있는 일이 없었다.'는 것이다.

매킨토쉬는 애버딘 대학에서 정치학을 할 것인가, 철학을 할 것인가를 고민했고, 의학을 배우러 갔던 에딘버러 대학에서는 오전에는 정치학 공부를 하고, 오후에는 변론에 시간을 소비했다. 또 개업의로서 기반을 닦으려 했을 때는 환자가 좀처럼 진찰을 받으러 오지 않는 것에 낙심이 되어 개업을 포기하기에 이르렀다.

그때부터 거의 놀다시피 하면서 정치학 책을 쓰거나, 정치가이자 웅변가이기도 한 바코의 의견에 대립하는 소책자를 쓰는가 하면 법률을 강의하면서 여전히 역사학 또는 윤리학의 대작을 쓰겠다고 소란을 피웠다.

그는 자신의 계획을 무너뜨리기 위한 계획을 세우는데 여념이 없었던 것이다.

타고난 자질의 매킨토쉬가 재능에 걸 맞는 인생을 보낼 수가

이 세상에서 가장 불행한 사람들은 자신이 하고 싶은 것을 하지 못하는 사람들이다.

없었던 것은 무엇이었을까? 그건 목표를 하나로 정하는 결단력과 다른 것을 희생하고서라도 해내는 집중력, 실행력이 없었기 때문이다.

바코는 말하고 있다.

"매킨토쉬 만큼 자신이 대성할 것이라고 믿으면서도 거의 아무것도 성취하지 못했던 사람은 드물다."

매킨토쉬는 한 논문에서 '유효'와 '유용'중에 어느 쪽의 말을 사용할 것인가를 가지고 몇 주간 동안이나 고민하고 있었다. 결국 제임스 매킨토쉬는 부여받은 자질에 알맞은 일을 무엇하나 완성시키지 못하고 67세로 이 세상을 떠났다.

괴테의 다음과 같은 말이 가슴에 와 닿는 것은 비단 매킨토쉬에 국한된 것만은 아니다.

'내가 존경하는 사람은 자신이 무엇을 하고 싶은가를 정확하게 알고 있는 사람이다. 이 세상에서 가장 불행한 사람들은 자신이 하고 싶은 것을 하지 못하는 사람들이다.'

콜럼버스는 심한 폭풍우와 선원들의 불평에도 굴하지 않고 강한 결의를 가지고 미지의 항해를 계속했기 때문에 신대륙을 발견할 수 있었던 것이다.

결단력과 의지

외과에 과학적인 기초를 제공하고 치과학의 선구자라고도 불리우는 스코틀랜드의 죤 헌터도 결단력과 강한 의지로 명예를 얻은 사람이다.

죤 헌터는 십 형제 중 막내로 태어났다. 어려서 부친을 잃은 헌터는 교육을 받을 수 없었고, 공부보다는 밖에서 노는 것을 더 좋아하는 소년이었다.

헌터는 17세 때 의형제가 일하고 있는 목공소에 취직하여 3년 동안 점원 노릇을 하였다. 이때 놀며 허비한 시간을 후회했던 것 같다. 친형 윌리엄이 의사로서 대성공을 거두었다는 소식을 듣자, 해부실의 조수로 써줄 것을 부탁하였다.

죤이 새로운 직업을 찾은 것은 20세 때였다. 죤은 해부학 공부를 시작하자 즉시 두각을 나타냈다. 일하면서 배우는 공부였지만 누구에게도 뒤지지 않았다. 형 윌리암이 할 수 있는 일이라면 자신도 할 수 있다는 믿음을 가졌다.

성실한 면학 성과가 나타나 죤은 2년째가 되었을 때 해부학의 책임자인 형의 대리로 일할 수 있게 되었다.

죤은 외과 지식을 습득하기 위해서 어느 때는 학생의 신분으로 때로는 의사로 모든 기회를 이용하여 공부에 몰두하였다.

그런 보람이 있어서 3년 후에는 그의 공적을 인정한 형 윌리암이 경영하는 의학학교의 공동경영자가 되고 강의실의 절반을 담당하게 되었다. 그러나 너무 격무에 시달리고 연구에 치중했기 때문에 건강이 나빠져 따뜻한 지방으로 요양을 가야만 했다. 완전히 회복되어 런던으로 돌아왔을 때는 36세 때였다.

그는 런던에서 개업하려고 했지만 친구도 없었고 경제적으로도 어려웠다. 환자들이 그의 실력을 알아줄 리도 없었고, 이미 이름이 알려져 있는 개업의에게 만족하고 있었으므로 실력을 알지 못하는 의사를 찾으려 하지 않는 것은 당연하다.

일이 생각처럼 잘 되어가지 않는 것을 깨닫게 된 죤은 다시 교편을 잡아 생계를 꾸려가기로 하였다. 그러나 그가 시작한 해부학과 외과 교실은 그의 재능과 지식이 풍부함에도 불구하고 제대로 평가받지 못한 채 수강자가 20명 이상을 넘는 일이 없었다. 그러나 그것으로 인해서 좌절할 그가 아니었다.

그는 자기 자신을 믿고 있었고 잘 되어가지 않아도 그 때문에 목표를 바꾸는 일은 없었다.

그런 강한 의지가 감동했는지 얼마 지나자 죤 헌터의 평가도 높아지고 여기저기 초청을 받게 되었다. 그래도 그는 끊임없이 공부를 계속하였다. 죤 헌터 만큼 시간을 아껴서 일에 전념했던 사람은 없을 것이다.

죤 헌터는 외과수술 사이의 시간을 쪼개서 동물학, 생물학, 해부학, 병리학 등 모든 분야의 연구에 몰두하였다. 저녁식사 후의 선잠을 제외하고는 하루 네 시간 이상을 자지 않았다.

죤 헌터는 일 만점 이상에 달하는 표본을 남기고 이 세상을 행동은 모든 성공적인 변화의 필수 조건이다.

떠났다. 중요한 것으로는 생활기능별로 분류된 동식물의 표본, 동식물학의 실증이 되는 삼천 종 이상의 동물박제, 식물표본, 그 밖에도 천 이백 점 남짓의 공룡 화석도 남겼다.

그러나 죤 헌터의 수집 중심이 되는 것은 무엇보다도 「헌터 박물관」의 가장 특징인 세 부분, 즉 일반적 질병과 치료 후의 회복제, 특이한 질병의 물리적 변화, 기능별로 분류된 여러 가지 질병의 병리학적 표본이다.

한 남자가 일생 동안의 바쁜 시간을 활용하여 많은 양의 표본을 모은 것은 한 가지 목표를 위하여 긴 일생을 두고 노력했기 때문에 가능한 일이었다.

훗날 죤 헌터의 의지와 노력의 결정인 이 박물관을 정부가 매입하여 런던 의과대학에 기증하였다.

강한 정신력

올바른 결단력은 누구나 바란다고 해서 금방 얻어지는 것이 아니다. 하루 하루의 마음가짐에 의해서 조금씩 변해 가는 과정에서 형성된다.

그렇기 때문에 육체적 건강 역시 중요하다. 체력이 약하면 정신력까지 약해져 결단해야 할 용기를 갖지 못하지만, 건강하면 힘이 생기고 아울러 정신까지 강해져서 주저없이 결단을 내릴 수 있다.

'철의 장군'이라 불리우는 웰링톤 장군도 '철의 의지를 가진 남자'의 표본인 나폴레옹도 병이나 피곤함을 모르는 건강한 육체를 가지고 있었다. 이 두 사람이 연약한 육체의 소유자였다면 전쟁에서 살아 돌아올 수 없었을 것이다.

당신도 한두 번쯤은 경험했으리라. 건강 상태에 따라서 어려운 일이나 곤란한 일에 대처할 능력이 생긴다는 사실 말이다.

컨디션이 좋고 활력이 넘칠 때는 좀 어려운 일이라도 의욕적으로 해결할 수 있는데 기분이 좋지 않거나 컨디션이 나쁠 때는 의욕이 없어져서 조그마한 어려움도 큰 장애물과 같이 생각된다.

당신이 결단력을 지니려면 건강하고 튼튼한 육체를 길러야 한다. 세상에는 성공하자마자 쓰러져 자취를 감추어 버리는 사람이 수없이 많다. 그런 사람은 두뇌나 마음을 단련시키는 일에는 힘을 쏟았지만 육체를 단련시키는 훈련에는 전혀 관심을 두지 않았기 때문이다.

이렇듯 어느 한쪽이 결핍되면 다른 한쪽까지도 구제하기 힘든 상태가 되어버린다. 따라서 당신이 결단력 있게 모든 일을 추진하기 위해서는 먼저 건강한 육체를 가지도록 노력해야 할 것이다.

❖ 꿈은 열매를 맺는다

토마스 에디슨은 전등 발명을 꿈꾸었다. 그 꿈을 실현시키기까지 얼마나 많은 실패를 거듭하였던가, 그럼에도 불구하고 전등을 발명하기까지 꿈을 버리지 않았다.

휠런은 담배 연쇄점을 만들려는 꿈을 가지고 그 꿈을 행동으로 옮겼다. 그것이 지금 미국 최대의 연쇄점이 된 '유나이티드 시거 스토어즈'다.

라이트 형제는 하늘을 날으는 기계를 만들겠다는 꿈을 가졌다. 그것이 지금의 공중여행을 실현시켰다. 라이트 형제의 꿈은 건전한 것이었다. 현실에 입각한 꿈을 꾸는 사람은 결코 단념하지 않는다.

4

용기를 가지고 도전하라

독자에게 드리는 질문

지금 당신은 전진할 준비가 되어 있는가? 그리고 끈기 있게 당신이 하던 일을 추진할 수 있는가?
당신의 발전이나 남은 생애를 어떻게 할 것인가는 다른 사람이 아닌 자신이 선택해야 한다.
당신은 무엇 때문에 주저하는가?
아직도 남의 시선을 의식하는가?
현재에 안주하고 있다면 당신의 인생은 별 볼일 없는 삶으로 끝날 것이다. 다시 용기를 내어 도전해 보라.
그러면 새로운 기회의 문이 열릴 것이다.

안전이 인생의 전부는 아니다

인생은 피할 수 없는 위험을 수반한다. 살아있다는 사실도 일종의 행운이다. 교통사고, 질병 등 나쁜 소식이 예고없이 당신을 찾아온다.

또 인생을 살면서 균형을 유지한다는 것도 어렵다. 때때로 우리는 미래를 지나치게 과신한다. 하지만 어떤 때는 마음이 상하고 세상에 속는 느낌까지 들기도 한다.

그래서 삶을 포기해 버리기조차 한다. 그러나 어떤 의미에서 보면 인간의 삶의 목적이란 불행에 부딪쳤을 때 그것을 극복해 내는 것이 아니겠는가?

당신이 간혹 안전하고 타성에 젖어버린 일상적인 생활과는 다른 방식으로 행동할 때도 있을 것이다. 이때 당신은 긴장을 하게 된다. 그러다가 그것이 심해지면 메스꺼움, 현기증, 심지어 정신적 장애까지 받는다. 만약 당신이 그 새로운 변화에 너무 오래 집착하면 공포는 마음 깊숙한 곳에서 생겨나고 그것이 당신을 압도하게 된다.

생의 위협을 극복하는 일을 돈에 투자하는 경우에 비유해 보자. 아마도 잠재적 수익은 어느 정도 위험 수치를 나타내고 있을 것이다. 그러나 위험이 크면 클수록 게임은 더 흥미로운 법이다.

공포감은 짜증을 낳는다

위험을 극복하는 용기는 당신의 인생을 위한 좋은 치료제가 될 것이다. 어쨌든 위험을 극복하는 방법을 피하자는 안이한 생각을 하지 말라. 공포에 대해 지나치게 의식하면 아무것도 이루지 못한다. 스스로 해볼 만한 새로운 일을 지금 곧 실행하라.

'위험은 어떤 것인가? 그에 대한 대가는 무엇인가?'라고 반문해 보는 생활습관을 길러야 한다. 그러한 자세는 위험을 극복하는 일이 '성공의 일부가 된다'는 것을 가르쳐 줄 것이다.

반드시 큰 위험만을 생각할 필요는 없다. 우리가 세상을 살아가는 모험에서 너무 많은 것을 얻고자 한다면, 오히려 새로운 것을 배우기가 힘들다. 그러나 신중하게 위험의 내용을 살펴볼 필요는 있다.

한 번 부딪쳐 도전해 보라. 그리고 위험을 수반하는가 아닌가를 살펴보라. 그러면 위험을 극복하는 자신의 의지가 괜찮다고 느껴지는 경우가 있는가 하면 안전만 보장된다면 모든 것을 포기할 수 있다고 느낄 것이다. 어쨌든 최선의 방법은 부딪쳐 보는 것이다.

중요한 생의 의미를 바람직한 긴장이나 위험과의 조화에서 찾는 일이다.

자신에게 전념하는 용기

어떤 일에 몰두하면 생각 이상의 성취감을 얻는다. 예컨대 예술 분야에 종사하는 사람들이나 종교적 분야의 사람들이 그렇다. 우리도 그런 성취감을 맛볼 수 있다. 그 성취감은 당신이 좋아하는 사람이나 당신이 증오하는 사람도 함께 느낄 수 있는 감정이다. 한편 성취감은 음식을 만드는 데서, 혹은 나무를 베는 일이나 산책 중에 느낄 수 있다.

그것은 걱정이나 자의식을 잊고 그 무엇인가에 빠지는 것과 같은 체험인데, 다른 명칭으로도 불린다.

그러나 흔히 사랑에 대한 성취감은 자신이 직접 체험하지 않으면 좀처럼 느끼기 어려운 감정이다. 식료품을 하나하나 점검하는 일이나 기계를 다루는 일은 성취감을 줄 수도 있지만, 반면 반복적인 일로써 지루함에서 벗어나기 어렵다. 이것은 생각 여하에 따라 즐거운 일, 혹은 그 반대의 입장이 될 수 있다.

간혹 어떤 이들은 막연하게 성취감을 기다린다. 그리고 "보세요, 나도 성취감을 얻었습니다."라고 말하기 위해 어느 조직의 일원이 되었음을 광고한다. 그러나 다른 사람을 위해서 하는 일이라면 그 성과가 떨어지고 만다.

당신은 어떤 생활을 원하는가? 당신에게는 어떤 용기가 있는가? 선택은 당신에게 있다.

창의력은 매력 있는 정신적 요소이다. 오랜 역사를 통해 볼 때 그 창의성의 비결을 찾기 위해 많은 사람들이 연구해 왔다.

지금까지 어떤 사람도 성공하지 못했다고 해서 당신도 마찬가지라는 생각을 갖지 말라.

그들은 때때로 자신의 체험에 근거하여 어떤 공식을 찾고자 했다. 그러나 찾을 수가 없었다. 창의성은 점진적인 과정이 아니기 때문이다.

오늘날 많은 운동 선수들이 그 창의성을 개발하는 방법을 배우고, 또 생각하고 있다. 이때 흔히 쓰이는 말은 집중력이다. 집중력은 최대의 성과를 가져오는 필수적인 정신적 요소이다. 흔히 훌륭한 게임과 형편 없는 게임과의 차이는 집중력에 의해 좌우된다. 이러한 집중력을 갖기 위해서는 불안감이나 자의식을 버리고 마음속의 무익한 것들을 버려야 한다.

동양의 철학은 '마음의 상태'에 목표를 두었다. '무념, 무상한 자세로 행동한다'고 하는 이 개념은 중세 일본의 사무라이 무사들에게서 찾아볼 수 있는데, 그들은 적을 쓰러뜨리는 가장 좋은 방법을 '지체없이 싸우는 것'이라고 믿었다.

세련된 무술의 숙달도 필요하다. 그러나 실제적인 행동은 집중력보다는 느낌에 좌우된다. 훈련을 거듭함으로써 그들은 '상대가 왼쪽에서 공격해 올까? 오른쪽일까?'라는 식의 혼란을 넘어서는 직관력을 개발한다. 즉 무사이지만 마음의 평정과 균형을 잃지 않고 자신이 마치 적인 양, 다음에 일어날 일을 미리 예견하고 행동한다.

'정신으로부터 육체는 배운다.'

우리가 어떤 것을 배우고자 할 때, 마음의 문을 활짝 열고 정신은 육체를 가르친다.

그 방향으로 주의를 기울여야 한다. 열린 마음은 당신을 깨우쳐 준다. 그 때 당신은 그것이 무엇을 뜻하고 있는가를 생각해 본다.

사무라이처럼 동양의 궁수들도 그 느낌을 추구하는 일종의 명상을 통한 수련법을 중요시한다.

만약 당신이 새로운 무엇을 배우고자 한다면 느낌을 얻는데 집중해야 한다. 복잡한 의식의 세계로부터 벗어나서 온전한 명상을 통해서 당신이 바라는 일에 깊이 빠져들어야 한다.

❖ 휴식을 취하면서 자신을 찾는다

마음의 안정을 얻으려면 먼저 육체를 편안히 쉬도록 해야 한다. 가벼운 달리기나 줄넘기, 요가 등 손쉬운 운동을 생활에 끌어들어 매일 땀을 흘리면 상쾌해질 것이다. 특히 감정적인 성격을 지닌 사람은 깊은 심호흡 운동을 권하고 싶다. 기분이 울적하면 무슨 일이든 감정적으로 처리하기 쉽다. 피로가 쌓이지 않도록 자신의 장점을 살려 자기답게 일하며 스스로 삶의 방향을 찾아 주위를 살펴볼 여유를 가져야 한다.

창조적인 일에 몰두하는 용기

천부적인 유전적 재능, 연구, 훈련, 행운까지도 창의력의 중요한 일부이다. 그러나 꼭 필요한 것은 자신의 세계에 몰두하는 일이다. 우리는 그것을 두 가지 과정으로 생각해 본다.

첫째, 창의적인 행동에 자신을 몰두시키고, 그런 다음 기꺼이 그 일에 임한다.

둘째, 비판적인 검토이다. 정신적인 여유를 갖고 거리를 두어 그 결과를 주시해 보라. 그 일이 내가 원하고 있는 방향으로 가까이 가고 있는가를. 그것은 마치 캔버스 앞에 선 화가가 무아의 경지에서 그림을 그리고 난 다음 새로운 조화를 얻기 위해 약간 뒤로 물러서서 작품을 응시해 보는 행동과 같다. 이 두 가지는 마음의 분리 상태, 즉 창의적인 행동과 비판적인 검토를 의미한다.

창조적인 삶은 성공을 지나치게 의식하지 않고 그것에 깊이 몰두함으로써 얻을 수 있다.

그러한 자세로써 우리는 무리없이 창의의 틀 안에 들어가게 되어 훌륭한 결과는 거기에서 주어지는 여분의 이득에 불과하다. 더 중요한 것은 스스로 자신을 자유자재로 컨트롤하는 일이다.

어떤 농부가 15년 동안 자신과 가족의 바람직한 삶을 위해 열심히 노력했다. 그는 결코 어떤 동정이나 특별한 대접을 바라지 않았다. 그의 생활 철학은 독립심과 근면이요, '심은 대로 거두리라'는 신조였다.

창조적인 삶은 성공을 지나치게 의식하지 않고 그것에 깊이 몰두함으로써 얻을 수 있다.

그의 최선의 노력에도 불구하고 어느 날 갑작스럽게 태풍이 불어와 농작물을 모두 휩쓸어갔다. 그는 마지못해 재난대책위원회에 가서 도움을 받았다. 그때 그는 자신이 실패자라고 느꼈다. 과연 당신도 그렇게 생각하는가?

그렇게 생각하지 않기를 바란다. 실패의 공포는 당신을 무력하게 만든다. 만약 당신이 자신을 사랑하고자 한다면 모든 것을 사랑해야 한다.

대담함을 가져라. 가능한 한 많은 용기를 갖도록 하라. 물론 용기만이 전부는 아니다. 거기에는 실천이 따라야 한다. 문제를 해결하는데 그럴듯한 요령을 기대하지 말라. 확고한 삶을 영위하려는 용기를 가져야 한다. 사랑과 정력으로 가득 채워야 한다.

성공이란 용기있게 사는 삶이다. 성공이란 투쟁이요, 변화요, 계속 성장하려는 용기를 의미한다. 그리고 다른 모든 고통과 시험에 속박되지 않는 용기를 말한다. 성공이란 바로 당신 자신의 것이다.

'나중에 한다'는 잘못된 습관을 '지금 곧 처리한다'로 바꾸는 방법

일을 지연시키는 버릇이 습관화되면 그 끝이 보이지 않는다. 또한 오늘 꼭 해결해야 할 업무까지 모두 뒤로 미루게 된다.

실패를 두려워하는 마음가짐은 진보의 꼬리를 붙잡는 원인이 된다.

이러한 경우하면 자기가 무엇에 불안해 하고 있는가를 분석하고, 재빨리 그 불안의 실체를 해결하는 것이 제일 급선무다.

실패의 원인을 분석해 지식이 부족하다든지, 기술이 따라 가지 못한다든 지 하는 경우가 많으므로 부족한 면을 보충해야 위기를 극복할 수 있다.

충분한 지식과 계획없이 시간만 낭비하고 있다는 것은 실패를 두려워하기 때문이므로 이를 방비하기 위한 최선의 노력을 기울이지 않으면 안 된다. 이것이 자기 업무 능력의 한계라는 사실을 깨달았으면 그 이상의 것은 불가능하므로 그 정도에서 문제를 해결하면 충분하다.

설령 실패했다 하더라도 최선을 다 하였다면 위로 받을 수 있다. 실패란 누구에게나 찾아오는 그림자와 같다. 실패하면 정정하고 손질한 뒤에 다시 시작하면 그것에 대한 불안과 고통은 잊게 된다.

실패를 보다 많은 것을 배우는 새로운 계기로 반전시켜야 한다. 그러므로 실패를 두려워하고 아무것도 하지 않는다면 미래의 성공도 보장 받을 수 없다.

끈기와 인내 •노만 V · 필

끈기와 인내를 가져라

STEP5

1

끈기의 기초는 의지이다

독자에게 드리는 질문

당신은 어떤 일을 한 번 시도했다가 만족한 결과를 얻지 못했다고 중도에서 포기한 일은 없는가?
무엇을 성취하려고 시작했다가 그만두고, 다시 다른 것을 시도했다가 포기한 일은 없는가?
끈기와 인내심이 없어서 그런 결과가 생긴 것을 나중에서야 깨달은 일이 있을 것이다. 인내력과 끈기가 없으면 당신은 결코 어떤 일도 성취할 수 없다.

욕망이 커야 성공한다

당신의 욕망을 재산이나 성공으로 전환시키는 과정에 있어서 '끈기'는 절대 불가결한 요인이다. 그리고 끈기의 기초가 되는 것은 의지이다.

당신의 의지력과 욕망이 훌륭하게 결합되었을 때, 무슨 일에나 굽히지 않는 강력한 힘이 생긴다.

큰 재산을 모았거나 성공한 사람은 대개가 냉혈동물이라는 평판을 듣게 되며 때로는 가혹하다는 비난을 받는다. 그러나 이것은 오해일 뿐이다. 그들이 가진 것은 끈기가 밑받침된 의지력과 목적을 달성하기까지 결코 단념하지 않는 욕망이다.

대다수의 사람들은 그가 마음속에 품고 있는 목표나 목적을 간단하게 대동댕이치며 사소한 장애나 불행에도 불구하고 끝까지 목적 완수를 위해 노력하는 사람은 극소수에 지나지 않는다.

끈기라는 말에 영웅적인 의미가 없을지 모른다. 하지만 이 끈기는 인간의 성격 안에서 철강의 탄소와도 같은 역할을 하는 힘이다.

당신이 '인생은 연습이 아니다'라는 말에 공감한다면, 이 책에 제시한 원리들을 적용해 보라.

당신이 이미 확고한 목적을 가졌으며, 또 그 목적을 달성하기 위한 뚜렷한 계획을 가졌다면, 더욱 그렇다.

만일 그렇지 않으면 이 책을 읽고 그것을 습관으로써 몸에 익히도록 한다.

끈기는 인간의 성격 안에서 철강의 탄소와도 같은 역할을 하는 힘이다.

끈기가 없다는 점이 실패의 주요한 원인이 된다는 것은 두말할 필요가 없다. 또 끈기가 없다는 것이 대다수 사람들의 공통적인 결점이다. 이 약점을 극복하는 최선의 방법은 당신의 욕망을 강화하는 일이다.

모든 목표의 관철을 위한 출발점은 욕망이다. 당신은 이 점을 항상 기억해야 한다. 당신이 조그마한 불을 지피고만 있으면 극히 적은 열 밖에 얻을 수 없는 것과 같이 욕망이 작으면, 당신이 얻는 결과도 작다는 사실이다. 당신이 끈기가 없는 것을 깨달았다면, 욕망이라는 불길로 크게 타오르게 함으로써 그 약점을 고칠 수 있을 것이다.

만일 당신에게 끈기가 없다는 사실이 판명되면 욕망과 힘을 기르는데 모든 정신력을 집중시켜야 한다.

또 끈기를 기르자면, '자기 암시'와 '잠재의식'이 도움이 된다. '나는 반드시 성공할 것이다'는 자기 암시가 욕망을 불러일으켜 끈기를 갖게 한다.

끈기가 있어야 성공한다

당신의 욕망을 돈이나 성공으로 전환시키는 방법이 우연히 적중했다고 해서 그렇게 놀랄 일은 아니다. 당신이 목표를 달성하기 위해서는 지금까지 말한 규칙들을 적극적으로 활용하도록 해야 한다.

가난은 마음이 빈곤에 젖어 있을 때 찾아오는 법이다. 돈을 벌려고 철저히 준비를 갖추고 있는 사람에게 돈은 틀림없이 따라온다. 그와 같은 법칙이 가난에도 들어맞는 것이다.

끈기가 없다면 이미 일을 시작하기 전부터 성공자가 될 수 없다는 것은 자명한 일이다. 당신은 끈기가 있어야 성공한다.

당신은 악몽으로 가위에 눌린 경험이 있을 것이다. 잠자리에 누워서 잠을 자는 도중에 이상한 꿈을 꾸어 질식할 것 같은 고통에서 벗어나려고 돌아누우려고 해도 몸이 말을 듣지 않는다. 그때 어떻게 해서든지 몸을 움직이려고 의식했을 것이다.

그렇게 끈기 있는 의지력을 활동시켜 간신히 손가락을 움직일 수 있게 되고 좀 더 의지력을 활동시켜 가노라면 다른 손까지 움직이게 되어 마침내 두 발이 움직인다. 이렇듯 악몽에서 빠져나오기 위해서 당신은 한 걸음씩 순서를 밟아야 한다.

당신이 정신적 무기력에 사로잡혀 있을 때, 무슨 일이 있어도 거기에서 벗어나야 한다는 것을 깨달았을 때 취할 방법은 한 걸음 한 걸음 순서를 밟아나가다 보면 악몽에서 벗어날 때처럼 의지를 지배할 수 있게 된다. 처음의 움직임이 느리더라도 끈기를 굴복시키는 다른 힘은 없다. 성공을 거두는 소질 중에서 가장 큰 영향력을 발휘하는 것은 끈기이다.

끈기 있는 의지력을 가지고 시작하지 않으면 안 된다. 당신에게 끈기만 있다면 성공은 기다렸다는 듯이 찾아온다.

성공한 사람은 어느 누구를 막론하고 끈기라는 힘을 가지고 있다. 그들이 끈기를 기르게 된 이유는 항상 절박한 환경에 견딜 수 없었기에 마침내 끈기의 소유자가 된 것이다.

끈기를 굴복시키는 다른 힘은 없다. 성공을 거두는 소질 중에서 가장 큰 영향력을 발휘하는 것은 끈기이다.

이 점을 잊지 말고 일이 잘 되어가지 않거나 속도가 늦어졌을 때 상기하기 바란다.

❖ 당신은 일을 통해 무엇을 실현하고 싶은가?

성공을 이루기 위한 목적과 지향하는 가치는 열정과 도전의 산물로서 실체를 추구하는 구체적인 활동이다.

성공에 도전하는 철학과 목표가 명확하지 않으면 내 노동의 댓가는 단순한 돈벌이의 수단으로 전락하게 되며, 아무리 노력해도 성공의 새벽은 멀기만 할 것이다.

끈기의 힘

실패를 경험하고서도 끈기의 소중함과 위대함을 깨닫는 사람은 매우 적다. 세상에는 실패나 패배가 극히 일시적인 현상에 지나지 않는다는 생각을 갖고 있는 사람이 많다.

그 반면에 욕망을 끈기있게 활용시킨 결과 실패를 승리로 돌릴 수 있었다고 말하는 사람도 있다.

인생의 방관자의 위치에서 보면 참으로 많은 사람들이 패배한 후 다시 일어서지 못하는 것을 볼 수 있다.

한편 극히 드문 경우이지만, 너무 성공을 서두른 나머지 그 벌로서 실패한 사람도 있다. 그러나 당신이 실패에 직면했을 경우 구제자의 역할을 하는 힘은 보지 못했을 것이다. 그 힘이 침묵하고 있었기 때문에 당신은 쓰러지고만 것이다.

그 힘은 바로 끈기이다. 당신이 실패했을 때, 그 힘을 활동시켰다면 패배자가 되지 않았을 것이다. 여기에서 분명히 말할 수 있는 것은 끈기가 없다면 무슨 일을 하든 간에 성공이라는 말에 보답할 무엇 하나 달성할 수가 없다는 사실이다.

끈기를 생각하면 나는 브로드웨이를 떠올린다. 전 세계로부터 많은 사람들이 부와 권력과 사랑, 그밖에 인류가 성공이라고 부르는 것들을 찾아서 모여든다. 그리하여 성공을 추적하는 어느 사람이 위대한 존재가 되었을 때 주위에서는 브로드웨이를 지배하는 한 인간이 나타났다는 찬사의 이야기를 한다.

그러나 브로드웨이는 그토록 간단하고 빨리 정복당할 곳은 끈기는 모든 것을 이길 수 있고, 당신은 오늘 그것을 만들 수 있다.

아니다. 브로드웨이는 기량을 꿰뚫어 보는 힘이 있고 천재를 인정하기는 하나 그에게 돈을 가져다 주는 곳은 아니다. 그가 쉬지 않고 노력한다는 사실을 안 연후에 대가를 준다.

끈기를 가지고 마침내 브로드웨이를 정복한 여성을 소개하겠다. 허스트 양은 1965년 뉴욕으로 와서 작가로 명성을 날리고자 했다. 글을 써서 돈을 벌기로 결심한 것이다.

허스트 양은 4개월 동안 뉴욕 뒷골목을 답사한 끝에, 그것을 소재로 해서 작품을 썼다. 매일 낮에는 일하고 밤에는 펜을 잡았다. 희망이 꺼져갈 때에도 그녀는 "브로드웨이야, 너는 수많은 인간들을 내쫓았지만, 나를 추방하기를 단념하도록 해주마!"하고 부르짖었다.

그녀는 세터데이 이브닝 포스트로부터 무려 35번 기사를 거절당했으나 36번만에 통과되었다. 보통 사람이라면 그렇게 거절당하면 펜을 놓았겠지만, 그녀는 4년 동안이나 끈질기게 찾아다녀 마침내 성공했다.

그녀는 성공하게 되자, 돈이 들어오고 작품이 영화화되면서 막대한 금액을 벌어들였다.

당신은 이 이야기 속에서 끈기라는 것이 얼마나 큰 역할을 하고 있는가를 똑똑히 보았으리라 믿는다. 성공한 사람은 예외없이 이런 끈기를 가지고 있다.

끈기는 발전시킬 수 있다

끈기란 마음의 상태를 말한다. 따라서 끈기는 발전시킬 수 있는 정신적 상태이다. 모든 마음가짐과 마찬가지로 끈기는 몇 개의 정확한 기반에 의해 뒷받침되어 있다. 그 요건을 들어보기로 하자.

첫째, 목적의 명확성이다.

우선 당신이 무엇을 희망하고 있는가를 알아야 한다. 그것이 끈기를 키우는 가장 중요한 요소이다. 당신에게 확고한 동기가 있어야만, 어떤 난관도 극복해 나갈 수 있다.

둘째, 욕망이다.

목표를 추구하려는 당신의 욕망이 강하기만 하면 끈기를 가지고 계획대로 추진해 나갈 수 있다.

셋째, 자기 신뢰이다.

계획을 수행할 수 있다는 자신감이 있으면 끈기를 가지고 계획대로 해 나갈 수 있게 된다.

넷째, 계획의 확실성이다.

당신의 계획이 조직적인 것이면 설령 그것에 결점이 있거나 비현실적인 점이 있더라도 끈기를 키우는데 큰 도움이 된다.

다섯째, 정확한 지식이다.

당신의 계획이 건전하고 경험과 관찰에 의해 뒷받침된 것이라면 끈기를 고취시키기엔 충분하다.

여섯째, 협력이다.

인간의 삶에서 가장 나쁜 적은 공포이다.

타인에 대해 동정적이며, 그 사람의 위치에서 이해하고 협조한다는 것은 끈기를 키우는 중요한 요건이 된다.

일곱째, 의지력이다.

명확한 목적 달성을 위한 계획 작성에 당신의 사고를 집중하는 습관을 가진다는 것은 끈기를 키우는데 도움이 된다.

여덟째, 마지막으로 습관이다.

끈기는 습관의 직접적인 결과이다. 정신 집중이 습관화되면 끈기는 쉽게 이루어진다. 온갖 적 중에서도 가장 나쁜 적은 공포이다. 그러나 이 공포도 용기 있는 행위를 되풀이함으로써 물리칠 수 있다.

❖ 실패는 성공의 기회다

실패의 경험을 모르는 사람은 존재의 이유를 알지 못한다. 역경과 실패를 극복한 사람들의 공통점은 실패에 도전하여 그것을 좋은 경험으로 삼고 성공에 이르는 발판으로 삼는다는 것이다. 그러므로 실패에서 모든 교훈을 얻은 다음, 비로소 실패를 잊어야 한다.

끈기의 척도

지금 당신이 가지고 있는 소질을 검토하고 무엇이 모자라는가를 결정하는 일은 매우 중요하다. 위에서 설명한 끈기의 여덟 가지 조항을 하나씩 검토해 보기 바란다.

다음에 열거하는 내용은 당신이 성공하기 위해서 반드시 극복해야 하는 약점들이다.

1. 당신은 자신이 바라는 목적이 무엇인지 알지 못하며, 또 그것을 명백하게 파악하지 못하는 일

2. 원인이 있든 없든 간에 망설이는 일

3. 전문 지식을 얻는데 전혀 관심을 갖지 않는 일

4. 문제에 대해서 진지하게 생각하지 않고, 문제의 해결을 우유부단하게 내일로 미루는 일

5. 문제 해결을 위해 정확한 계획을 세우려 하지 않고 변명을 하는 일

6. 매사에 적과 싸워 이기려 하기보다는 쉽게 타협해 버리는 무관심한 태도

7. 단 한 번의 실패로 계획을 포기하는 일

8. 아이디어나 기회가 눈앞에 와 있는데도 그것을 붙잡으려 하지 않는 일

9. 현실적인 계획을 갖지 않고 꿈만 쫓는 일

10. 성공에의 지름길만 찾아 헤매며 그에 합당한 노력을 하지 않고, 그냥 쉽게 얻으려고 하는 일

돌파구는 당신 스스로 만들어라

물질적 성공에는 나름대로의 돌파구가 있다. 하지만 그 같은 행운에만 의지하려 한다면, 당신은 항상 실망만을 되풀이할 것이다. 왜냐 하면 눈앞의 성공을 확고하게 만들어 주는 요인을 놓치기 때문이다.

미국의 대공황 시절에 코미디언이었던 필즈는 거의 빈털터리가 되고 말았다. 일거리도 없고 돈을 벌만한 흥행거리도 없었다. 뿐만 아니라 그의 나이는 60이 넘어 코미디언으로서는 과거의 사람으로 잊혀져 있었다.

또 설상가상으로 목에 병까지 생겼다. 보통 사람이라면 여기에서 모든 것을 단념하고 포기했을 것이다. 그러나 그는 끈기 있는 인간이었다. 마침내 그는 돌파구를 발견하였다. 우연히 발견된 것은 아니었다.

당신이 반드시 성공하려면 돌파구는 스스로 찾아야 한다. 돌파구는 끈기 없이는 열려지지 않는다. 그리고 돌파구 추적의 발판이 되는 바탕은 뚜렷한 목표이다.

적극적 사고의 비결

1. 당신은 '불가능하다'고 하는 생각에 절대로 긍정하지 말라.

2. 어려운 문제가 포함된 어떤 유익한 생각에 직면했을 때 낙심하지 말고 끝까지 그 문제 해결을 위해 노력하라.

3. 당신에게 주어진 어떠한 가능성을 부인하지 말라. 왜냐하면 당신은 이미 실패한 경험이 있고, 지금은 오직 열쇠만을 찾지 못했기 때문에 가능한 것이다.

4. 당신은 어떤 일정한 일이나 문제에 대해 지금까지 어떤 사람도 성공하지 못했다고 해서 당신도 마찬가지라는 생각을 갖지 말라. 남과 비교하여 창조적인 생각을 억압하는 것은 금물이다.

5. 당신은 스스로 불완전하다고 해서 어떠한 기회나 장래의 설계를 포기하지 말라.

6. 당신이 밧줄의 끝에 이르렀다고 해서 결코 중단하지 말라. 한 가지 목표가 달성되면 더 높은 새로운 목표를 설정하고 계속해서 전진하라.

7. 성공하기 위해서는 실패를 두려워해서는 안 된다. 성공한 사람을 실패를 교훈으로 삼지만, 실패한 사람은 그것을 공포로 생각한다.

2

중단은 항상 너무 빠르다

독자에게 드리는 질문

당신은 일을 계획하고 추진해 나가다가 중도에서 포기한 일이 있을 것이다. 그 후에 '내가 조금만 끈기있게 계속했더라면, 그 일을 완수했을 터인데' 하고 후회를 한 적이 있는가? 아니면, 그때 중단하기를 잘 했다고 지금도 생각하고 있는가?
도중에서 중도와 포기는 너무 빠르다는 사실을 항상 기억해야 한다. 그 이유를 이 장을 통해서 터득하기 바란다.

지속의 원리

당신이 어떤 문제에 부딪쳤을 때, 특히 복잡하고 까다로워서 큰 실망을 안겨주는 문제에 직면한 경우라면 그것을 해결하는 하나의 기본 원리가 있다. 결코 중단하지 않는 마음가짐. 바로 그것이다.

단념은 완전한 패배를 가져다 준다. 이것은 당신이 직면하고 있는 문제에 국한될 뿐만 아니라, 모든 계획된 프로젝트에도 해당한다.

단념은 인격의 패배와도 결부된다. 한 걸음 더 패배감을 심화시키는 경향이 있다.

당신이 지금까지 해온 방법으로 잘 되지 않으면 다른 방법을 찾아보는 것이 좋다. 새로운 방법마저 신통치 않을 때는 사태를 풀 열쇠를 찾을 때가지 계속 시도하라는 것이다. 반드시 그 문제를 해결할 수 있는 방법은 존재하므로 끊임없이 시도하고 탐색하다보면 찾게 된다.

나의 친구는 오찬 때 이야기가 핵심에 이르면 하얀 테이블크로스에 그림을 그리는 버릇이 있다. 어느 날 그와 나는 식사 도중에 한 훌륭한 사람에 대해서 대화를 나누게 되었다. 그때 그는 테이블크로스에 거대한 산을 마주 대하고 서 있는 남자의 그림을 그렸다. 그 인물은 자신이 짊어진 문제보다 더 큰 난제를 해결했다고 입이 마르도록 칭찬한 다음 내게 그림을 보이면서 물었다.

"이 친구는 어떤 방법으로 산을 넘어 나에게로 올 수 있을까?"

"돌아가면 되지 뭐."

내가 퉁명스럽게 대답했다.

"너무 멀어서."

"그러면 땅 밑으로 가지!"

"아냐. 너무 깊어서 안 돼, 방법은 있지. 머리 속에서 산을 오르는 거야. 사람이 1만 2천 피트의 높이를 날아갈 수 있는 기계를 발명할 수 있다면, 아무리 험한 산이라도 오를 수 있다는 생각이 들어."

"그래, 그거 참 멋진 생각이야. 그러나 감정적으로 판단하지 말고 늘 중단이 너무 빠르다는 원리를 적용해야 돼."

그는 고개를 끄덕였다.

최근에 나는 이 원리를 잘 활용한 사람으로부터 한 통의 편지를 받았다. 그는 최근에 차고용 조립식 벽을 개발하였다. 그는 회사를 세우고 전 재산을 투자하였다. 그러나 잘 되지 않았다. 회사가 점차 어려움에 직면하게 되자 그의 동료들은 '이제 그만 두라'고 말하였다. 그러나 그는 중단하지 않았다.

그는 그의 동료에게 단호하게 말하였다.

"나는 중단한다는 생각마저 거부한다."

그는 깊이 생각한 나머지 한 가지 아이디어가 떠올랐다. 그 성공한 사람들은 주어진 환경을 적극적으로 활용하며 앞에 놓인 기회를 절대로 놓치지 않는다.

는 벽에 꼭 맞는 벽돌을 만들기로 결심했다. 결국 그는 그것으로 큰 성공을 거두었다. 그는 성공한 후에 나에게 훌륭한 명언을 적어 주었다.

'중단은 너무 빠르다.'

목표나 목적을 가진 사람은 많다. 그들은 열심히 일했고 생각도 깊다. 그러나 그들은 어려움이 닥치면 사기를 잃고 중단하고 만다. 그리고는 '좀 더 분투하였더라면, 또는 조금만 견디어 냈더라면'하고 후회한다.

'중단은 너무 빠르다'는 진리를 뒤늦게야 깨닫게 된다.

❖ 성공이 당신의 존재를 완전무결하게 만들지 못한다

크게 성공을 거둔 여자도 철저하게 공격을 받는 경우가 있다. 성공한 남자도 예외는 아니다. 연예계의 수퍼 스타들도 평론가들로부터 심술궂을 정도로 공격을 받으며, 그 비난은 스타에게 상처를 준다. 권력자인 대통령도 신문 여론으로부터 공격을 받으면 움추린다. 당신은 어떤 것(아이들, 가족, 연인, 직업)에 대해서도 열정을 느낄 수 있으며, 이것들에 의해 상처를 받을 수 있다. 상처 받는 것을 두려워하지 말라. 상처를 뛰어 넘어서 그 상처가 당신의 다음 계획에서 더 큰 성공을 거두는데 힘이 될 수 있도록 이용하라.

패배란 말은 입에 담지도 말라

어떻게 하면 중단하지 않고 끝가지 밀고 나갈 수 있을까?

첫째, 패배란 말을 입에 담지 말아야 한다. 패배란 말을 쓰면 자기 자신이 그것을 받아들이는 결과를 초래하기 때문이다.

사업가로 성공한 사람을 예로 들어 설명하겠다. 그는 사업이 곤경에 빠져 매우 어려울 때 자신이 패배자의 길을 걷고 있음을 알아차렸다. 그것은 패배 자체와 결부되는 패자의 삶이었다. 그래서 그는 희망, 신념, 승리와 같은 좋은 말만하기로 했다. 그때부터 모든 일에 자신감이 생겼으며 사업도 조금씩 변화되기 시작했다.

휠리스 시몬케는 한 논문에서 부정적인 말을 하는 것이 얼마나 위험한가를 논했다. 그녀는 '아니오'라는 말은 문을 닫는다는 뜻을 나타내는 말이라고까지 하였다.

그러나 '아니오(No)'를 거꾸로 보면, 새로운 희망이 움튼다는 어원이다. 그것은 전진을 뜻하는 온(on)이 된다. 따라서 당신의 문제가 해결될 때까지 전진을 끈질기게 추진하라는 낱말이다.

당신이 목표를 향해 나아갈 때 부정적인 말을 절대로 사용해서는 안 된다. 실제로 어려운 일이 닥치면 누구나 부정적인 말을 하기 쉽다.

인생의 참다운 목적에 도달할 수 있느냐 없느냐 하는 것은 어려움에 봉착했을 때 당신이 어떻게 결정하느냐에 달려 있다.

계속하는 것이 힘이다.

세계적인 사상가들은 끈기와 지속의 원리에 대해 이렇게 말한다.

'신은 인내하는 사람과 함께 있다.'

'낙수물도 대리석을 뚫는다.'

셰익스피어의 말이다. 단단한 대리석도 끊임없이 떨어지는 작은 낙수물에 의해서 닳아버리고 만다.

영국의 위대한 정치가 에드먼드 버어크는 이렇게 말했다.

'결코 절망하지 말라. 비록 절망하였다 할지라도. 그 절망을 딛고 전진을 계속하라.'

중단은 곧 패배이기 때문에 계속 밀고 나가라는 말이다.

❖ 성공에 관한 짧은 시

깊이 생각한 다음에
늘 온화하게 말하며
많이 사랑하면서
자주 웃음을 띤 얼굴로
열심히 일하고
거리낌없이 내주고
즉시 지불하고
마음 속으로 기도하고,
그리고 친절히 대하라.

인식의 원리

지속의 원리를 효과적으로 작용하게 하는 데에는 또 하나의 중요한 원리의 도움이 필요하다. 그것은 '인식의 원리'다.

인식의 원리란 무엇인가?

당신이 정신적으로 위축되거나 자기 패배의 상황에 놓이게 되었을 때 무엇보다도 필요한 용기가 자기 인식이다.

패배의 내면적인 원인을 찾아내서 깨닫지 않으면 안 된다. 외면적인 원인뿐만 아니라 내면적인 원인도 찾아야 한다는 것이다.

즉 자기가 어떤 사람인가를 알아야 하며, 또한 당신의 내면에 존재하는 힘을 인식하고 개발해야 한다. 그러면 자연히 패배에서 승리로 전환될 수 있는 계기가 마련될 것이다.

사실 많은 실패자들은 내면적으로 통제가 이루어지지 않아 시간을 헛되이 보내고 실패하는 경우가 많다. 그들은 자신이 도대체 어떤 사람인가에 대한 통찰력이 부족하다. 그들은 최악의 적이 자기 자신임을 깨닫지 못한다. 따라서 그들은 아무리 열심히 노력해도 실패한다. 원인은 그들 자신 내부 무엇인가에 있다.

세상에서 가장 알기 어려운 문제가 자기 자신이다. 당신은 자신이 하고자 하는 것이 무엇이든지 옳고 정당하다고 생각하는 '자기 방위 조직'을 가지고 있다. 그것은 불합리한 면도 합리적인 것으로 보게 한다.

많은 사람들이 자기 자신에 대하여 알려고 하지 않는다. 그들은 다른 사람의 문제에 대해서는 알려고 하면서도 자기 자신은 직시하려고 하지 않는데 실패의 원인이 있다.

인생에 있어서 가장 위대한 순간은 자기로부터 도피하려고 하지 않고 현실의 자기를 깊이 이해하기로 결심할 때이다.

당신이 실패하는 것은 단순히 외부의 상황을 처리하지 못해서 일어나는 것만은 아니다. 실패란 내면의 정신적 갈등에 의한 반응이다.

당신은 참다운 당신 자신을 이해하고 발견한 다음 거기에 바탕을 두고 자신의 삶과 목표를 정리해야 한다. 이것이 바로 인식의 원리이다.

거울 앞에 서서 당신 자신을 향해 물어보라. '너에 대한 진실을 알고 싶다.'고, 그러면 즉시 당신의 마음이 대답할 것이다.

'어째서 너는 그렇게도 너 자신을 모르는가? 너는 그런 일에는 관심을 갖지 말라.'

정상적이고 건전한 정신의 소유자는 자신에 대한 올바른 인식이 항상 자기 발전의 시작임을 깨닫는다.

당신은 무엇보다 이 인식의 원리를 깨닫고 그것을 응용하여 자신의 내부에 있는 잠재능력을 발휘해야 한다. 당신의 잠재능력이 발휘하기 시작하면 새로운 힘이 생기며, 그것은 당신의 능력을 극대화시킨다.

세상을 살아가는 경쟁의 상대는 바로 나 자신이다.

또한 당신의 창조성이 발휘되기 위해서는 먼저 자신을 알고, 어떠한 장애에도 위축됨이 없이 전진할 수 있는 결정적인 힘을 낳는 체험을 하지 않으면 안 된다.

❖ 성공하기 위해서는 너무 인색하지 말라

일요일에도 근무하기 위해 출근할 수 있는가? 집에까지 일감을 가져갈 수 있는가? 고용주의 개인적인 일까지 도와줄 수 있는가? 고용주나 동료들에게 당신 스스로 거들어 주는 것에 대해서 너무 인색하지 말라. 무엇보다도 신용을 얻도록 노력하라. 신입사원 시절에는 이 점이 가장 중요하다. 당신이 신입사원 시절에 보여준 이미지야말로 그 직장에 소속되어 있는 한 지속될 것이다. 그러므로 이것저것 따지지 말고 열심히 일하라.

어떤 상황에서도 중단하지 말라

완전히 희망이 좌절된 것처럼 보이는 상황에서도 희망을 버리지 않는다면 수없이 많은 문제를 해결할 수 있을 것이다. 그 중에 한 가지 예를 들어 필자의 경험을 설명하겠다.

나는 미시간 주 호란드에서 강연을 마치고 그 다음 날 밤엔 애리조나 휘닉스에서 강연하기로 예정되어 있었다. 평소의 교통 사정이라면 틀림없이 그 곳에 도착할 수 있는 거리였다. 이튿날 아침 첫 비행기로 그랜드 라피디스를 출발하여 시카고에 도착, 거기서 휘닉스로 가는 비행기를 바꾸어 타면 시간적으로 충분한 여유가 있었던 것이다.

그러나 이튿날 아침 호란드의 날씨는 호텔 창문에서 바로 앞에 있는 자동차가 보이지 않을 만큼 짙은 안개로 뒤덮여 있었다. 나는 공항에 전화를 걸었다. 안개 때문에 폐쇄되어 한 대의 비행기도 뜨지 못한다는 대답이었다.

다시 나는 디트로이트에 전화를 걸었다. 그곳도 안개로 비행기 이착륙이 불가능했으며 시카고의 오레아 공항도 이 정도면 오늘 아침은 힘들 것이라고 했다.

다급한 나는 또 다시 미네아폴러스에 전화를 걸었다. 이미 그곳도 안개로 폐쇄되어 있었다.

결국 나는 안개에 갇히고 말았다. 수백 킬로미터나 떨어진 휘닉스에서 오늘밤에 연설하기로 되어 있었는데 말이다.

나는 할 수 없이 느긋하게 앉아서 생각하는 시간을 가졌다.

목표를 달성하는데 끈기만큼 중요한 것은 없다고 생각한다. 끈기는 거의 모든 장애물을 극복한다. 심지어 자연까지도 극복한다.

지속의 원리를 실천한 것이다. 휘닉스의 사람들은 8개월이나 나를 기다리고 있었다. 전화로 오늘 가지 못한다는 말을 도저히 할 수 없었다. 그래서 나는 최후로 적극적인 마음의 소리에 귀를 기울여 다시 시도하기로 하였다. 자동차를 빌려 시카고로 향하였다. 그곳에 도착하면 안개가 걷힐 것으로 기대했다.

시카고까지는 320킬로였다. 50킬로 정도 갔을 때 자동차의 상태가 좋지 못해 암담했다. 그러나 나는 주저하지 않았다. 서비스센터로 차를 몰았다. 거기서 유능한 수리공을 만나 자동차를 고쳤다.

나는 그곳에서 다시 시카고 공항으로 전화를 걸었다. 다행히 오후 4시에 한 편만 운행한다는 연락을 받았다. 그 비행기를 타면 어떻게든 휘닉스로 가서 강연할 수 있을 것 같았다.

차를 몰아 공항으로 달려갔다. 가는 도중에 조금 전에 고친 부분에 이상이 있었으나 가까스로 공항에 도착하였다.

공항 대합실은 사람들로 붐비고 있었다. 어떻게 할지 몰라 당황하고 있는데, 나를 알아본 공항 직원이 나타났다. 나는 그에게 사정을 이야기 하자, 그가 이렇게 말했다.

"저희 비행기는 모두 결항입니다만, 다른 회사의 비행기가 한 편 있습니다. 그것을 타시면 강연 시간에 당도할 수 있습니다. 단념하지 마십시오."

30분이 지나서 그 직원이 다시 나타났다.

위대한 일을 하고 중요한 목표를 달성하는 두 가지 길이 있다. 힘과 끈기이다. 힘은 소수만이 가질 수 있다. 그러나 강인하고 지속적인 끈기는 누구나 가질 수 있으며 목표 달성에 꼭 필요한 것이다. 조용한 끈기의 힘은 시간이 지나면서 엄청난 위력으로 변한다.

"비행기는 떠납니다만 빈 자리가 없습니다. 하지만 출입문 쪽으로 가 봅시다, 혹시 해약된 좌석이 있을지도 모르니까요."

비행기가 이륙하기 직전 그는 다시 다가와서 좌석표 하나를 나의 손에 쥐어주면서 인사를 하고 헤어졌다. 나는 덕분에 휘닉스 강연이 시작하기 45분 전에 도착할 수 있었다.

모든 일이 잘 되지 않을 때일수록 적극적인 마음으로 끈기있게 기다려야 한다. 끝가지 참고 견디면서 모든 방법을 시도하면 목적은 달성될 수 있다.

이제 틀렸다고 생각하면, 당신의 정신 상태는 더욱 더 어려운 문제를 불러일으켜서 패배로 몰아간다. 따라서 어떤 어려운 상황에 부딪치더라도 구실을 만들지 않고 계속 전진해 나간다면 상황은 급변할 것이다.

❖ 프로는 누구인가?

프로가 되기 위한 사람이나 그 분야가 따로 있는 것이 아니다. 특정 분야에서 오래 종사하였다고 프로가 되는 것도 아니다. 자기 일을 수행함에 애정과 관심을 가지고 꾸준히 노력하여 좁은 영역에서라도 자신의 세계를 개척해서 전문성을 인정 받는 특화된 사람을 말한다. 비록 다른 것은 모르더라도 한 분야에서는 신뢰하고 믿을 수 있는 신념을 파는 사람을 말한다.

3

실패의 10가지 원인들

독자에게 드리는 질문

당신은 지금까지 실패한 경험이 한두 번은 있을 것이다. 대학 입학시험이나 취직 시험 등등. 그 실패의 원인이 어디에 있다고 생각하는가? 혹시 당신이 자신의 능력을 제대로 알지 못하고 시도했다가 실패한 것은 아닌가?

우리는 자신의 능력을 과대평가하거나 과소평가하는 경향이 있다. 그래서 제대로 능력을 발휘하지 못하고 있는 것이다. 다시금 그런 실패를 되풀이하지 않기 위해 그 원인을 철저히 깨닫도록 하다.

실패의 원인

실패의 원인은 광범위하고 복잡하며 여러 곳에서 나타난다. 개인의 삶에 따라서 달라지며 성공과 실패라는 두 낱말에 따라서 좌우되기도 한다.

그리고 심리적인 상태에 의해서도 명암이 엇갈린다. 그러나 실패의 가능성은 공통적이고 분명한 형태를 갖고 있다.

실패의 원인은 대략 10가지로 분류될 수 있다. 그 10가지는 가장 기본적인 것이며, 당신이 스스로 찾아내어 정복해야 한다. 또 그 중에 몇 가지는 절대로 소홀히 해서는 안 된다.

당신이 실패의 원인을 알고 정복할 때 대부분의 장애물은 제거된다. 어느 누구도 당신을 위해 장애물을 제거해 주지 않는다. 당신이 스스로 그 길을 닦아야 한다. 혹 누군가가 도움을 준다 해도 직접적인 일은 혼자서 해결해야 한다.

책임을 다른 사람에게 돌린다 : 첫 번째 장애물은 책임을 다른 사람에게 돌린다.

우리는 때때로 성공이나 실패를 행운과 불행의 탓으로 돌린다. 그리고 운이란 신이 인간의 일에 개입하는 행위라고 생각한다. 그래서 그들은 그 내면적인 것을 거의 보지 못하고 단순히 '그것에 대한 책임'만 따진다. 그러나 성숙한 사람들은 '나에게 그런 행동을 하도록 한 것은 무엇인가'하고 생각한다.

대부분의 사람들은 '그것은 내 잘못이다'라고 솔직히 인정하다른 사람의 탓으로 돌리는 행위는 이미 우리 인생이 반은 실패했으며 남은 절반도 실패로 향하고 있음을 증명하는 반응이다.

기를 꺼려 한다. 그래서 실패와 과오에 대해 어린아이들의 방법을 택한다. 어린 동생이 형에게 책임을 돌리는 것은 인간의 본능이다. 동생은 늘 '형이 나에게 이렇게 했어' 하고 변명한다.

다른 사람의 탓으로 돌리는 행위는 이미 우리 인생이 반은 실패했으며 남은 절반도 실패로 향하고 있음을 증명하는 반응이다.

사람들은 실패를 있는 그대로 인정하지 않으려고 하는 속성을 가지고 있다. 그러므로 실패를 극복할 수 없다. 다만 가공의 인물을 내세워 그에게 탓을 돌리고 그와의 싸움에 많은 시간을 낭비한다. 자연히 어떤 승리도 쟁취하지 못한다.

당신이 진정 싸워야 할 상대는 자신과의 싸움이다. 언제까지나 당신이 외적인 것에 힘을 쓰고 있다면, 결코 자신의 인생에서 승리할 수 없다.

자기 비판에 빠져있다 : 두 번째 장애물은 자기 비난이다.

'왜 나는 이렇게 바보인가? 나는 얼마나 잘 속는가? 왜 나는 항상 착각하며 사는가? 나는 바보 천치다!'

실제로 당신은 바보도 아니며, 자신이 잘 속는다고 믿지 않는다. 그러면서도 자기 비난에 빠지는 것은 실패를 위장하려는 가장 손쉬운 방법이기 때문이다. 그러나 그 결과는 문제를 더 심각하게 만들 뿐이다.

당신은 실패 뒤에 숨어 있는 핵심과 싸우려 하지 않으며, 문제를 해결하려고도 하지 않는다. 오히려 자신을 비난하고 자학한다. 그래서 실패는 되풀이된다.

이것이 당신의 인생에서 가장 치명적인 약점이며 위험스러운 자학이다. 자기 비난은 열등감과 불안감을 더욱 확대시킨다. 그것은 잡초처럼 무성하게 자라서 당신 마음에 잘 가꾸어진 삶의 정원마저 망쳐버린다.

당신은 자기 비난으로부터 시작하여 부정과 경멸에 이르며 마침내 파멸에까지 도달한다.

자기 비난은 발전을 저해한다. 발전의 문을 닫게 되면 당신의 인격은 퇴보하고 만다. 또한 우울한 사람이 되어 작은 일에도 번민에 빠진다. 강한 빛에 의해 더 시력이 나빠지는 것처럼 자기 비난은 의지를 마비시키고 의욕을 약화시킨다.

목표가 없다 : 세 번째 장애물은 목표가 없다는 것이다.

그래서 윌리암 메닝거 박사는 다음과 같이 말했다.

'만일 누군가 어느 곳에 가고자 한다면 무엇보다도 목적지가 어디인지를 알아야 한다. 그리고 그 곳을 향해 곧장 간다면 보다 일이 순조로울 것이다.'

어떤 목표를 세우고 실행에 옮기면 다음 길을 예비해야 한다. 당신은 자신이 원하고 바라는 것을 알고 있기 때문에 열심히 그 길을 향해 갈 수 있다.

책임있는 사람은 쉽게 남의 말에 좌우되지 않는다. 그는 스스로 인생의 행로를 발견하며, 때로는 그 행복이 어떤 것인지 안다.

인생의 목표가 향락인 사람도 있다. 그들은 즐기는 것 이외에는 아무것도 생각하지 않는다. 때로는 다른 사람은 물론 자기 자신까지도 희생시킨다. 삶을 의미없이 사는 사람들이다.

그들은 천부적인 재능을 무의미한 쾌락에 낭비한다. 자신의 에너지를 무분별하게 써버린다. 그들이 어쩌다 목표를 정하는 경우에도 한꺼번에 많은 계획을 세워서 감당하지 못한다. 그리고 손에 잡히는 것은 무엇이든지 그 가치를 과장한다. 이처럼 그들의 마음속에는 아무 의미 없는 것들로 가득 차게 되고, 나중엔 삶의 목표마저 방치한다.

그리하여 결국에는 모든 것을 상실하여 삶에 대한 의욕도 본능까지 위축된다. 마침내 그 어떤 기회가 주어졌을 때, 그들은 준비가 되어 있지 않다. 그래서 모든 것은 무의미한 것으로 끝난다.

잘못된 목표를 선택한다 : 네 번째 장애물은 잘못된 목표의 선택이다.

중국의 우화 하나를 소개한다. 항상 황금에 집착해 있는 한 사람이 어느 날 보석상에 들어가 금화가 가득히 들어 있는 주머니를 훔쳐 가지고 도망쳤다. 그러나 얼마 못 가서 경찰에 체포되었다. 경찰관이 심문하면서 물었다.

"당신은 왜 밝은 대낮에 금주머니를 훔쳤소?"

우리는 매일 생활하며 행동을 선택한다. 확실한 선택을 위해서는 많은 생각과 자신에게 정직할 필요가 있다.

"제 눈에는 금밖에 보이는 것이 없어서…"

목표를 잘못 선택하여 그것에만 집착할 때 위에서 말한 우화의 주인공과 같은 실패를 범하게 된다.

성공한 사람이 성취감의 기쁨보다는 허탈감에 빠져 버리는 경우가 바로 여기에 있다. 그들은 자신이 세운 목표를 달성했으나 잘못 선택한 길을 가고 있었다. 그래서 그 목표 달성이 오히려 그들의 마음을 황폐하게 만들고만 것이다.

여러 해 동안 피땀 흘려 노력한 끝에 얻은 성공, 그러나 행복할 수 없다. 오히려 허무감과 서글픔만이 가슴 속에 차 있을 뿐이다. 그래서 전문 분야를 바꾸는 경우도 있다.

책임 있는 사람은 쉽게 남의 말에 좌우되지 않는다. 그는 스스로 인생의 행로를 발견하며, 때로는 그 행복이 어떤 것인지 알게 된다. 그러나 조급하게 변혁을 시도하지 않는다.

확실한 선택을 위해서는 많은 생각과 자신에게 정직할 필요가 있다.

쉬운 길을 택한다 : 성공을 향한 길에 있어서 다섯 번째 장애물은 '쉬운 길'을 택한다.

많은 사람들이 성공에 이르는 가장 쉽고 빠른 방법을 선택한다. 그리고는 그 성공이 환상적이었음을 발견하게 된다.

근면은 반드시 당신에게 즐거움을 주는 것은 아니다. 그러나 근면 없이 성공과 행복의 길에 이르지 못한다.

최소한의 '편한 길'은 만족한 성공을 가져다 주지 못한다. 앞에서 이야기한 부적합한 목표의 선택도 지나치게 지름길을 추구하려는 의도에서 나온 것이다. 편한 지름길은 정직한 법칙을 거부한다.

임기응변적인 거래 방식이나 강인한 추진력도 성공을 위해서는 필요한 요소이다. 그러나 그러한 방식은 일을 단축시킬지 모르나 행복과는 먼 성공이 될 수도 있다.

먼 길을 택한다 : 여섯 번째 장애물은 먼 길을 택한다.

'가장 먼 길이 집으로 가는 가장 빠른 길이다'라는 속담이 있다. 이 속담이 맞는 경우도 있지만, 인생에서의 정답은 아니다.

언젠가 아인슈타인은 '상대성이론'을 설명해 달라는 요청을 받고 이렇게 말했다.

"어떤 젊은이가 사랑하는 연인과 함께 있을 때 그 한 시간은 1분처럼 느껴진다. 그러나 같은 젊은이가 1분 동안 뜨거운 난로 위에 앉아 있다면, 그 1분은 한 시간처럼 느껴질 것이다. 우리는 상대성이 아닌 현실만을 말하는 경향이 있다."

50대 후반이나 60대 초반 사람들의 장례식에서 얘기를 들어보면 처음 직업을 가졌을 때 모든 즐거움을 유보하고 오로지 돈을 버는데 전념했다. 성공을 거두고 이제 남은 인생을 즐기려 아침은 하루 중에 가장 중요한 순간이다. 하루의 시작을 어떻게 보내느냐에 따라 나머지 시간이 달라진다.

는 순간 세상을 떠났다는 것이다.

먼 길이 집으로 가는 가장 짧은 길은 아니다. 오래 기다리거나 먼 여행을 하다보면 목표를 이룰 수 없다.

작은 일에 소홀히 한다 : 일곱째 장애물은 작은 일을 너무 소홀히 하는 경향이 있다.

작은 일을 소홀히 해서는 안 된다는 점을 잘 나타낸 이야기를 하나 소개하겠다.

맥킨리 대통령은 똑같이 유능한 관리들 중에서 한 사람을 택하여 외교관 업무를 맡겨야 했다. 두 사람 다 오랜 친구로 어느 누구를 선택할지 고민하게 되었다. 그때 그는 옛날 일을 한 가지 회상했다.

폭풍이 몰아치는 저녁이었다. 맥킨리는 친구와 함께 전철을 타고 구석 자리에 앉았다. 그때 나이가 지긋한 아주머니가 무엇이 가득히 들어있는 바구니를 머리에 이고 전철 안으로 들어왔다. 그녀에게 어느 누구도 자리를 양보해 주려 하지 않았다.

맥킨리의 두 친구 중에 함께 탄 한 명이 부인 가까이 앉아 있었는데 그는 신문을 읽는 척하며 외면했다. 맥킨리는 그 부인에게 다가가서 자리를 양보했다. 그런데 그때까지도 그 친구는 무관심한 표정을 짓고 있었다.

맥킨리는 그 일을 회상하고 그 친구에게 외교관의 자리를 주지 않았다. 그 친구는 그 때의 일로 자신이 외교관의 자리에 앉지 못한 사실을 알지 못했을 것이다.

이와 같이 작은 일의 중요성을 말해 주는 이야기는 수없이 많다.

훌륭한 경영자는 결코 작은 일을 소홀히 하지 않는다. 그 작은 일을 잘못 다루게 되면 큰 문제가 되리라는 것을 알고 있기 때문이다.

성경에는 작은 일을 잘 처리한 종의 이야기가 나온다. 주인은 그 종이 작은 일에 책임을 다하였음을 알고 '착하고 충성된 종아, 네가 작은 일에 충성하였으니 내가 많은 것을 네게 맡기리라'고 말했다.

너무 빨리 단념한다 : 여덟째 장애물은 너무 빨리 단념하는 일이다.

최근에 필자가 어느 잡지에서 '성공의 조약돌'이라는 기사를 읽은 일이 있다. 그 기사 내용을 여기에 소개하고자 한다.

라파엘 솔라노는 메마른 강바닥에 털석 주저앉아서 친구에게 푸념을 늘어놓았다.

"더 이상 계속하여도 소용이 없을 것 같아. 이 조약돌은 구십구만 구천 구백 구십 구 번째의 돌이야. 하나만 더 집으면 백만 개가 될 거야. 그런데도 다이아몬드를 찾지 못했으니…"

끈기란 어떤 어려움과 장애물에도 불구하고 하나의 목표를 달성하기 위해 흔들리지 않고 노력하는 것을 의미한다.

그 세 사람은 베네쥬엘라에서 물줄기를 따라 장소를 옮기면서 다이아몬드를 찾는데 여러 달을 보냈다. 그들은 쉬지 않고 일했다. 이제 그들 모두는 지쳐 있었다. 그래서 솔라노가 단념하겠다고 말한 것이다.

"아니야, 다시 찾아보는 거야!"

친구가 말하자, 솔라노는 허리를 굽혀 조약돌을 하나 집어 들었다.

"이게 마지막이야."

그런데 그 조약돌은 무거웠다. 그래서 이상하게 생각한 그가 조약돌을 내려다보는 순간, 그만 깜짝 놀랐다. 그는 기쁨과 놀라움에 소리쳤다.

"야! 다이아몬드다!"

뉴욕의 한 보석상이 그 다이아몬드를 2백만 달러에 구입했다. 그것은 지금까지 지구상에서 발견된 가장 크고 순수한 다이아몬드였다.

그 축복은 솔라노가 백만 번째의 조약돌을 포기하지 않은 결과였다. 그는 계획했던 목표를 거듭되는 실패에도 불구하고 끝까지 해냈다.

성공과 실패의 차이는 빨리 단념하는 데에 있다는 것을 명심해야 한다. 앞서고 있는데도 단념한다는 것은 어리석은 일이다.

그러나 지금 뒤쳐져 있다 해서 단념한다는 것은 더 어리석은 성공은 운에 좌우되지 않으며, 오직 실패를 정복하는데 운이 있다.

일이다.

성공은 운에 좌우되지 않으며, 오직 실패를 정복하는데 운이 있다. 어려울 때 하던 일을 단념한다는 것 자체가 실패이다.

과거의 기억에 사로잡혀 있다 : 아홉 번째의 장애물은 과거에 대한 짐이다.

당신이 과거의 기억에서 완전히 해방된다는 것은 불가능한 일이다. 오히려 그 기억을 받아들여야 용기와 확신을 가질 수 있다. 그와 반대로 패배의 울타리 안에 묶여 있다면 즐거운 과거일지라도 당신의 삶은 속박당한다.

훌륭한 가문의 후손으로 선조의 이름이나 업적을 자랑하지만 앞으로 나아가지 못하는 사람이 있는가 하면, 단 한 번의 성공에 만족하고 더 이상 발전을 못하는 사람도 있다. 그러나 당신에게는 삶의 용기를 꺾는 기억들이 더 많을 것이다. 고통과 상실, 그리고 실패에 대한 기억들은 삶의 의욕을 꺾어버린다.

내일을 위한 문제가 새로운 고통을 가져다 줄 수도 있다. 그러나 어제의 문제는 끝냈다. 물론 어제의 문제가 계속 고통을 주기도 하지만, 불안감은 주지 않는다.

그러므로 과거를 생각한다는 것은 현재의 고통을 잊게 하는 안전한 방법일지 모른다.

'앞을 향해 나가는 한 나는 어디론가 갈 것이다.'

성공은 변덕의 여신이다. 당신은 변덕의 여신을 잘 안다고 말하지만, 그 여신은 당신이 아는 것보다 더 현명하다.

위대한 탐험가 데이빗 리빙스틴의 말이다. 그렇다. 당신은 앞을 향해 걸어가야 한다.

인생은 성장의 과정이다. 성장하기를 주저하고 새로운 것에 두려움을 느낀다면 그것은 곧 인생을 포기하는 것과 같다.

성공에 대한 착각에 빠져있다 : 열 번째 장애물은 성공에 대한 착각이다.

성공은 변덕의 여신이다. 당신은 변덕의 여신을 잘 안다고 말하지만, 그 여신은 당신이 아는 것보다 더 현명하다.

많은 사람들이 성취감에 속고 있다. 그 성취감은 성공의 그림자를 지니고 있어서 그것이 곧 성공인 것처럼 착각하게 만들기 때문이다.

당신은 그 환상에서 벗어나야 한다. 자신이 이루어 놓은 것만을 인정해야 한다. 당신은 가면을 쓰고 자신에 대한 과장된 이야기를 그대로 받아들이면 안 된다. 그러면 당신은 칭찬을 성공으로 착각하게 된다. 성공이 영원히 당신 것인양 환상에 사로잡힌다. 그래서 더 큰 성취감은 불필요하다고 생각한다. 그것은 참된 성공에 대한 권리를 포기하는 거와 같다.

그런 성공이 영원한 것으로 보일 때처럼 위험스러운 경우는 없다. 동시에 자만과 자신감을 갖게 된다. 그래서 새로운 문제가 발생하면 더 당황하게 된다. '이미 성공했는데 왜 이렇게 큰 문제 성공은 변덕스러운 것이다. 그리고 본질적으로 무용한 기쁨이다.

가 생기는가?'라고 자신에게 반문하게 된다.

성공은 변덕스러운 것이다. 계속 노력해야 한다.

성공은 어떤 경우든 영원한 것이 될 수 없다. 어떤 승리도 더 높은 목적을 위한 수단으로 이용되지 않는다면, 그 가치는 상실된다.

승리는 일시적인 것이다. 그리고 본질적으로 무용한 기쁨이다. 당신은 성공 그 자체를 인생의 목적으로 삼아서는 안 된다. 그러면 그 성공의 환상이 주는 고통에서 벗어날 수 없다.

❖ 당신의 목표는 돈을 버는 일인가?

당신의 목표가 돈을 버는 일에 있다면, 그것을 방해하는 당신의 약점을 찾아내서 없애야 한다. 조급하게 결말을 보려는 성급한 사람이 돈을 벌려면 우선 인내하는 끈기부터 길러야 한다. 인내력을 가지고 성취 의욕을 기르면 얻고자 하는 것을 가질 수 있다. 일이 잘 되지 않는 곳을 살펴보라. 그러면 왜 그 일이 안 되는가를 깨닫게 될 것이다.

만족한 삶을 위한 비결

1. 자기 자신을 과소평가하지 말라. 자기 자신을 유능한 사람이라고 생각하라.

2. 자기 연민을 버려하. 자신이 가진 것만을 생각하고 잃은 것은 생각하지 말라.

3. 주위 사람들도 생각하라 : 나의 도움이 필요한 사람을 찾는다. 그리고 대가를 바라지 말고 도움을 준다.

4. 괴테의 말을 되새겨 본다. '강인한 의지가 있는 자는 세계를 정복할 수 있다.'

5. 목표를 가져라. 그리고 그것을 실천할 시간표를 작성하라.

6. 지금 해야 할 것이 무엇인지를 생가하라.

7. 매일 기쁨을 생각하고 실행하라.

8. 열의를 가져라. 열심히 생각하라. 열심히 살아라.

4

끝까지 인내하라

독자에게 드리는 질문

당신은 시작한 것을 완성하는가? 아니면 쉽게 포기하는가? 다시 싸우기 위해서 당신은 무엇을 하는가?
다른 사람들이 당신을 행동지향형으로 보는가?
당신의 기회는 지나가 버렸는가? 아니면 앞으로 다가올 것인가?
당신이 옳다고 믿을 때도 망설이는가?
당신은 장애물을 징검다리로 바꾸는가?
구체적으로 그런 예를 작성해 보라.

성공의 원리

누구나 성공을 원한다. 대부분의 사람들은 성공을 꿈꾸며 많은 세월을 보낸다. 어떻게 해야 성공할 수 있는가에 대한 이야기가 나오면 불원천리 달려가서 들으려고 한다. 이러한 사람들 중에 분명히 당신도 포함되어 있다.

하지만 성공은 쉽게 얻어지는 것이 아니다. 확고한 목표를 세우고 신념을 가지고 열심히 노력한다고 하더라도 중도에 수없이 많은 난관과 장애물이 시련을 가져다 준다. 그래서 성공은 '활동하고 있는 신념'이라고 표현한다.

성공의 원리 중에 하나는 대다수의 사람들이 하지 않는 일을 수행하는 작업임을 잊어서는 안 된다. 그러므로 읽거나 배우거나 일하지 않는 사람은 인생의 패배자이다.

그들은 인생의 싸움터에서의 패배라기보다 태만에 의해서 실패자가 되는 것이다.

성공하기 위해 절대적으로 필요한 것은 인내와 노력이다. 다음 이야기가 참고가 될 것이다.

윌머는 여섯 살의 어린 소녀이다. 소녀는 늘 생각하고 있었다.
"이 작은 도시를 떠나서 여행하고 싶다. 그리고 넓은 세상속에서 내 삶의 자리를 잡는 거야."

사실 윌머는 아주 작은 어린 아기때부터 여행 경험이 있었다. 집에서 남쪽으로 80km 떨어진 곳에 내시 빌 병원이 있었는데, 윌머는 치료를 받기 위하여 수년간 버스를 타고 다닌

숲속에 두 개의 길이 갈라져 있었다. 나는 발자국이 적은 길을 택했다. 그래서 훗날 모든 것이 달라졌다.

것이다.

월머는 출생할 때 조산아로 태어났다. 더욱이 소아마비에 걸렸기 때문에 그녀의 왼쪽다리는 구부러졌고 양말을 신으면 안쪽으로 꼬였다. 그래서 다리에 보족 장치를 하고 다녔는데 저녁 식사때가 되어 식탁까지 가는 경주에서는 다른 향제, 자매들과는 경쟁이 안 되었다.

월머는 병원에 갔을 때 항상 의사에게 묻곤 하였다. 어떤 때는 세 번, 네 번을 연거푸 물었다.

"언제, 이 보족 장치 없이 걸을 수 있나요?"

의사는 그 때마다 월머가 실망하지 않도록 조심스럽게 대답했다.

"좀 더 두고보자. 곧 좋아질 거야"

집으로 돌아오는 도중에 그녀는 먼 훗날 귀여운 아이를 거느리고 있는 행복한 어머니가 되는 꿈을 꾸곤 했다. 또한 그녀는 세상 사람들에게 특별한 공헌을 하고 아름다운 세상을 경험하는 꿈을 어머니에게 이야기하기도 했다.

사랑이 넘치고 의지가 강한 그녀의 어머니는 월머의 말을 참을성 있게 들어주고 다음과 같은 말로 어린 딸을 안심시켰다.

"애야, 인생에서 가장 중요한 것은 네가 그것을 믿고 계속 노력하는 것이란다."

11세의 그녀는 그 보족 장치를 언젠가는 필요없게 될 것이라고 믿기 시작했다. 의사는 그다지 확신하지 않았으나 가벼운 다리 운동을 제안했다. 그러나 윌머는 자신의 다리가 많은 운동이 더 좋을 것이라고 생각했다.

윌머의 가족들은 독실한 기독교 신자였는데, 정직은 그녀가 항상 실행한 미덕이었다. 그러나 한 가지에서 만은 '그 원칙을 약간 어겼다'고 술회하고 있다.

의사는 가족 모두에게 윌머의 다리 운동시키는 방법을 가르쳐 주었다. 그러나 윌머는 마사지에 대해서 의사와 다르게 생각했다. 그녀는 부모가 집을 나가고 없을 때면 형제 자매 중에 한 명을 파수꾼으로 문 옆에 서 있게 하였다.

그리고 그녀는 매일 보족 장치를 풀고 고통스럽게 몇 시간 동안 집 주위를 걸었다. 만약 누가 들어오면 파수꾼은 얼른 그녀를 침대로 데리고 가서 다리 마사지를 하고 있는 것처럼 했다.

이런 일이 약 1년 동안 계속되었다. 그녀는 자신감이 생겼지만 남을 속였다는 죄의식 때문에 고통스러웠다. 그녀는 자기가 하고 있는 이 치료법을 어머니에게 어떻게 말해야 될지 걱정스러웠다.

내시빌에서 정기 검진을 받을 때 윌머는 심판의 날이 왔다고 생각했다.

"선생님께 고백할 일이 있어요."

그녀는 의사에게 말했다. 이어서 그녀는 보족 장치를 떼어버리더십의 기본은 스스로 열정이 넘쳐야 한다. 그리고 그 열정은 구성원에게 고루 감염되어야 한다.

리고 의사가 앉아 있는 곳까지 걸어갔다. 이 기적적인 순간을 모두가 지켜보고 있었다.

"저는… 가끔… 보족 장치를 떼어버리고 집 주위를 걸어다녔어요."

"좋아, 이 사실을 정직하게 말해 줬기 때문에 다음부터는 네가 보족 장치 없이 집 주위를 걸어 다니도록 허락하겠다."

의사는 대답했다. 결국 그녀는 보족 장치를 다리에 붙이지 않았다.

❖ 단순한 것의 집합

'아마추어는 사물을 복잡하게 한다. 프로야말로 명쾌하게 설명할 수 있다.'

데카르트는 생각하는 방법에 관하여 쓴 「방법서설」이라는 책에서 '복잡한 것은 단순한 것의 집합이다.'라고 말하였다.

당신은 어디에선가 출발했다

윌머가 열두 살 되었을 때 또래의 소녀들이 남자아이들처럼 달리며 뛰어노는 것을 보았다. 그녀는 집에만 묶여 있었기 때문에 다른 사람들이 찾아와야 했다.

윌머는 좀 더 성숙하여 세상을 탐색하기 시작하면서부터 여자들이 하는 모든 운동을 정복해야겠다고 결심했다.

그때 그녀보다 두 살 더 먹은 언니 이본느가 여자 농구팀에 들어가려고 애쓰고 있었다. 그녀도 언니와 함께 같은 팀에서 뛸 수 있다면 얼마나 좋을까 하고 생각하면서 입단 결심을 하기에 이르렀다.

그러나 그녀는 30명의 신청자 소녀들 중에서 12명의 최종 합격자 명단에 낄 수 없다는 사실을 알고 기가 꺾였다. 그러나 그녀는 모두에게 자기가 아주 유능하다는 모습을 보여 주고 싶었다.

집으로 가는 도중 길에서 그녀는 농구 코치의 차를 보았다. 그녀는 생각에 빠졌다.

"내가 팀에 들어가지 못했다는 것을 부모님께 알리려고 왔을 꺼야!"

그녀는 뒷문으로 달려가서 집안으로 조용히 들어섰다. 그들의 대화를 엿들으려고 부엌문에 바짝 기대섰다.

농구 코치는 언니가 몇 시에 연습을 마치고 집으로 돌아올 것인지, 누가 샤프롱이 될 것인지, 그리고 딸이 팀에 소속되었을 때 부모로서 알아야 할 모든 세세한 사항들을 바쁘게 설명하고 있었다. 그녀의 아버지는 말이 많지 않은 사람이었다. 그러나 그가 말하면 그것은 법이었다.

"이본느가 팀에 가입하는 것에 대해서만 내가 서명을 하도록 되어 있군요."

농구 코치가 분명히 말했다.

"내 딸들은 항상 둘이 같이 다닙니다."

아버지는 천천히 말했다.

"그러므로 이본느를 원한다면, 그 애의 샤프롱으로 윌머를 택해 주십시오."

정확히 말하면 그것은 그녀가 마음으로 원했던 것은 아니었다. 그러나 그것이 시작이었다.

윌머는 아버지가 팀에 끼워 주는 것과 코치가 뽑아준 것과는 전적으로 다르다는 사실을 알게 되었다. 그녀는 다른 열두 명의 소녀가 분개하고 있다는 것을 느꼈다.

그러나 유니폼을 보자 다시 명랑해졌다. 검정색과 황금색으로 된 새 비단옷을 입은 그들은 아름다웠다.

처음 입는 유니폼은 무언가 색다른 느낌이 있었다. 그것은 특별한 연대감을 창출해 내었다. 그 유니폼을 입을 때 그들은 거기에 속하게 된다.

윌머가 똑같은 새 유니폼을 받자 다른 소녀들은 같은 유니폼실의에 빠지는 행동은 나쁘지 않다. 단 실의에 빠지되 아무런 결론에 이르지 못하는 것은 잘못된 일이다.

을 벗어버리는 것으로 항의했다. 그래서 그녀에겐 예전 유니폼인 초록색과 황금색으로 된 유니폼이 주어졌다.

'신경 쓰지 말자.'

그녀는 쉬는 동안 줄곧 벤치에 앉아서 생각했다.

'기회를 잡아야지.'

드디어 그녀는 굉장한 생각을 가지고 코치와 맞부딪치기로 했다. 180센티 키에 40킬로그램의 몸무게를 가진 윌머는 코치의 사무실로 들어갔다. 언제나 그렇듯이 코치는 약간 퉁명스럽고 직선적으로 보였다.

"그래, 무슨 일인가?"

그가 물었다. 그녀는 미리 준비해 두었던 말을 잊어버리고 단지 몸의 중심을 한쪽 발에서 다른 발로 옮기면서 그냥 서 있기만 했다.

"말해 봐."

그는 다시 말했다.

"중요한 말이 있으면 해라! 네가 말하지 않는다면, 나는 네 문제가 무엇인지 결코 알지 못할 것이다."

마침내 그녀는 불쑥 말을 꺼냈다.

"선생님께서 저에게 매일 10분간씩만 시간을 내어 주신다면, 단지 10분 동안입니다. 저는 그 보답으로 세계적인 운동 선수가 되겠습니다."

코치는 크게 웃었다. 아직까지 그처럼 대담한 말을 들어본 적이 없었다. 그녀가 나가려고 몸을 돌리자, 코치는 윌머를 불렀다.

"잠깐 기다려."

그는 말을 이었다.

"네가 원한다면 매일 10분간씩 너에게 시간을 내 주겠다. 그러나 나는 장학금을 받아 대학에 진학할 진짜 세계적인 운동 선수가 될 학생들 때문에 바빠질 테니 그리 알아라."

그녀는 기뻐하면서 매일 외출복 속에 체육복을 입고 학교에 갔다. 종이 치면 그녀는 10분 동안의 소중한 개인 지도를 받기 위하여 맨 먼저 체육관으로 달려갔다. 코치의 지도는 말로만 행해졌고 실기에는 활용하지 못했다.

그녀가 속상한 나머지 앉아서 울고 있자 오랫동안 알고 지냈던 두 소년이 다가와서 위로했다.

"우리들이 이 10분 수업에 함께 있어 줄게. 그래서 코치가 너에게 가르쳐 주려고 하는 것을 연습할 수 있도록 도와줄게."

다음날부터 그들은 함께 연습하기 시작했다. 윌머의 가장 친한 여자 친구도 참가했기 때문에 그들은 반코트 농구 경기를 할 수 있었다. 날마다 그들의 연습이 계속되었다.

다음 해 윌머와 친구가 팀에 뽑혔을 때, 그들은 자신들의 연습 경기장과 비교하여 진짜 경기장에서도 실력을 발휘할 수 있

실패는 고통스럽다. 그러나 최선을 다하지 못하였음을 깨닫는 것은 몇 배나 더 고통스럽다.

을지 걱정했다.

두 소녀는 그들이 할 수 있는 유일한 것은 '최선을 다하는 것'이라고 결론지었다. 그리고 만약 최선을 다했는데도 성과를 올리지 못한다면, 남은 생애를 위하여 의미 있는 무엇인가를 얻었다고만 생각하고 그 경험을 감사하게 받아들여 농구를 중단할 것에 동의했다.

매일 아침 그녀들은 그들이 올린 전적에 대해서 어떻게 보도되었는지 신문을 보았는데, 뉴스는 윌머의 친구가 1인자, 그녀는 2인자라고 규정하고 있었다.

❖ 성공이란 꿈을 만드는 인간의 꽃이다.

리더십은 상황에 따라 매우 다양하게 정의되고 있다. 그러나 그 내용을 종합해 보면 '리더십이란 일정한 상황에서 공동의 목표를 달성하기 위하여 개인이나 집단 행위에 영향력을 행사하는 과정'으로 요약할 수 있다. 즉 리더십의 요체는 영향력 행사의 과정이며, 그 궁극적 목적은 기업의 목표다. 따라서 훌륭한 기업인은 구성원들에게 영향력을 행사하여 기업의 공동 목표를 달성하도록 직원들의 마음 속에 꿈을 담아주는 사람이라고 할 수 있다.

항상 목표를 생각하라

그 해 윌머가 친구와 최고의 서열을 두고 시합장에서 정겨운 경쟁을 벌이며 코트를 위아래로 뛰고 있는 동안에 그녀를 지켜보는 한 사람이 있었다.

그는 테네시 주립대학(내시빌)의 명성 높은 타이거벨즈의 육상 코치로 국제적으로 알려진 에드 템플이었다.

그의 뛰어난 개인지도로 타이거벨즈는 미국에서 가장 발이 빠른 여자 선수팀으로 발전되었다.

그 때 템플은 여자 육상 팀에 관심을 가진 지원자를 구하고 있는 중이었다.

윌머는 14살 때 고등학생으로서 타이거벨즈의 육상 팀에 들어갔다. 그리고 방과 후와 주말마다 테네시 주립대학에서 맹렬한 연습을 했다.

캠퍼스에서 그녀는 이미 미국 올림픽 팀을 두 개나 구성했던 메이파그스라는 사랑스럽게 생긴 젊은 여자 코치를 만났다.

메이는 십대 소녀 윌머가 가족 외에 자기의 꿈을 나누고 싶어하는 유일한 동지같은 사이가 되었다.

윌머는 유년시절에 느꼈던 좌절감, 보족 장치와의 시련, 참여할 기회가 없었을 때의 느낌을 그녀에게 자세히 이야기했다. 메이파그스라는 용기를 북돋아 주었고, 윌머는 열심히 연습을 계속하여 드디어 승리를 거둘 수 있었다.

첫 여름이 끝날 무렵 윌머는 700미터와 900미터 달리기에서 우승하였고, 이어 필라델피아 주니어부에서 4,000미터에서 우승하였다.

어느 날 메이파그스라는 윌머에게 말했다.

"우리 올림픽 팀을 만들어 볼까?"

그것은 유년시절 윌머의 꿈이었다. 그녀는 병원에 가기 위해서 내시빌까지 버스로 수없이 왕복했던 자신의 과거를 말해 주었다.

"우리 여행하게 되나요?"

"그럼, 물론이지."

메이는 유쾌하게 대답했다.

"1956년 세계 올림픽 경기는 오스트레일리아에서 개최될 예정이야."

"언제 떠나나요?"

그녀는 애원하다시피 말했다.

우선 그들은 워싱턴 D.C의 아메리칸 대학에서 실시되는 올림픽 선발 시험에서 자격을 얻어야 했다. 200미터 예선 경기에서 그녀는 선두로 출발했다. 자신이 선두로 달리고 있다는 것을 알고 메이파그스라가 어디에 있는지 보기 위하여 주위를 둘러보았다. 그 사이 뒤에서 달리던 메이는 스피드를 내서 일등이 되었고 윌머는 2등이 되었다.

"나는 너에게 실망했어."

성취는 열망과 기대의 수준을 점차적으로 올린 결과이다.

메이는 꾸짖었다.

"자격 취득으론 충분치 않아. 너는 항상 금메달을 목표로 해야 해."

윌머는 1956년 멜버른에서 개최된 올림픽 200미터 준결승전에서 탈락되었다. 그러나 여자 400미터 릴레이에서 3등을 한 팀의 멤버로서 동메달을 받게 되었다.

그녀는 오스트레일리아에 남아 있는 동안 행복했으나 한편으론 실망으로 가슴이 터질 것 같았다. 그녀는 이런 정도의 실적은 두 번 다시 올리지 않겠다고 자신에게 말했다.

'다음 번에 나는 그것을 성취할 것이다.'

윌머는 당시 16세였으므로 고등학생이 되어 있을 1960년엔 꼭 승리할 것을 자신에게 다짐하고 또 다짐했다.

집으로 돌아왔을 때 그녀는 유명해진 자신의 신분을 이용하려는 어떠한 유혹도 이겨냈다. 그녀가 보족 장치를 하고 무력해 있을 때 그토록 잔인했던 이웃 아이들을 조롱할 수도 있었다. 그러나 그녀는 그들에게 동메달을 보여주며 그것을 얻는 데 겪었던 스릴에 대해서만 이야기했다. 예전에 그녀를 괴롭혔던 사람들이 이제는 친구가 되었다.

윌머는 테네시의 클락스빌과 같은 작은 도시에서는 한 시대에 한 명 정도밖에 나올 수 없는 세계적인 명사가 되었다.

그 시대에는 여자를 위한 운동 장학금이 없었기 때문에 윌머는 테네시 주립대학을 고학으로 다니고 있었다. 그리고 당시 육상 연습을 위한 시합은 매일 계속되고 모든 여자 선수들은 타이거벨즈 육상 클럽 멤버로 남아 있기 위해서는 평균 B학점 이상을 유지해야 했고 18학점을 이수해야 했다.

윌머는 수년 전의 보족 장치 없이 걷는 것을 익히기 위하여 실행했던 자신과의 싸움을 이제는 우승자가 되기 위하여 다시 실시했다. 과중한 일과 공부 때문에 다른 소녀들에게 뒤쳐져 있다는 것을 깨닫고, 그녀는 매일 화재 비상구로 빠져나가 오후 8~10시까지 트랙을 달렸다. 그리고 나서 화재 비상구로 다시 돌아와 침대 속으로 들어갔다.

동이 트면 엄한 트레이닝 스케줄이 또다시 시작되었다. 그녀는 매일 아침 6시와 10시에 그리고 오후 3시에 다시 달렸다. 주일마다, 해마다 그녀는 단조롭고 똑같은 자기 나름의 스케줄을 계속했다. 그리고 그것은 1천 2백일 이상 계속되었다.

신화적 인물이 되다

1960년 여름 로마에 있던 윌머는 육상 경기장으로 걸어나가면서 만반의 태세를 갖추었다. 약 8만 명의 팬들은 세계 관람자들의 마음을 사로잡았던 특별한 올림픽 선수 중의 한 사람인 그녀에게 미친 듯이 갈채를 보냈다.

그녀가 첫 경기를 위하여 준비 운동을 시작했을 때 관람석에서 응원이 터져 나오기 시작했다.

"윌머, 윌머, 윌머!"

그녀는 100미터와 200미터 경기에서 쉽게 승리했고, 400미터 릴레이에서도 미국 여성 팀이 일등을 할 수 있도록 함으로써 세 가지 놀라운 업적을 이루었다.

'세 개의 금메달'-그녀는 트랙과 필드 경기에서 세 개의 금메달을 딴 최초의 여성이 되었다. 그리고 세 경기 모두 세계 기록으로 우승했다.

어릴 적 그녀는 내시빌까지 버스를 타고 다녔던 한 절름발이 작은 소녀였었다. 이웃들로부터는 소외되었지만 부모와 가족 그리고 몇몇 충실한 친구들은 윌머를 도와주었다. 이제 윌머 루돌프는 살아있는 신화적 인물이 되었다.

로마의 한 스타디움에서 그 승리의 순간 이후 그녀의 훈련과 희생에 대한 찬사가 쏟아졌다. 색종이 테이프 퍼레이드, 백악관의 존 F.케네디와의 단독 접견, 그 해의 여성운동 선수상, 그리고 고국에서 최고 아마추어 운동 선수에게 주는 값진 설리번 상을 받았다.(윌머는 설리번 상을 받은 세 번째 여성이다) 이어서 그녀의 전기가 출간되었고 TV영화 「윌머」가 나왔다.

이 모든 것을 거쳐 드디어 그녀에게 작위가 수여되었다. 「살아 있는 신화적 인물」 작위 수여식의 답사에서 윌머는 솔직하게 대답했다.

“달리고 있을 때는 모든 것을 잊어버립니다. 우리들은 항상 무엇인가를 마스터 하기 위하여 노력하고 있습니다. 그러나 모두가 그 경지에 도달할 수 있는 것은 아닙니다. 계속하려는 의지와 최고가 되려고 노력하는 것, 이것이 이른바 챔피언을 만들어 주는 원동력이라고 생각합니다.”

1980년 3월 워싱턴 주 올림피아 지역 교회 그룹의 후원을 받은 민중신앙훈련 대회에서 나는 윌머 루돌프를 처음 만났다. 윌머와 노먼 빈센트 피일 그리고 나는 수천 명의 아이들과 어른들로 가득 찬 대형 체육관에서 인기 있는 연사였다.

윌머는 이야기할 때, 보통 연단에 선 사람들이 그렇듯이 제스처를 쓴다거나 잘난 체 한다거나 꾸며서 이야기하는 법이 전혀 없었다. 그녀는 수중에 청중들이 있었으나 그들을 자기 수중에 넣지 않았다. 그들 스스로가 그녀의 수중으로 들어왔다. 왜냐 하면 그녀가 한 이야기는 진실이었기 때문이다. 승리에 대한 황홀경에 대해서는 그다지 많이 이야기하지 않았다. 가족, 좋은 친구들, 문제, 기도, 절망, 투쟁에 관한 얘기가 더 많았다.

성공을 하기 위해서는 다른 사람의 방법이 아닌 내 자신의 방법이 가장 중요하다.

그녀가 연설을 끝내려고 할 때 피일 박사는 이렇게 속삭였다.

"그녀는 진짜 인간이오?"

나는 고개를 끄덕이며 그녀의 마지막 말을 들었다.

"세계적인 운동 선수, 슈퍼 스타들이 있습니다. 그러나 세계적인 사람들이라고 보통 사람들과 다른 것은 아닙니다. 나도 자라면서 여러분들과 같이 많은 문제들이 있었습니다. 제 이야기가 여러분들이 변화되고, 개선되고 잘 할 수 있다고 믿는데 조금이나마 도움이 되었으면 합니다."

오늘날 윌머는 주요한 대회에서 아름다운 연설을 하고 미래의 올림픽 스타들을 도와주고 있다. 그녀가 가장 좋아하는 일은 인디애나폴리스의 윌머 루돌프 재단을 통하여 강연이나 세미나를 열고 어려운 사람들에게 재정적 지원을 해 주고 뒤따라 오는 사람이 앞서 갈 수 있도록 도와주는 일이다.

이기려는 의지가 필요하다

윌머 루돌프는 엄청난 역경을 딛고 성공한 인간 승리자이다. 그녀는 결코 자신을 패배 속에 두지 않았다. 그녀는 이기는 데 마음을 두고 그것을 해냈다. 이긴다는 것은 재능을 부여 받는다거나 최신 장비를 가진다거나 가장 부자가 되는 것보다 훨씬 더 많은 것을 의미하는 것 같다.

베이 패커즈의 신화적 코치 빈센 롬바르디에게는 '협박으로 이기는 전문가'란 이름이 붙어 있다. 내 생각엔 잘못된 것 같지만, 많은 전설적인 영화에 그의 불멸의 슬로건이 나온다.

'승리가 삶의 전부는 아니다. 그것은 오직 해야 할 일의 전부일 뿐이다!'

나는 롬바르디가 실제로 그렇게 말했다고 믿지 않는다. 그리고 설혹 그가 그렇게 말했다 할지라도 그가 한 말이 올바로 이해되지 않고 있다고 생각된다.

빈센의 연설을 여러 번 들었고 패커즈 팬인 위스콘신 출신의 내 친구가 빈센 연설 사본을 몇 가지 나에게 보여 주었다.

무적의 패커즈 팀의 카리스마적인 코치의 연설 내용은 다음과 같다.

'승리가 모든 것은 아니다. 이기려는 의지가 모든 것이다.'

말의 의미가 사뭇 다르지 않은가? 다르게 된 것은 의지나 믿음이란 말 때문이다.

이제 긴 이야기의 끝을 맺을 때이다. 이 이야기만으로도 인내와 노력이 성공의 과정에서 얼마나 중요한 것인가를 알았을 것이다.

그런데 인내란 한 가지 일을 언제까지 고수하는 것을 의미하지 않는다. 그것은 지금 당신이 하고 있는 어떤 일에 완전히 집중하고 노력하는 과정을 의미한다.

즉 자신의 일에 만족하거나 더 많은 지식과 진보를 갈망하는 것이다. 더 많이 하고, 더 많은 잡초를 뽑고, 아침에 더 일찍 일어나고, 지금 하고 있는 일에 대해 좋은 방법을 찾기 위하여 항상 눈을 뜨고 있는 것을 의미한다.

❖ 대학졸업장이 꼭 중요한 것은 아니다

물론 의사, 변호사, 교수가 되거나 과학계에 종사하자면 대학을 나올 필요가 있다. 한편 인사관리자들은 당신의 입사원서에 학사 학위나 석사학위(박사학위까지)가 기재되어 있는 것을 좋아한다. 하지만 당신이 원하는 직업을 얻는데 대학 졸업장이 반드시 필요한 것은 아니다. 교육을 받고, 사고 방식을 배우고, 지적 성장을 위해서는 대학에 가야 하지만, 모든 세상사를 배우고 더 나은 직업을 갖기 위해서는 직장에서 일을 해 보아야 한다. 대학 학위가 당신을 최초의 직업에서 수완가로 만들어 주지는 못한다.

인내력을 향한 열 가지 행동단계

첫째, 가장 우선적인 일을 먼저 한다.

대부분의 사람들이 우선 순위가 낮은 일에 시간을 소비하게 되는 이유는 그것을 하기가 보다 쉽고, 그것을 하는데 더 이상의 지식, 기술, 남의 협력이 필요하지 않기 때문이다.

우선 순위를 지금 곧 해야 할 것, 뒤이어 해야 할 것, 할 수 있을 때 할 것, 하고 싶은 때 할 것 순으로 결정해 보라. 매일 결정해 보되 그날 아침보다 더 늦게 결정해서는 안 된다. 그 전날 모든 일을 마칠 때 하도록 하라.

둘째, 지난 날 가장 생산적인 것으로 밝혀진 당신의 행동, 교제, 생각들에 대하여 전체 시간과 에너지의 20%를 써라.

셋째, 현재 하고 있는 일을 다른 일로 바꿀 때는 일시적으로 생산성이나 효율성이 떨어지리라는 것을 예상하라.

넷째, 한 번 실패하면 다시 해 보라.

두 번째로 실패한다면 왜 실패하게 되었는지 되돌아서서 다시 한 번 차분히 생각해 보라. 세 번째로 실패하면 지금으로서는 당신의 목표가 너무 높을지도 모른다. 목표를 조금 낮게 잡아보라.

다섯째, 비슷한 목표를 가진 사람들과 자주 교제하도록 하라.

여섯째, 만일 곤란한 입장이 된다거나 궁지에 몰려 있으면 환경과 분위기를 바꿔 보라. 하루만이라도 바다나 시골로 나가서 긴장을 풀고 반성해 보라.

변화와 고통은 동의어이다. 성공을 위해서는 두 가지 모두가 필요하다.

일곱째, 항상 예기치 않은 일에 대비하라.

여덟째, 어떤 문제에서 일반적인 지식을 얻으면, 그것의 일부분을 깊이 익혀라. 다양화하기 전에 전문화를 이루어라. 그것을 마스터할 때까지 계속하면 성공에 대한 자신감과 명성을 얻게 된다.

아홉째, 자신의 문제에 접근할 때는 솔직하고 논리적으로 접근하라.

일반적으로 문제에는 두 가지 타입이 있다. 해결하기 쉬운 문제와 위급한 상태의 급박한 문제들이다. 자신의 문제를 평가하는 좋은 방법은 자신에게 묻는 일이다.

'나와 나의 가족에게 중요한 일에 시간을 보내고 있는가? 아니면 나는 항상 쫓기듯 시간을 마감하고 있는가?'

열 번째, 더 많이 일하고, 더 많이 공헌하라.

승리자는 천둥 번개 속에서 무지개를 보고, 빙판 길을 미끄러지며 걷는 대신 스케이트를 탄다는 것을 기억하라.

시간관리

•테니스 웨이틀리

시간을 아껴라

STEP6

1

우선 순위를 정해서 움직인다

독자에게 드리는 질문

1주일 동안 당신이 행한 모든 활동을 주의 깊게 살펴보았는가? 아마도 당신은 많은 시간을 낭비했거나 거의 아무 것도 하지 않았다는 사실에 놀라움과 부끄러움을 느낄 것이다.

당신이 활동을 메모해 보면, 별로 중요하지 않은 일에 많은 시간을 할애하여 그 일을 처리하느라고 중요한 일을 처리하는데 충분한 시간을 갖지 못하고 쫓겼던 경우가 발견될 것이다.

당신은 일에 우선 순위를 정해 놓고 일하는가? 그렇게 할 수만 있다면 능률적으로 업무를 처리해 나갈 수 있을 것이다.

실행표를 작성하라

세계적으로 유명한 성공자들에게 시간 활동법에 대해서 물어보았다. 우선 미국의 스탠다스 석유회사 부회장에게 질문을 했더니 그는 이렇게 대답했다.

"예, 저는 지금도 실행표를 활용하고 있습니다."

나는 그의 실행표를 보았지만 그가 말한 중요성을 그 당시에는 깨닫지 못했다.

나는 다음 날, 시간관리에 관한 세미나에 참석하기 위해 여행을 떠났다. 그곳에서 나는 부동산 재벌이며 전기회사 회장과 함께 저녁 식사를 하게 되었다. 그는 많은 기업을 이끌고 있으며, 어느 면으로 보아도 성공한 사업가였다. 그가 어떻게 그토록 많은 일을 하게 되었는지 나는 궁금했다.

"간단하지요. 나는 실행표를 가지고 있습니다. 그러나 이 표는 각각 차이가 있습니다."

그는 자신이 그 표를 하나의 게임으로 생각한다고 덧붙여 말했다.

아침에 맨 먼저 그가 하는 일은 그 날 달성하고자 하는 리스트를 펴 보는 것이다. 저녁이 되면 그는 오늘의 리스트 중에서 어떤 항목이 실행되지 않았는가를 검토한다. 그의 목적은 그가 쓴 항목을 지우는 일이다.

그는 리스트를 카드놀이라도 하듯, 그 날 해야 할 일을 항목별로 나누어 기록해 둔다. 거기에는 전화를 해야 할 사람, 누

뛰어난 능력을 가졌다면 근면은 그 재주를 더 낫게 해 줄 것이며, 보통의 능력 밖에 없다면 근면은 이를 보충해 줄 것이다.

군가와의 시간 약속, 그리고 저녁에 부인과의 대화도 포함되어 있다. 그는 최우선 순위의 항목부터 실천한다. 그는 그 날 저녁 리스트에 완벽한 점수를 주기 위해 낮동안 열심히 일한다.

나는 많은 성공한 기업가, 정부 관리들과 대화를 나누었다. 그때마다 그 실행표가 등장한다. 그래서 나는 세미나에서 얼마나 많은 사람들이 그 실행표에 관해 들은 적이 있는가를 알아보았다. 그 결과 거의 모든 사람이 알고 있었다.

다음에 나는 얼마나 많은 사람들이 매일매일 해야 할 일들에 대해 리스트를 작성하고 우선 순위를 정해서 실행하는가를 물었다.

그러나 그들 대부분은 특별히 바쁠 때 실행표를 만들기는 하지만, 매일 해야 할 일들의 리스트는 만들지 않는다는 사실을 알았다.

물론 그들은 원하는 일들이 많았고 또 완성 날짜를 정하기는 했지만, 매일의 할 일을 메모해 두는 사람은 별로 없었다.

매일 할 일을 메모할 것

최정상에 있는 사람들이나 사회 밑바닥에서 허우적대는 사람들 모두가 실행표에 대해서는 알고 있다. 그러나 그들 사이에는 분명한 차이가 있다. 최정상의 사람들은 그들의 시간을 최대한으로 활용하기 위해서 매일 실행표를 사용했으나, 반면 밑바닥에 있는 사람들은 그것을 알고는 있지만 효과적으로 이용하지 못한다는 점이다.

실행표는 근본적인 시간 계획표이다. 이제 그 실행표를 좀 더 구체적으로 살펴보자. 그 기본은 간단하다. 그 표의 맨 위에는 「실행」이라 쓰고, 그 다음은 당신이 이루고자 하는 목표를 쓰고 순위를 정한다. 목표가 실행되면 그 항목을 지우고 다른 항목을 써 넣는다.

성공의 비결은 여러 가지가 있다. 그 하나는 깨끗하고 두꺼운 종이에 당신이 해야 할 목표를 메모해서 항상 가지고 다니는 것이다. 절대로 아무 종이에 쓰지 말라. 당신은 그 목표를 수첩에 기록해 둘지도 모른다. 어떤 경영자는 실행표를 책상 위에 두기도 한다.

어떤 사람들은 실행표를 머리 속에 기억시키려고 한다. 그러나 그것은 효과적인 방법이 아니다. 당신의 머리는 창조적인 것들을 위해 사용되어야 한다.

실행표의 내용

당신이 해야 할 일을 모두 메모하고 있는가? 거기에는 일상적인 활동에 관한 내용도 포함되어 있는가? 아니면 예외적인 것만 쓰려고 하는가? 당신은 오늘 하려고 하는 일을 구체적으로 기록하고 있는가?

실행표를 작성하는 방법에는 여러 가지가 있다. 그러나 그중 일상적인 항목을 제외한 제일 중요한 것만 기록하는 방법이 좋다. 그리고 우선 순위에 특별한 주의를 기울여야 한다.

당신의 실행표에 장기적인 목표를 A항목으로 해야 한다. 예를 들어서 '공무원 시험에 합격'같은 내용을 '생일 선물을 산다'는 항목들과 같은 표에 쓴다는 것은 우습다.

당신은 어떤 일을 해야 할 때 그 지침으로 실행표를 사용하라. 그러면 장기적인 계획이 필요함을 깨닫게 되며 그 계획들을 잊지 않으려고 할 것이다.

당신은 스스로 어떤 일이라도 다 처리할 수 있다고 생각할지 모른다. 그러나 그에 앞서 실행표를 보고 다른 사람에게 위임할 수 있는 일이 얼마나 되는가를 살펴보라.

부하직원이나 다른 사람에게 맡기는 것보다는 당신과 같은 정도의 수준이거나 더 높은 사람에게 맡겨라. 그는 당신보다 더 손쉽게 일을 할 수 있거나 알지 못했던 다른 기막힌 방법을 제시할 수도 있을 것이다.

실행표에 있는 모든 항목을 하루가 끝나기 전까지 모두 해결하려고 할 것이다. 그것은 당신의 책임이다. 온 힘을 다해 노력해야 한다.

오늘 할 일들이 너무 많을 경우에는 우선 해야 할 것과 하지 말아야 할 것을 분명히 결정한다. 그러나 아무 생각없이 무조건 결정하는 것은 옳지 않다.

특별히 강조하고 싶은 것은, 우선 순위를 정해야 한다는 것이다. 실행표에 가능한 한 많은 항목을 쓴다. 물론 그 일들 가운데 상당량이 실현될지도 모른다. 그러나 효과는 낮다는 것을 알아야 한다. 왜냐하면 당신이 할 일들은 주로 C급에 속하는 것일지도 모르기 때문이다.

또 어떤 이들은 맨 위의 항목을 실천하면서 바로 다음 항목에 신경을 씀으로써 중요한 것을 놓치게 된다. 여기 가장 좋은 방법을 소개하고자 한다.

목표를 각 항목별로 A, B, C의 우선 순위를 매기고, 자신이 할 수 있는 일을 제외한 다른 중요하지 않은 일들은 다른 사람에게 위임하는 방법이다.

실행표는 여러 가지 형태로 배열할 수 있다. 즉 전화하고, 생각하고, 결정하고, 지시하는 방법의 배분법이 있으며, 또 비슷한 내용을 중심으로 분류할 수도 있는데, 예컨대 목표로 하는 일의 유사성, 위치의 동질성, 인물별 등으로 나누어 적어두는 방법도 있다. 그리고 실행표의 각 항목들은 종류별로 나누어서 그룹이 되게 할 수도 있다.

무엇보다도 실행표는 우선 순위를 정하는 것이 가장 중요하며, 그대로 실천해야 한다.

❖ 하루를 짧고 빨리 보내는 방법

아침부터 퇴근 시간까지 하루를 짧고 빠르게 보내는 좋은 방법이 있다. 그것은 상사의 눈을 속여서 15분 가량 늦게 출근한다든가, 15분 일찍 퇴근한다는 부정 행위가 아니다. 또 점심시간을 5분 가량 더 사용하는 약삭 빠른 행동도 아니다. 그런 부당한 마음을 가졌다면 하루가 더 길게 느껴질 것이다.

지혜로운 직장인은 노동시간을 짧게 하고, 자기가 하고 있는 일에서 지루함을 없애는 가장 효과적인 방법을 알고 있다. 즉 자기 일을 휴가를 보내는 것처럼 즐긴다는 것이다. 이를테면 우리들은 저녁 일곱 시에 파티에 참석해서 심야까지 머문다. 거의 하루 노동과 맞먹는 시간이다. 그러나 즐거운 시간이기 때문에 쏜살같이 지나간다. 바로 이것이 요령이다. 일을 흥미롭게 하는 것이다. 그렇게 하면 그 날은 짧은 하루를 보낼 수 있다.

실행표의 완성은 우선 순위로

이제 당신의 실행표를 보라. 먼저 B급의 목표를 실천하기에 앞서 A급의 항목을 실행하라. 그리고 C급의 목표를 실행하기 전에 B급의 항목을 실행하라.

어느 날 실행표에 적힌 모든 항목을 마치게 될 것이다. 그러나 모든 항목을 실행할 시간이 없을 수도 있다. 만약 당신이 A, B, C의 순서대로 그 일을 실행할 경우, 때때로 A의 항목조차도 끝내지 못할 경우도 있다. 어느 날엔 A와 B의 항목을 실행하고, 또 어느 날은 C항목까지 실행한다.

중요한 것은 그 실행표를 완성시키는 것보다 당신의 시간을 최대한으로 활용하는데 있다. 만약 B급 항목과 C급 항목을 다 실행하지 못했다면 다시 한번 살펴보고 조정하라. 그러면 당신 마음속에 있는 새로운 A, B, C급 목표의 검토가 이루어질 수도 있다. 그것에 따라서 다시 여분의 시간으로서 도전해 보는 거다.

많은 공무원, 전문 직업에 종사하는 사람들이 나의 세미나에 참석한다. 자신의 일을 체계화시킬 필요가 있었기 때문이다. 세미나에 참석한 2~3개월 후 대부분의 사람들은 일이 전보다 훨씬 더 체계화되었다고 말했다.

그들은 정기적으로 실행표를 작성하고 그 일에 우선 순위를 두는 방법을 알게 되었기 때문이다.

적절한 시간 활용은 직장에서와 마찬가지로 가정생활에서도 중요하다. 그러나 당신은 직장의 일이 끝나면 나머지 시간 활용

거짓말을 하지 말라. 부정직하기 때문이다. 모든 진실을 다 이야기하지 말라. 불필요하기 때문이다.

을 소홀히 하는 경향이 있다. 그러나 당신이 해야 할 모든 일들이 실행표의 도움으로 체계화되었다면 훨씬 더 많은 여유를 가질 수 있을 것이다.

사소한 일들이 많다는 것은 그 실행표의 항목이 많아진다는 것을 의미한다. 그러나 표에 기록해 두지 않으면 그것들은 잊혀지게 될 것이다.

당신의 중요한 활동 중에 어떤 것도 소홀히 해서는 안 된다. 그리고 할 필요가 없는 항목을 지워버림으로써 다음에 해야 할 활동을 선택할 수 있도록 체계화해야 한다.

A보다 C의 항목을 더 많이 함으로써 일의 순서가 바뀔 수도 있다. 당신은 전의 A를 A와 B로 분산시킬 수도 있으며, C를 완전히 지워버릴 수도 있다.

보다 중요한 일을 해결하는 방법

지난 해 당신은 해야 할 일들을 기록하여 실행하였을 것이다. 어떤 일을 하는데 있어서 당신은 금년에도 작년과 같이 성실하게 그 방법을 활용했다.

따라서 작년의 A항목이 금년에는 C항목이 되었다. 이제 당신은 매년 해왔던 그 일상의 일을 새로운 누군가에게 넘기고 그보다 더 중요한 일에 시간을 활용해야 한다.

세일즈맨의 경우, 지난해 A등급 100달러 단위의 고객이 금년에는 C등급으로 된다. 이제 A등급의 고객은 5백 달러 단위가 되고, B등급의 고객은 2백 50달러가 된다. 이와 같이 고객의 등급을 높여 가노라면 점차 당신의 사업은 확장될 것이다.

한편 고객의 등급을 계속 높여가며 사업을 확장하기 위해서는 100달러 이하의 예상 고객은 다른 사람에게 맡겨야 한다. 세일즈맨인 당신은 현재, 그리고 앞으로의 예상 고객중 20%를 제외시킴으로써 보다 큰 성과를 올리게 될 것이다.

시간을 효율적으로 이용하는 사람들은 체계적으로 실행표의 항목을 정한다. 그러나 모든 항목을 완벽하게 성취하려고 노력하지 않는다. 오히려 그는 A항목을 매일 실천하고 시간을 활용하는 법을 알게 되면 '바로 지금 시작하는 것'이라는 사실을 알게 될 것이다.

2

체계화된 생활태도를 가져라

독자에게 드리는 질문

당신에게 일이란 무엇을 의미하는가? 또 즐겁게 일하는 것과 고통스럽게 일하는 차이점의 원인은 어디에 있다고 생각하는가? 당신은 일하기 위해서 사는가, 살기 위해서 일하는가?

당신은 매일 훌륭한 실행표를 만들 수 있다. 그러나 체계적이지 못하면 실행표의 어떤 항목도 지울 수 없을 만큼 아무 일도 할 수 없다. 이제 체계화된 생활을 하기 위한 방법에 대해서 알아보자.

계획표를 지나치게 체계화하지 말라

W.C 필드는 경영자의 역할을 필름으로 보여주었다.

그의 책상 위는 잡다한 서류들이 흩어져 있다. 다음 장면에서 그는 책상으로 돌아온다. 그런데 한 유능한 전문가가 그 책상을 정돈하여 가지런히 해놓은 것을 알았다. 책상 위는 이제 산뜻하고 능률적으로 정리되어 있다.

그러나 필드는 당황했다. 그는 어떤 것도 찾을 수가 없었다. 그래서 그는 서류 더미를 공중으로 힘차게 던져 버렸다. 그는 미식가가 샐러드를 원하듯 그것들을 집어 던졌다. 그는 다시 책상 위를 살펴보았다. 그 때서야 원하는 서류를 찾을 수가 있었다.

우리는 그 화면의 의미를 충분히 인식하기 위해서 그것을 역사적인 관점에서 볼 필요가 있다. 그 당시 필드는 정상에 있었다. 필드가 마음을 진정했을 때 능률전문가들이 일을 체계화하는 비결을 말해 주고 있다.

책상 위에 당면한 일이 아닌 잡다한 것들을 두는 것은 비능률적인 원인 가운데 하나이다. 옛부터 깨끗한 환경은 능률과 생산성의 상징으로 여겨져 왔다. 그것이 일반화된 통념이다.

그러나 오늘날 우리는 그것이 사실이라고는 확실할 수 없다. 확실히 조직적인 생활은 혼란한 생활보다 효과적이다. 우리 주위에 많은 부분들이 체계화함으로써 능률을 높일 수 있다. 하지만 체계화에 있어서 그 확고부동한 원칙이 꼭 적용되는 것은 우유부단한 사람은 모든 일이 분명하지 않다. 당장 가장 중요한 일부터 시작하라.

아니다. W.C 필드는 그것을 우리에게 깨닫게 하고자 했던 것이다. 우리 모두는 자신의 개성과 당면한 일에 적응하도록 체계화시킬 필요가 있다.

당신의 생활을 계획할 때 지나치게 체계화하려고 하지 말라. 그것은 오히려 능률을 저하시킨다.

나에게는 한 학기를 마친 후 낙제를 한 대학교 친구가 있다. 그는 공부하는 방법에 관한 여러 책을 읽는 것으로 공부 시간을 허비했을 뿐 실제적인 공부는 하지 않았던 것이다.

당신이 보다 일을 멋지게 하려고 할 때 이와 같은 부작용이 생길 수가 있다. 당신의 목적은 삶의 능률을 높이는 데 있다. 책을 깨끗이 사용하는 것만으로는 원하는 목적을 성취하지 못할 것이다.

❖ 호텔왕 C.N 힐튼의 성공 법칙

1) 손님의 요구를 미리 충족시킨다.
2) 다른 사람이 뒤로 물러날 때는 밀어붙이고, 상대가 밀어붙일 때는 물러난다.
3) 남들이 하지 않는 것을 한다.
4) 어둠 다음에 오는 새벽을 생각한다.

적절한 도구를 찾아라

토마스 칼라일은 이렇게 말했다.

'인간은 도구를 사용하는 동물이다. 도구가 없으면 아무것도 아니다. 도구가 있기 때문에 인간은 만물의 영장이다.'

이 말을 귀담아 들을 필요가 있다. 특별한 도구를 가지게 되면 많은 시간과 에너지를 절약하게 될 것이다. 당신은 이러한 사실을 얼마나 깨닫고 있는가?

이런 경험은 우리가 자동차 수리를 하거나 집 주위의 어떤 것을 수선해야 할 때 경험하게 된다. 이것은 우리가 도구를 눈에 보이는 기구로서 생각하기 때문이다. 물론 그것은 당연하다. 그러나 '도구'라는 말을 보다 넓은 의미에서 살펴보자.

도구는 목표를 성취하는데 도움을 주는 역할을 한다. 당신이 추구하는 목표나 활동이 무엇이든 거기에는 도구가 필요하다. 당신이 회계사라면 연필, 종이, 계산기 외에도 자격증과 실무 지식이 포함된다. 당신이 사무실에서 일한다면 컴퓨터, 전화, 책상, 의자 등이 도구이다. 그밖의 자동차, 통계 자료, 신문, 외국어, 면담 기술도 도구가 될 수 있다.

어떤 일이나 목표를 달성하려고 하기 전에 먼저 당신에게 이렇게 반문해 보라.

'그 일을 성공적으로 마치는 데 필요한 도구는 무엇인가? 그리고 나는 그 도구를 가지고 있는가?'

만일 적절한 도구가 없다면 먼저 다른 사람이 그 일을 하도록 고려해야 한다. 당신의 시간, 에너지, 비용은 다른 사람을 채용함으로써 훨씬 줄일 수 있다.

그러나 당신 스스로 가능하다면 활용 가능한 도구로 최대한의 노력을 하라. 지혜로운 사람과 어리석은 사람과의 차이는 그들의 도구를 선택하는 데서 나타난다.

❖ 두 재벌의 평범한 대화

그리스 선박왕 니알코스와 오나시스가 만났다.

니알코스가 오나시스에게 말했다.

"롤스로이스 최신형을 사려는데 같이 가겠나?"

"물론이지."

두 사람은 자동차 쇼룸에 도착, 동시에 2대를 주문했다.

니알코스가 종업원에게 말했다.

"시트는 최고급 가죽을 사용하고, 범퍼는 순금으로 하게."

계산서가 나오자 오나시스가 수표장을 꺼냈다.

그러자 니알코스가 황급히 말렸다.

"무슨 짓인가? 아까는 자네가 커피를 샀으니까, 이번에는 내가 낼 차례가 아닌가?"

체계화된 일터

당신이 일을 하는 주위를 한 번 둘러보라. 일터를 가지런하게 하는 일은 개인적인 문제로 자신의 취미나 해야 할 일에 따라 달라질 수 있다. 거기에는 몇 가지 기본 요소가 있다.

위치 : 당신이 자신의 일터를 자유롭게 선택할 수 있는 능력이 있다면 일을 수행하는데 도움이 되는 장소를 마련하라. 만일 당신의 일이 집중을 요한다면 조용하고 사적인 곳을 찾아라. 반대로 자신의 일을 널리 알려야 한다면 예상 고객이 많은 장소를 선택하라.

공간 : 적절한 일터를 선택한 후 필요한 도구를 배열하기 전에 활용할 공간이 얼마나 되는가를 아는 것이 필요하다.

자주 쓰는 도구는 쉽게 찾을 수 있는 가까운 곳에 둔다 : 당신이 사용하는 모든 도구의 리스트를 먼저 작성한다. 그리고 그 도구들이 얼마나 자주 쓰이는가를 살펴보고 그 순위를 정하라. 그리고 도구들 중에 사용 횟수가 많은 것을 가까운 곳에 두어야 할 것이다.

당신의 일터를 필요하지 않는 것들로 채우는 비효율적인 것을 삼가라. 가능하면 당신이 선택한 그 장소에는 메모판과 같은 보다 유용한 도구가 놓여져야 할 것이기 때문이다.

편리함 : 어떤 사람들은 일터가 안락하게 꾸며져서는 안 된다고 생각한다. 그들은 일반적으로 힘든 일이나 고달픈 일을 하는 사람들이다. 그렇지만 불편함은 생산성을 저해할 뿐이다.

전염성이 없다면 열정이 아니다. 열정의 중요한 특징 중의 하나는 전염성이 매우 강하다는 점이다.

왜 일을 더 복잡하고 어렵게 만들려고 하는가? 인생은 그렇지 않아도 불편함이나 정신 혼란, 좌절감 투성이다.

일반적으로 일터에는 필요한 의자와 책상, 환풍기와 조명등이 배치되어 있다. 만일 오랜 시간 동안 앉아서 일을 해야 한다면 편안한 의자가 보다 도움이 될 것이다.

예를 들어 10분마다 일어나게 되는 불편한 의자나, 또 그렇다고 잠에 빠져버릴 만큼 지나치게 안락한 의자는 바람직하지 못하다. 그리고 눈의 피로를 덜기 위해서는 간접 조명이 필요하다.

또한 적절한 환풍 장치는 답답함에서 생기는 피로를 덜게 하며 어느 정도의 온도가 가장 적합한가는 각 개인에 따라 다르다. 어쨌든 당신의 일터는 환기가 잘 되는 곳이 좋으며 쾌적한 분위기로 만들어야 한다.

사무능력에 대한 습득법

많은 직장인들이 책상에 앉아서 일을 한다. 익히 아는 바와 같이 책상은 하나의 도구로 잘못 이용되거나 남용한다. 우리는 책상을 이용하기 전에 잘못된 고정관념을 버려야 할 부분이 있음을 생각해 볼 필요가 있다.

구체적으로 몇 가지만 살펴보자.

1. 책상은 폐품 수집 장소가 아니다.

책상 위의 산더미 같이 쌓여 있는 잡다한 것들을 살펴보라. 어떤 가게에서 낡은 신문을 모으기보다 사무실 책상 위의 잡다한 종이가 더 많은 것에 놀랄 것이다.

2. 책상은 음식물, 옷, 우산 따위의 보관 창고가 아니다.

언젠가 나는 사무실을 이전한 적이 있었다. 그 때 나는 책상 위를 기어다니는 개미들을 보고 아연해질 수밖에 없었다. 내 전임자는 책상 오른편 서랍에 먹다 남은 과자 봉지를 그대로 남겨 두었던 것이다.

3. 책상은 불필요한 물건들을 쌓아놓는 곳이 아니다.

책상을 바라볼 때마다 기억해야 할 여러 가지 것들이 산재해 있음을 볼 수 있다. 그로 인해 우리의 마음이 집중 훈련에 지장을 초래하고 있다는 사실을 알고 있는가? 그리고 시간이 지나면서 더욱 쌓여 마침내는 거기에 무엇이 있었는지도 모르게 된다. 그래서 잊어버린 목록을 찾는 데 많은 시간을 소비하고 일일이 다 살펴보아야 한다.

꿈을 이루기 위해서는 그에 따른 능력이 필요하다. 그리고 그 만큼의 노력이 더 필요하다.

시간관리 자문가인 메릴 더글라스는 책상 위에 쌓아놓기를 좋아하는 어떤 경영자의 업무 일지에 대해 이렇게 말했다.

'그의 일지에 책상 위에서 필요한 정보를 찾는데 매일 두 시간 반을 소비했다고 써 있었다.'

4. 책상은 신분의 상징이나 또 트로피 등을 전시하는 곳이 아니다.

책상을 이렇게 잘못 사용하다가는 거대한 책상을 가져야 할 것이다. 넉넉한 공간을 가졌지만 쌓아놓아야 할 것들이 많기 때문이다.

우리는 책상 위에 놓아서는 안 될 것들에 대해 논의했다. 이제 책상의 용도가 무엇인가를 알아보자.

책상은 정보를 받아들이고 정리하는 도구이다. 책상은 이러한 목적으로만 이용되어야 한다. 그렇지 않으면 책상은 필요하지 않을 수도 있다.

미국 경영협회의 회장직을 역임했던 로렌스 애플리는 '책상은 우리의 결단을 흐리게 한다'고 말했다.

어떤 경영자들은 책상을 내다버린 후 오히려 능률이 올랐다고 말했다. 그들은 표준적인 사무용 책상과 의자를 휴게실 의자와 메모용과 그리고 서류 캐비닛으로 바꾸었다.

책상 없는 사무실을 지지하는 사람들은 일대 일의 의사 소통을 개선시키고 자연스러운 분위기를 낳는 이점이 있다고 입을 모아 말하고 있다.

그들은 더 이상 책상에 얽매일 필요를 느끼지 않는다. 당신 역시 책상을 필요로 하지 않는지 생각해 보라. 만약에 당신이 책상을 없애야겠다고 생각하면 지체없이 그것을 실천해 보고 그 결과를 살펴보라.

5. 효과적으로 책상을 배열하는 방법: 당신은 책상을 필요로 한다. 그렇다면 우선 조용한 시간에 그 계획을 세워 보라. 그 일은 토요일 아침에 할 수도 있고, 또 몇 가지 절차를 밟아 이루어져야 할 것이다.

•큰 쓰레기통을 구하라

•책상 위에 모든 것을 치워라. 그리고 서랍 안도 비워라 지금 쓰지 않는 것을 모두 버려라

•책상 위 혹은 쌓여 있는 서류나 물건들을 하나하나 살펴본다. '내가 이것들을 치워버리면 가장 불편한 것은 무엇일까?' 별로 불편하지 않는다면 가차없이 버린다.

•버리지 못한 것들을 잘 정리해 보아라. 그런 다음 책상 위에 꼭 필요한 것만 남겨두어라. 그리고 현재 필요로 하지 않는 것들은 캐비닛이나 책상 속에 보관해 두어라.

•손쉽게 서랍을 이용하는 방법을 생각해 보아라. 주기적으로 모든 서류를 검토해 보고 꼭 필요한 것만을 책상에 두어라. 1년 이상 방치되는 서류의 약 90% 이상은 어떠한 도움도 주지

못한다

•정보를 효율적으로 활용하기 위해서는 손쉽게 찾을 수 있는 곳에 정리해 둔다.

6. 책상에서 일할 때의 유의점

당신이 보다 체계적으로 책상을 배열하고자 한다면, 책상이 효과적인 도구로 쓰일 수 있는 방법을 강구해야 한다. 사람들은 6개월마다 책상의 위치를 바꾸면 업무에 도움이 된다고 한다. 이때 책상 위의 잡다한 것들을 줄임으로써 일의 능률이 더욱 향상될 것이다.

•책상 위에는 한 가지 서류만 두어야 한다. 그 서류는 우선 순위의 것이다.

•책상 위의 것들을 치워라. 꼭 필요하지 않다면 캐비닛이나 서랍에 넣어두고 눈에 띄지 않게 한다.

•다른 일에 정신을 빼앗기지 않는다. 당신은 제일 중요한 일에 집중해야 하며, 그 일에서 손을 떼지 말라.

•어떤 일을 끝마쳤을 때는 정리될 상자에 넣어두어라. 그리고 그 다음 일로 넘어가라.

•가능하다면 비서가 당신의 책상을 정돈하도록 하라. 다음 하루가 시작될 때 책상 위에 그 날의 가장 중요한 업무를 남겨 둠으로써 당신을 도울 수 있게 하라.

단 그러한 유익한 사항들은 하나의 지침에 불과하다. 그것은 당신에게 꼭 적합하지 않을 수도 있다. 책상을 깨끗이 정돈하는 것이 효과적이지 않을 수도 있다는 뜻이다.
당신은 자신에게 적합한 어떤 스타일을 찾아내야 한다. 그러나 분명한 사실은 책상의 분위기가 무질서한 상태라면 능률적으로 일이 잘 되리라고 기대하지 말라는 주의 사항이다.

❖ 우물 안에 있되 우물 밖을 생각하라

성공한 사장들은 '세계화'를 어떻게 생각하고 있을까?

칼스버그 그룹의 플레밍 린델뢰프는 '최고의 국제적인 브랜드는 글로컬(Global+Local) 브랜드'라고 말하였다. 세계적으로 생각되 지역적으로 행동하라는 말이다. 그는 성장의 기호를 찾아 덴마크라는 좁은 나라를 벗어났다. 그에게 세계화란 '입맛과 기호가 덴마크와는 전혀 다른 지역에서 외국산 고급 제품이라는 이미지를 심어 놓는 일'이다. 지역 특성에 맞는 제품을 효과적으로 광고하면서 외제라는 느낌을 최대한 살린 것이다. 그는 평소 "우물 안에 있되 우물 밖을 생각하라."는 말을 즐겨 사용했다.

집중력을 기르는 효과

그것이 어떤 형태이든 집중은 놀라운 현상이다. 내가 6살 때였다. 친구 하나가 확대경으로 태양을 오랜 동안 비추어 종이를 태우는 것을 보고 신기하게 생각했다.

우리 자신의 시간과 에너지도 태양열과 유사하다. 우리가 어느 정도의 노력을 집중시키느냐에 따라 원하는 것을 성공적으로 해낼 수가 있다. 집중력은 천재도 불가능했던 일을 보통 사람들에게 가능하게 해준다.

손에 펜을 잡고 생각한다 : 당신이 자신의 생각을 기록할 때면 집중하게 된다. 자신의 생각을 글로 쓰면서 다른 생각을 한다는 것은 그 누구라도 어려운 일이다. 펜과 종이는 집중력을 기르는데 훌륭한 도구이다.

집중해야 할 경우 손에 펜을 잡고 생각하는 습관을 기르라. 어떤 생각이 떠오르면 하나하나 적어두어라. 그럼으로써 생각은 정리되고 머릿속에 기억으로 남게 될 것이다. 한편 당신은 어떤 생각이 비합리적이며 서로 모순이 되는지 판단하게 될 것이다.

일터에서는 오로지 일만을 : 우리는 습관의 피조물이다. 그래서 행동의 대부분은 생각없이 습관적으로 이루어진다.

우리는 작업장에서의 습관이 능률적이 되도록 노력해야 한다. 그렇지 않으면 비생산적 습관들로 인해서 우리의 시간과 에너지를 소모하게 될 것이다.

집중력을 기르고자 한다면 당신의 일터를 오직 일만을 위해 이용해야 한다. 사무실에서 일할 경우 일과 관계 없는 것을 책상에 보관해 두면 안 된다.

그러나 어느 때 방문객을 맞이할 일이 있으면 책상은 일하는 장소라기보다는 사교적인 장소가 된다. 그러므로 당신이 방문객에게 시간을 할애해야 할 경우 책상에서 벗어나라. 다른 의자에 앉거나 다른 방으로 자리를 옮긴다. 만약 일터를 일만 하는 장소로 습성화시킨다면 책상에 앉는 즉시 일 속으로 빠져들게 될 것이다.

여유를 가지고 휴식시간을 활용한다 : 책상에 앉아서 업무를 수행하는 방법에는 여러 가지가 있다. 그 하나의 방법은 언제, 어떻게 효과적으로 쉬는 시간을 활용하는데 있다. 무분별한 인내는 오히려 일을 어렵게 할 뿐이다.

당신이 문제 해결에 어려움을 느꼈을 때는 재치있게 잠시 일손을 놓으라. 문제가 도저히 풀리지 않는데 맹목적으로 밀고 나가면 혼란과 좌절만 따르기 마련이다. 일을 처리한다 해도 정보를 소화하고 분류하는데 더 많은 시간을 요할지도 모른다.

일을 시작했을 때 즐겁고 생산적이기 위해서는 다음 몇 가지 유의 사항을 지켜야 한다.

•일을 하다가 휴식을 취할 때는 즐거운 마음을 가져야 한다. 만약 당신이 만족스럽게 잠시 일을 멈춘다면 다시 그 일을 하고자 하는 의욕이 생길 것이다.

•일이 어느 정도 진척되었다면 잠시 중단하도록 노력하라. 그러면 그 일을 시작하는데 필요한 시간을 줄일 수 있다.

❖ 돈에 관한 명언

•남의 이익을 생각하는 사람에게 이익이 돌아온다. -중국속담

•돈이란 섹스와 같다. 없을 때는 오로지 그것만을 생각하고 있으면 다른 곳에 눈을 돌린다. -제임스 볼드윈

•돈을 사랑함은 모든 사악함의 근본이다. -성경

•돈이 없어도 행복해질 수 있다고 현혹하는 말은 영혼에 대한 사기다. -알베르트 카뮈

•돈에 관심이 있다면 사람을 신뢰하라. -아가사 크리스티

•나는 돈에 별 관심이 없다. 돈이 나에게 사랑을 사 주지 않기 때문이다. -존 레논

•돈이 없어도 젊을 수는 있다. 그러나 돈이 없다면 결코 늙을 수 없다. -테네스 윌리암스

•돈과 재산, 만족만을 원하는 사람은 세 친구를 잃은 것과 같다. -셰익스피어

• 돈은 5감을 완벽하게 사용하지 못하게 만드는 제6감이다. -서머셋 모옴

끝까지 밀고 나가라

언제 일을 멈춰야 하는가를 아는 것은 매우 중요하다. 그러나 그것만으로 해결된 것은 아니다. 중도에서 난관에 부딪쳤을 때, 그 일을 훌륭히 마치도록 끝까지 밀고 나가야 한다. 이제 당신이 시작한 일을 성공적으로 끝내는데 도움이 될 몇 가지 사항이 있다.

•자신의 일에 관심을 가져라. 관심과 하고자 하는 의욕은 쌍둥이처럼 하나가 되어야 한다. 그리고 더 많은 정보를 모으라. 어떤 일에 대해 많이 알면 알수록 몰두할 수 있다.

•당신의 일이 성과를 거두었을 때, 그 만족감을 생각하라. 담배를 끊었을 때의 산뜻한 느낌이나 절약되는 돈을 생각하라. 당신이 얻게 될 좋은 직장을 생각해 보라. 그리고 승진을 했을 때의 행복한 삶을 기억하라.

•어떤 일을 끝마쳐야 할 날을 정하고 도전하라.

•불필요한 간섭이나 신경 쓰는 것에서 벗어나라.

•도움이 될 수 있는 사람과 일에 동참하라. 누군가와 함께 일을 하면 당신 혼자 하는 것보다 훨씬 효과적일 수 있다.

내가 대학원에 다닐 때 학습 의욕을 높이기 위해 여럿이 혹은 둘이서 함께 공부하곤 했는데 우리는 그것을 '협조의 졸업'이라고 불렀다. 중요한 것은 서로가 도움이 될 수 있어야 한다는 것이다. 두 그룹으로 나누어 연구함으로써 서로 다른 그룹에 도움을 주는 것도 좋은 방법이 될 것이다.

기억력을 향상시켜라

가장 소중한 시간과 에너지, 그것을 절약하는 도구는 바로 기억력이다. 기억력 없이는 온갖 지식은 모두 쓸모가 없다. 그렇지 않다면 우리는 어떤 일을 할 때, 새로운 것인양 그것에 대응해야 할 것이다.

우리는 기억력을 이용하여 걷는 법, 말하는 법, 문제를 해결하는 법, 읽는 법 등 여러 가지 것들을 배운다. 기억력의 능력은 기적과도 같다. 당신은 2파운드 정도의 머리에 가장 진보된 컴퓨터보다도 더 많은 정보를 입력시킬 수 있다.

그러나 여기서 정보를 저장하는 것과 정보를 기억하는 것은 차이가 있다는 사실을 알아야 한다. 이것은 컴퓨터의 뛰어난 기술이다. 우리에게는 정보를 저장하고 다시 상기하는 능력을 향상시킬 수 있다. 이를 위해서는 먼저 기억력이 어떻게 작용하는가, 그 기억력의 원리를 이해해야 한다.

당신의 기억력은 물건이 아니다. 기억력은 능력을 나타낸다. 기억력은 다음 세 가지 단계로 나누어진다.

① 기억하는 것 : 정보를 저장하는 단계

② 기록하는 것 : 필요할 때 두뇌에 저장하는 단계

③ 다시 생각나게 하는 것 : 필요할 때 그 자료를 끄집어 내는 단계

이 마지막 단계는 우리가 당면한 가장 큰 문제이다. 당신은 '생각날 듯 말듯 한데'라는 말을 얼마나 자주 사용하고 있는가?

우리는 뇌에 입력시킨 그 정보를 기억해 내기 위해서 어떤 일도 할 수 없다. 그러나 어떻게 정보를 기록시켰느냐에 따라 달라진다. 즉 기록 방법을 수정함으로써 기억력을 향상시킬 수 있는 것이다. 여기 기억력을 최대한 이용하는데 도움이 되는 몇가지 지침이 있다.

•당신이 쉬고 있을 때 두뇌가 그 일을 기억하게 하라. 피로할 때 기억하려고 애쓴다면 오히려 좌절감만 느끼게 될 것이다.

•어떤 것을 기억하기 전에 먼저 할 일이 있다. 그것은 기억해야 할 것을 세부적으로 나누는 것이다. 예컨대 당신이 20여개 국가의 수도를 기억하려 한다면 그것을 다섯, 여섯 그룹으로 나누든지 두 그룹으로 나누어라.

•기억해야 할 것을 반복해서 생각하라. 그것은 쓰는데도 도움이 된다.

•기억해야 할 것을 여러 시기로 나누어 잊지 않게 하라. 확실히 기억하기 위하여 예전에 외워두었던 것을 다시 살펴보라.

•기억해야 할 것들을 어떤 공식이나 암호문으로 배열하면 보다 효과적이다. 예를 들어 광고 디자이너는 주위를 불러일으키고, 관심을 끌고, 욕구를 불러일으키고, 행동화하는 것에 대해서 약자를 이용한다.

•기억하는데 기다리는 여분의 시간을 이용하라. 당신의 주머니에 항상 카드를 넣어 가지고 다니면서 꺼내 보라.

인간의 삶 속에서 성공과 실패는 언제나 하나다. 패배는 승리의 이면에 도사리고 있으며 새로운 도약은 좌절의 잿더미 속에서 모습을 드러낸다.

나는 보다 효과적으로 기억하기 위해 앞에서의 모든 방법을 활용했다. 박사 학위를 취득하기 위해서 두 가지(불어와 독일어) 외국어를 영어로 번역하는 시험에 통과해야 했다. 그러나 전혀 관심이 없었던 독일어는 거의 백지 상태였고, 조금 안다고 하는 불어 역시 이름을 쓰거나 거리의 표시를 읽는 정도에 불과했다. 그럼에도 불구하고 기적과도 같이 6주만에 두 어학 시험에 모두 통과했다.

나는 우선 적당한 단어장과 독해력 책을 샀다. 그리고 매일 그 책을 한 시간씩 읽고 30개 단어를 외웠다. 물론 새 단어를 암기하기 전에 기억한 것을 확실히 하기 위해서 암기한 단어들을 다시 생각해 내곤 했다. 5주 후 끝날 즈음 천 개의 단어를 외웠고 독해력도 꽤 향상되었다. 마지막 1주일은 검토를 하면서 보냈다.

마침내 나는 두 어학 시험에 합격했다.

당신은 기억술이라고 하는 기억 보조방식을 아는가? 그 누구도 적절한 훈련만 받으면 뒤섞인 카드를 순서대로 기억하기도 하고 많은 사람들의 이름을 즉석에서 외우는가 하면 백 사람 이상의 전화 번호를 암기할 수 있다.

만약 당신이 보다 뛰어난 기억력을 위해, 그에 대한 정보를 원한다면 거기에 관한 좋은 책들이 여러 가지 있다. 예를 들면 케네스 히비 박사의 저서 〈당신의 기억〉을 들 수 있다.

사소한 일은 한데 묶는다.

우리들 주위에는 가까운 시일 내에 처리해야 할 사소한 일이 많이 있다. 예컨대 청구서의 돈을 지출한다든지, 심부름을 하고, 정원을 다듬으며, 그리고 집 안의 작은 수리를 비롯하여 전화를 거는 일 등등 쉴 틈조차 없다. 대개 이런 일들은 대충 처리하곤 하는데 더 복잡해지기 마련이다.

사소한 일들이 다른 큰 일의 효과를 감소시키는 것을 막기 위해서는 그것들을 한데 묶어서 처리해야 시간과 노력을 절약할 수 있다. 즉 여러 가지 심부름을 해야 할 경우 그것을 한데 모아서 하라. 식료품점, 은행, 세탁소에 가는 일들을 한꺼번에 처리하는 것이다.

또 가정의 잡다한 일도 가능한 한꺼번에 모아서 하라. 그리고 청구서를 모아두었다가 은행에 갈 날을 정해서 처리한다. 아마도 당신의 중요한 목표를 달성하는데 그런 방법이 특별히 효율적이라 믿게 될 것이다.

그 사소한 일로 신경이 다른 곳으로 쏠리면 삶의 중요한 목표를 소홀히 할 우려가 있으므로 주의하라.

문제의 해결 방법

어떤 결정을 내린다는 것은 곧 문제의 해결을 의미한다. 거기에 따른 몇 가지 일반적인 지침을 살펴보라.

이것은 성공으로 가는 길에 숨어 있는 장애물을 보다 쉽게 극복하게 해 준다.

문제를 복잡하게 만들지 말라 : 우리는 달나라 여행을 하고 전자두뇌와 핵이라는 복잡한 기술 시대에 살고 있다. 그 복잡성은 이제 당연한 것이 되어 우리 곁으로다가 왔다. 어쩌면 삶의 모든 면에서 복잡한 것을 우리 스스로 기대하고 있는지도 모른다.

우리 사회는 '어떤 것도 더 이상 간단하지 않다'는 것이 불문율화되어 있다. 그래서 어떤 문제를 해결하는 방법에 있어서 간단한 것과 복잡한 것을 선택해야 할 때 많은 이들이 후자를 선호한다.

당신이 어떤 문제를 해결해야 할 때 단순하고 만족스러운 방법을 먼저 찾는 것이 요령이다. 만약 전구 하나를 갈아 끼우는데 한 사람은 전구를 들고 네 사람은 사다리 위의 작업자를 받치고 있다면 얼마나 우스꽝스러운 광경인가? 단순한 해결 방법은 많은 시간을 절약하게 한다.

창의력을 가지고 문제에 접근한다 : 흔히 어떤 문제를 해결하는데 특별한 방법에 사로잡혀 있음으로 해서 창의력이 방해를 받게 된다.

트럭이 지하도에 빠졌다. 한 팀의 구조대들은 트럭을 꺼내는 방법을 결정하기 위해서 급히 달려왔다. 그들은 직업 의식을 발휘 기술적인 접근 방법으로써 문제를 해결하고자 했다. 그래서 일련의 복잡한 계산을 하기 시작했다. 그 때 옆에 서 있던 소녀가 한 대원에게 이렇게 물었다.

"여보세요. 왜 아저씨들은 타이어의 바람을 빼지 않아요?"

문제는 즉시 해결되었다. 어떤 문제를 해결해야 할 때, 그 다양한 시각에 따라서 방법의 가능성은 더 커진다.

광고계의 천재인 엘렉스 F.오스본은 당신의 창의력을 향상시키기 위한 새로운 아이디어의 점검표를 제시하고 있다. 당신이 문제에 직면했을 때, 이 점검표는 많은 도움을 줄 것이다.

•수정 가능성이 있는가?

-첨가해야 할 것

-더 많은 시간, 더 자주

-더 강하게, 더 높게, 더 두껍게

-이중으로, 또는 몇 배로

•최소한의 가능성은 있는가?

-빼야 할 것

-보다 적게, 간결하게

-생략, 간소화, 분리

-보다 낮게, 보다 짧게, 보다 가볍게

누가 당신의 꿈을 빼앗아 갔는가? 자신이 이루지 못한 꿈에 대해서는 누구에게도 책임을 전가할 수 없다. 자신이 책임을 져야 한다.

- 대체 가능성은 있는가?
  - 다른 과정, 요소, 자료
  - 다른 장소, 접근 방법, 또는 접근 형태
- 재배열의 가능성은 있는가?
  - 교환 요소, 다른 계획, 형태, 배치, 기간
  - 다른 사람
- 전환의 가능성은 있는가?
  - 긍정적인가, 부정적인가
  - 반대로 해 본다, 뒤로 또는 위 아래로 바꾸어 본다.
  - 전환의 역할
- 결함의 가능성은 있는가?
  - 이점, 목적, 아이디어, 접근 방법
- 다른 이점의 가능성은 있는가?
  - 새로운 이용 방법
  - 그밖의 다른 이점

윌리암 제임스가 이렇게 말했다.

'천재는 남다른 방법으로 어떤 것을 느낄 수 있는 능력을 가졌을 뿐이다.'

당신이 오스본의 점검표를 두뇌 계발이나 또다른 방법에 이용하든 이용하지 않든 간에 그 표는 일반적으로 여러 가지 면을 다른 관점에서 살펴보게 한다.

긴급함과 중요함의 차이점 : 아이젠하워가 대통령으로 선출된 뒤, 그는 긴급하고 중요한 문제에 관심을 쏟도록 그의 행정부를 개편하고자 했다. 그리고 그밖의 일들은 담당 부서의 관리에게 넘기려고 하였으나 그는 긴급한 것과 중요한 것이 동시에 일어나지 않는다는 사실을 알았다.

이러한 일은 우리의 일상생활에서도 마찬가지이다. 사실 중요한 일은 거의 긴급하지 않고, 긴급한 것은 중요하지 않다는 점이다. 당신이 누군가와 약속을 했는데 그만 시간이 늦어버렸다. 그 때 바람 빠진 타이어를 긴급히 수선해야 하는 일에 앞서 자동차 보험료를 지불해야 하는가를 생각하는 것은 어리석은 일이다.

우리들 중에 많은 사람들이 긴급이라고 하는 횡포에 억눌려 성급하게 삶을 살고 있다는 것은 불행한 일이다. 우리는 보다 더 긴급한 일을 무시하고 생애에 중요한 일까지도 무시하며, 결국 형편없는 결과를 만들어 낸다.

당신이 해결해야 할 많은 문제에 직면했을 때 우선 중요한 문제가 무엇인가를 자문해 보라. 그래서 그 문제들을 첫 순서에 두어라. 만약 당신이 긴급함이라는 횡포에 사로잡혀 있다면 위기는 계속해서 닥칠 것이다.

당신은 활동적이어서 주위에서 가장 부지런한 사람일지도 모른다. 그러나 어느 날 모래 위에 집을 짓고 있는 당신을 보게

모스크바로 가는 길 위에서 나폴레옹을 패배시킨 것은 대포가 아니라 작은 눈송이의 힘이었다.

될 것이다.

잠재적인 가능성을 예측한다 : 최선의 약은 예방이다. 당신이 어떤 병에 걸리어 그 병을 치료하는 데만 관심을 두어서는 안 된다. 먼저 건강을 유지하기 위한 예방책을 세워야 한다. 따라서 충분한 휴식, 적당한 영양 관리, 운동, 뇌염 예방 접종 등을 적당히 여겨서는 안 된다.

일반적인 문제 해결은 흔히 같은 방법으로 이루어지기 마련이다. 만약 미래에 다가올 위험을 예측하고 방지하며 그 조치를 취한다면 시간을 현명하게 쓰는 방법이다.

어떠한 일이라도 위험 수준에 이르면 경보가 울리기 마련이다. 이러한 예측이나 예방책은 위기에 대처하는 시간을 활용하여 당신의 목표 달성에 도움이 될 것이다.

잠재의식을 활용한다 : 중요한 문제를 해결하는 능력은 우리의 의식 수준 외부에 있을 수 있다. 우리들은 흔히 단순한 문제 해결에도 많은 수고를 한다. 쉬운 대답을 아주 어렵게 찾는데 습관이 되어 있기 때문이다. 어떤 문제 해결을 하는데 찾아오는 걱정과 긴장은 창의력을 약화시키고 시간을 낭비시킨다.

내가 대학원에 입학하여 박사 논문 주제를 무엇으로 할 것인가를 고민했는데, 사실은 그럴 필요가 없다는 것을 나중에야 알게 되었다. 그럼에도 불구하고 경험이 없었기 때문에 여전히 박사 논문에 대한 생각으로 가득 차 있었다. 학위 과정이나 시험에 대한 생각은 안중에도 없었다. 그러한 일은 늘 해왔던 일이므로 잘 할 수 있다고 확신하고 있었기 때문이다.

내가 박사 논문에 대해 압박감을 받으면 받을수록 걱정은 더 깊어졌다. 그러면서도 여전히 주제는 정해지지 않았다.

나는 이 문제를 교수님께 말씀드렸다. 그랬더니 교수님은 그런 것은 잊어버리고 당면한 일에 집중하라고 말했다.

"자네의 문제는 잠시 잠재의식에 맡기게. 그래서 잠재의식이 자네에게 활용되도록 하게. 자네가 논문의 주제를 정하고자 하는 어느 날, 불현듯 잠재의식을 통해 그 문제가 떠오를 것일세. 대부분 중요한 일은 잠재의식 수준에서 이루어진다는 것을 명심하게."

나는 그 분의 충고를 받아들였다. 그 후 6개월이 지난 어느 날 논문 제목이 불현듯 떠올랐다. 잠재의식의 가치는 대학원에서 배운 가장 큰 교훈 중의 하나였다.

3

시간 관리의 8대 원리

독자에게 드리는 질문

당신은 체계적인 삶을 살겠다는 의지를 가지고 있는가? 지금까지 많은 시간을 낭비했다고 생각하지는 않는가? 당신은 정해진 시간 내에 할 일을 다 못했다는 사실을 알고 당황하거나 실망한 적은 없었는가?
공부할 준비를 하는데만 너무나 많은 시간을 낭비해 버렸기 때문에 정작 시험에 떨어지지는 않았는가?
회사 일에 바빠서 동료와의 관계를 유지하기 위한 시간을 내지 못한 것은 아닌가?

시간을 관리하는 기술을 터득하라

당신이 성공적인 삶을 누리고자 한다면, 시간을 관리하는 기술을 터득해야 한다.

많은 사람들이 삶의 목표를 달성하지 못하는 것은 시간을 효율적이고 능률적으로 관리하지 못했기 때문이다.

이와 반대로 삶의 목표를 달성하여 성공적인 삶을 사는 사람들은 시간관리의 요령을 터득했기 때문이다.

'그 사람들은 어떻게 그런 일을 하지?'

'그 사람에게는 어떻게 그런 시간이 있지?'

성공한 사람들의 높은 실적을 보고 놀라서 하는 말이다. 이제 당신에게 기술적으로 시간을 관리하는 간단한 방법을 몇 가지 제시하겠다.

시간을 금이나 생명처럼 귀중하게 여겨라 : 이 9가지의 시간관리 비결을 실천하느냐 못하느냐에 따라 당신의 인생이 성공인가 실패인가의 판가름 난다.

당신은 가치가 낮다고 생각하여 낭비해 버리는 경향이 있지만, 성공한 모든 사람들은 시간이 돈이라는 진리를 알고 있다.

시간이란 유용하게 투자될 수 있으며, 어리석게 낭비될 수도 있는 삶의 흐름이다. 적절하게 투자한 시간은 보다 높은 업적을 이루는 아이디어를 창조해 내며, 계획안을 짜고, 문제를 연구하고, 지식과 정보와 경험을 습득하게 해준다.

만일 당신이 낭비한 시간에 세금을 지불해야 한다면 귀중하게 여겼을 것이다. 만일 당신이 삶을 돈을 주고 사야 된다면, 우리들은 시간을 좀 더 나은 방법으로 사용하였을지도 모른다. 그러나 시간은 아무런 요구도 없이 우리들에게 대가없이 주어진 것 같다.

지나치게 많은 것처럼 보일 때 우리들은 그 물건을 낮게 평가하여 낭비하는 경향이 있다. 많은 사람들이 자신은 영원히 살 것처럼 생각하고 있으므로 이 세상을 떠나기 전에 무언가 보람 있는 일을 이룰 만한 '충분한 시간'이 얼마든지 있을 것이라고 생각하고 있다. 그렇지만 세월은 흘러가 버리고 좋은 기회들도 다 지나가 버리고마는 것이 인생살이다.

매일 그날이 마지막인 것처럼 일하라. 그렇게 되면 당신이 목표로 하고 있는 사업의 달성 기간이 빠르게 좁혀 들어갈 수 있다. 또한 그렇게 함으로써 당신의 에너지 공급도 놀라울 정도로 향상될 것이다. 강력한 절박감이 가장 큰 정력의 활력소라는 사실을 알았을 것이다.

당신은 자신의 삶을 위해 바쁘게 움직이고 있는 사람들은 육체적 힘이 넘쳐 흐르는 것처럼 보이는 반면 시간을 낭비하며 할 일없이 지내는 사람은 항상 정력 부족으로 보이는 것을 주의해 본 적이 있는가?

빠르게 일을 진척시키고 사업을 추진해 나가고 있는 긍정적 사고주의자들은 고성능의 능력을 가지고 인간의 뇌 속에 있는 정력의 샘을 자극하고 있다. 잘못 관리되고 있는 것이야말로 피로와 권태를 가져오게 되는데, 이것은 정신에, 다음에는 육체로 옮아간다. 그러므로 당신은 생명 자체를 소중히 여기듯이 시간을 귀중하게 여겨라.

시간을 계산하는 습관을 갖도록 하라 : 모든 사업체들은 자금을 소중히 여기고 있으며, 그 돈을 어떻게 쓰였는가를 잘 기록해 둔다. 그렇지만 당신에게 있어서 시간보다 더 중요한 것은 없다. 그런데 당신은 지금까지 시간을 어떻게 소모하고 있는지 자세히 계산해 본 적이 있는가?

사람들이 '나에게는 시간이 없다'라고 하는 말의 참뜻은 '나는 시간이 있다'라고 하는 말로 생각되지 않는가?

당신의 시간 지출을 분석해 보라. 노트에다 한 달 동안의 기록을 정확하게 표시해 보라. 면밀하게 따져 보라. 당신은 엄청난 사실을 발견하고 놀라게 될 것이다. 그런 다음에야 당신은 현재 생활의 시간 문제를 이해하기 시작할 것이다.

시간 문제란 한 세기 전보다 지금이 더 큰 문제로 대두하고 있다는 점을 관찰해 보면 알 수 있다. 이상하다고 생각되지 않는가?

오늘날은 빠른 통신 수단과 시간 절약 최첨단 기구들이 발명되어 있는데도 말이다. 그렇지만 당신이 소비하고 있는 시간을 모두 계산해 본다면 왜 이같은 기이한 현상이 빚어지고 있는가

매일 그날이 마지막인 것처럼 일하라. 그러면 당신이 목표로 하고 있는 일이 더 빠르게 진행될 것이다.

를 깨닫게 될 것이다.

시간의 예산을 짜라 : 당신은 자신이 어떻게 시간을 보내고 있는가를 알았을 것이다. 또 하루는 정확하게 몇 시간으로 한정되어 있다는 것도 깨달았을 것이다.

시간 예산안을 편성해 보도록 하라. 그렇게 하려면 우선적으로 계획부터 짜야 할 것이다.

당신의 하루를 계획한 후에 그것을 실천하도록 하라. 우리가 매일매일 계획을 세우고, 그것을 실천하며 살아가려고 많은 노력을 하지만 예기치 못했던 장애물에 의해 좌절의 구렁텅이에 빠져 고통의 나날을 보내야 할 경우도 있다. 그 결과 우리들은 모든 것을 포기하고 아무런 계획없이 하루하루의 난폭한 삶에 뛰어들고 싶은 충동을 느끼게 된다.

시간 예산안에 편성된 일 가운데 이보다 더 위험한 삶의 방법은 없을 것이다. 충동적인 삶은 계산할 수 없을 만큼의 엄청난 시간을 손실한다. 그저 전화로 비현실적인 이야기나 비생산적인 일에 시간을 허비하는 삶으로 끝날지도 모른다.

그러나 당신이 오늘 꼭 하고자 하는 일, 할 수 있는 일, 해야만하는 일들을 목록으로 만들어 메모지에 적어 보라. 그러면 엄청난 시간을 벌 수 있다.

제일 중요한 일은 첫 순서에 기록하라. 두 번 다시 올 수 없는 기회에 하루의 첫 시간을 배정해 놓아라. 당신이 지금 꼭 상대가 자기의 생각을 끝까지 고집한다면 마이동풍이라거나 꽉 막혔다고 단정하지 말고 강한 신념을 가진 사람이라고 생각하라.

'해야 만한다'라고 생각되는 일보다도 다른 일에 우선권이 주어질 때도 종종 있을 것이다. 당신은 지금 꼭 해야 만한다고 생각했던 일들이 사실은 좀 더 기다릴 수 있는 일이란 것을 발견했을 때 놀랄 것이다.

오늘의 계획을 꾸준히 밀고나갈 수 있도록 노력하라. 당신이 개인적으로 하고 싶어하는 일이 우선적으로 해야 할 일보다 먼저 하고자 하는 유혹에 넘어가지 않게 훈련을 쌓아라. 당신이 하루를 계획하는 데는 강한 자제력이 필요하다.

다른 사람들이 당신의 시간을 헛되이 보내게 하려고 할 때에는 '안 된다'라는 말을 준비하고 있어야 한다. 어쩌면 전화 수화기를 뽑아놓는다 거나 초인종 소리를 무시해야 만할 때도 있을 것이다. 친절하고, 솔직하고, 단호하게, '아니오'라고 말할 수 있는 기술을 터득하라.

방해에 대해서 미리 예비하라 : 피치 못할 연기와 방해를 예상하고 시간표를 짜라고 말하고 싶다. 매달 수입이 오백 달러인 사람이 예기치 못한 지출에 대한 예산안을 세워놓지 않는다면 경제적인 난관에 봉착하게 될 것은 당연한 사실이다. 시간 관리도 이와 같다.

많은 사람들이 시간 관리를 제대로 못하고 있는 이유는 그들이 회피할 수 없는 긴급 상황에 대비할 만한 시간적 여유를 미리 마련해 두지 않았기 때문이다.

때로 인간은 정원과 같은 존재이다. 아주 새로운 것과 단순한 것을 함께 가지고 인생이란 길을 떠난다.

시간적 여유는 고속도로에서 당신의 생명을, 학기말 시험에서의 보다 나은 성적을, 당신과 만나기로 약속한 중요 사업가들로부터 좋은 평판을 얻고 있다. 그렇지만 당신이 시간적 여유를 감안해 두지 않는다면 감정을 파괴시키는 당황, 초조, 분노와 직면하게 된다.

많은 긍정적 사고주의자들은 그들이 미리 예상하고 있었던 지연마저도 고맙게 생각하고 유효 적절하게 사용하고 있으므로 보통 사람들로서는 거의 불가능한 것처럼 보이는 것들까지 간단하게 해치운다. 그들은 오히려 지연될 시간을 위해 계획을 세우는 사람들이며 시간을 매우 유용하게 쓰는 사람들이다.

지연이란 시간의 흐름은 사람들에게 좋은 인상을 남기게 하는 희귀한 기회일 수도 있다. 지연은 사람들에게 참을성 있고 이해심이 많은 사람이라는 명성을 얻어낼 수 있는 여건을 만들어 준다.

당신의 시간을 조심스럽게 체크해 보라 : 모든 시간이 다 똑같이 중요할 수는 없다. 이른 아침의 한 시간은 늦은 오후의 한 시간보다 더 중요하다.

봄철의 한 시간은 무더운 여름철 한 시간보다 훨씬 더 귀중하다. 월요일의 한 시간은 대개 일의 능률이 오르지 않는데 반해, 수요일의 한 시간은 최고도로 활력과 정력이 흘러넘치는 시간일 것이다.

인생은 항상 당신에게 반응하고 있다. 때로는 적극적, 소극적, 수동적으로 밀려간다. 당신이 적극적으로 행동하고 생각하는 습관을 몸에 지닌다면 성공의 경험으로 가득 찬다.

당신의 능률이 최고로 오를 수 있는 날, 요일, 시간을 찾아내서 가능한 한 그때 가장 중요한 사업을 하도록 하라.

당신의 시간의 비중을 체크한 다음 그에 따라 제일 좋은 시간에 가장 중요한 일을 할 수 있도록 시간표를 재조정해 놓으면 지금보다도 훨씬 많은 일을 초과 달성할 수 있을 것이다.

자신의 자극을 위한 시간적 압박감을 조절하라 : 일을 연기시키거나 지연시키는 유혹으로부터 보호 받기 위해 자신만의 압박 조직체를 만들어 보도록 하라. 당신은 계획한 일을 다른 사람들에게 알림으로써 위에서 말한 사실을 이행할 수 있을 것이다.

본인만의 목표 달성 시간표를 작성하고, 그에 따라 행동하라. 그것이 당신이 목표한 사업을 이룰 수 있도록 압박감을 조성해 줄 것이다.

별로 큰 일을 이루지 못하고 있는 사람들은 스케줄에 따른 압박감으로부터 자신을 보호하기 위해 시간표 작성하는 일을 회피하는 습관을 가지고 있다. 그러나 진리란 당신이 구체적인 계획을 통해 자신을 압박함으로써 모든 것이 행동으로 옮겨질 수 있다는 사실을 명심해야 한다.

시간이 없다는 핑계에 도전하라 : 당신이 바쁘다는 이유로 초대나 만남을 거절하기 전에 그 이유를 깊이 분석해 보도록 하라. 당신은 실제로 바쁜 것이 아니라 단순하게 바쁜 것처럼 느낄 뿐인 경우도 있을 것이다. 사실 우리들은 정말 하고 싶은 일을 위해서 시간을 만들고 있다.

아주 중요한 일이 당신에게 부딪치게 되면 대부분의 계획을 변경시키고, 스케줄을 바꾸고, 지금까지 중요하다고 생각했던 활동을 중지하고 새로운 일을 맞아들인다. 그런데도 당신은 시간이 없다고 단언할 수 있겠는가?

어쩌면 당신은 근본적으로 실패하는 것을 두려워한다거나 아니면 지쳐 있는 상태일 것이다. 그러므로 당신의 부정적 감정의 표현인 의기소침함이 당신도 모르는 사이에 '나는 할 수 없다, 너무 바쁘다.'라고 말하게 하는 것이다.

당신이 '예' 대답하고 노력해 보지 않는 한 계속 피곤하다고 느낄 것이며, 아무 것에도 흥미를 느끼지 못한다면 항상 지쳐 있을 것이라는 점을 명심해 두길 바란다.

당신이 어느 일에 흥미를 느낀다는 사실은 이미 그것에 개입되어 있다는 이야기와 같다. 그러므로 당신은 너무 바쁜가, 아니면 지쳐 있는 것인가를 파악해 볼 필요가 있다.

시간 절약 기구들을 조심하라 : 시간을 절약할 수 있는 온갖 제조 상품이 마련되어 있는 현세대가 오히려 과거 어느 때보다도 더 많은 문제점이 대두되고 있다는 사실을 의아하게 생각해 본 적은 없는가?

이러한 기구들이 발전해 있다고 해서 반드시 시간이 절약되는 것만은 아니라는 사실에 주의해 보라.

'잠깐'이라는 말을 조심하라. 전화 통화 내용을 예로 들어 생각해 보자. 그저 충동에 이끌린 전화가 5분 내지 10분으로까지 길어지게 되는 경우가 허다하다. 당신이 꼭 걸어야 할 이유가 없었다면 그 시간을 벌 수 있었을 텐데 충동적인 기분으로 인해 판도라의 상자를 열어놓은 것처럼 한꺼번에 쏟아져 나오는 이야기를 하게 되고 시간을 낭비하는 결과를 가져온다.

기기를 이용한 시간 절약을 과대평가하지 말라. 그것들은 시간을 절약해 준다기보다는 노동력을 해소시켜 줄 정도이다.

생각을 크게 가짐으로써 시간도 확대된다 : 시간 문제는 단순히 위축된 사고력의 결과로 빚어지는 경우가 있다. 우리는 모든 일을 다 자신의 손으로 해야 한다고 생각하기 때문에 남에게 맡겨지는 것을 싫어한다. 한편 자신의 일을 분담해서 처리해 줄 사람을 찾기란 쉬운 일이 아니다.

그 결과 우리들은 문제를 지혜롭게 해결하고 기회를 결단성 있게 붙잡고 인생을 성공적으로 살아가기 위해 사색해야 할 시간이 부족할 정도로 바쁜 현대인들의 일상이다.

행운은 뒤쳐져서는 잡을 수 없으므로 시간이 없다고 좋은 기회를 놓쳐서는 안 된다.

4

남는 시간을 아껴 활용하라

독자에게 드리는 질문

당신은 하루 24시간을 100퍼센트 활용하고 있는가? 여기서 필자가 말하는 '활용한다'는 말의 뜻은 그냥 시간의 연속만을 의미하지 않는다.
당신은 하루의 생활이 제대로 이루어지지 못하고 있다는 불안감을 가지고 있지 않은가?
당신은 사소한 것에 얽매여 가장 중요한 것을 놓치고 있지는 않는가? 의미있고 보람있게 그 시간을 쓰고 있다고 생각하는가?
이 글을 읽으면서 자신의 시간 관리에 문제점이 없는지 검토해 보기 바란다.

시간은 누구에게나 공평하게 주어진다

미국의 한 일간지에서 어느 부인이 1년에 85파운드로 멋지게 살 수 있다는 기사를 읽었다. 또 '1주일에 8실링으로 사는 법'이라는 기사도 보았다. 그들은 모두 돈을 최대한 절약해서 사는 사람들이다.

시간은 돈이라고 한다. 그러나 이 속담은 본뜻을 과소평가하고 있다. 시간은 돈보다 훨씬 더 가치가 있다.

당신이 돈 많은 재벌이라고 하자. 그러나 다른 사람들이 가진 이상의 시간을 더 살 수는 없다. 단 1분도 돈으로 살 수 없다. 그 시간은 아궁이 옆에 앉아 있는 고양이도 똑같이 가지고 있다. 많은 철학자들이 공간에 대해서 여러 가지 설명을 하고 있다. 그러나 그들은 시간을 설명하지 못한다.

그러므로 시간은 풀리지 않는 모든 것의 근본이라 할 수 있다. 시간이 존재하므로 모든 것이 가능하다. 따라서 시간이 없다면 모든 것이 불가능하다. 당신에게 주어진 시간은 기적이며 놀라운 축복이다.

아침에 눈을 뜨면 우리에겐 모두 '24시간'이라는 시간이 평등하게 주어진다. 그 시간은 바로 당신의 것이다. 그것은 아주 귀중한 당신의 상품이다. 어느 누구도 그 시간을 빼앗을 수 없다. 어떤 사람도 당신보다 더 많이 받거나 더 적게 받지 않는다. 시간에 대해서 만큼은 독재자도 있을 수 없다. 부자이건, 거지이건, 지식인이건, 무식한 사람이건 시간의 영역에는 예외가 없다.

미래는 가불할 수 없다

당신은 마음대로 그 귀중한 시간이란 상품을 쓸 수 있다. 그 시간은 당신이 살아있는 한 결코 없어지지 않는다.

시간은 확실한 그 무엇이다. 시간은 요일에 영향을 받지 않는다. 또한 미래를 미리 가불할 수도 없다. 당신은 오직 현재의 시간만을 쓸 수 있다.

내일을 미리 빌려올 수 없으며, 당신을 위해서 보관되어 있을 뿐이다. 바로 한 시간 뒤의 시간도 쓸 수 없다.

그것은 정말 기적과도 같은 것이다. 당신은 매일 24시간을 활용하며 산다. 그 24시간에서 행복과 재물과 성공의 변화를 찾아야 한다. 따라서 그 시간을 올바르게, 그리고 효과적으로 사용한다는 것은 매우 중요한 문제이며 전율을 느끼는 일이기도 하다. 당신이 추구하고 있는 모든 것은 바로 거기에 달려 있다.

오늘날 많은 신문들이 소득을 올리는 법에 대해서는 많은 기사를 할애하면서도 '주어진 시간을 값지게 사용하는 방법'에 대해서 비중있게 게재하지 않는 것은 참으로 의아한 일이다. 시간보다 훨씬 흔한 돈, 생각해 보면 돈은 우리 주위에 있는 가장 흔한 것이다. 돈은 이 세상 곳곳에 산재해 있다.

만약 어떤 사람이 일정한 소득으로 살 수 없다면, 그 돈을 더 벌거나 다른 방법을 강구할 것이다. 1년에 천 파운드로 살 수 없다고 하여 그의 삶을 헛되이 보내는 사람은 없다. 더욱 노력하고 균형 있는 예산을 세울 것이다.

당신은 하루 24시간을 활용하면서 모든 지출 항목을 사전에 계획할 수 있어야 한다. 그렇지 않으면 당신의 생활은 낭비로 뒤범벅이 될 것이다.

시간은 누구에게나 똑같이 주어지고 똑같이 제한을 받는다.

❖ 루즈벨트 대통령의 휘파람

세련된 유머를 잘 구사했던 루즈벨트 대통령은 재임 시절에 단 한 번도 초조해 하거나 낙담하지 않은 것으로 유명하다.

다음은 어느 신문기자와의 대화 내용이다.

"걱정스럽다든가 마음이 초조할 때는 어떻게 마음을 가라앉히십까?"

"휘파람을 붑니다."

"그렇지만 대통령께서 휘파람을 부는 것을 들었다는 사람이 없던데요?"

"당연하지요. 아직 휘파람을 불지 않았으니까요."

여분의 시간 활용이 성공을 좌우한다

당신은 지금보다 더 많은 시간을 가질 수 없다. 그 시간의 양은 앞으로도 변치 않을 것이다. 대부분의 성공은 남은 시간을 활용함으로써 이루어진다. 또한 하찮은 여분의 시간은 '부산물'에 비유될 수 있다.

부산물은 주요 제품에서 나온다. 그렇지만 그 나름대로의 가치를 지닌다. 예를 들어서 석유 제조 과정에서 부산물로 콜탈이 나오며, 석탄에서는 해탄이라는 부산물이 나온다. 이런 부산물은 많은 가치를 지니고 있다.

대개의 생산 공장에서는 그 나름의 부산물이 있다. 예를 들어 거대한 정육 공장에서는 많은 부산물이 나오는데, 소시지를 생산하면서 남은 동물의 털을 이용해서 로프를 만들어 내고 있다. 만일 거대한 정육 공장에서 로프나 소시지 중 어느 하나라도 생산하지 않는다면 공장의 연수익에 많은 차이가 날 것이다.

중요한 것은 바로 이 점이다. 물론 모두가 이러한 생산업에 종사하는 것은 아니다. 이것은 어디까지나 비유에 지나지 않는다. 그렇지만 우리 모두는 시간의 주인들이다.

당신이 소유하고 있는 그 시간을 어떻게 활용하며 부산물 즉, 여분의 시간을 어떻게 활용하느냐에 성공이 좌우된다.

그 날에 꼭 해야 할 일이 있다. 사람에 따라서 글을 쓰거나 컴퓨터로 정보를 수집한다. 어떤 일에 종사하든지 시간은 누구에게나 똑같이 주어진다.

당신은 부산물 '여분의 시간'을 어떻게 사용하고 있는가?

토마스 에디슨은 적은 월급을 받고 전기 기사로 일했다. 그러나 그는 여분의 시간을 소홀히 하지 않았다. 그 시간에 끊임없이 연구하고 발명을 시도했다. 그리하여 마침내 여러 가지 위대한 발명을 이루었다. 세상 사람들에게 돈으로 계산할 수 없는 막대한 가치를 남겼던 것이다.

벤자민 프랭클린도 여유시간을 철저히 활용했다. 그는 계획을 세워서 이용했으며, 여러 가지 방법으로 여분의 시간을 유용하고 생산적으로 활용했다.

여분의 시간을 활용하는 것은 그에 따른 유익함도 있지만 정신적인 활동을 활발하게 하는데도 의미를 찾을 수 있다. 정신은 어떤 변화를 갈망하며 일상적인 생활에서 벗어나 남다른 일을 하고 싶어한다.

'나를 내버려두라'는 말은 발전을 원하는 사람에게 있어서는 어리석은 변명일 뿐이다.

옛 스페인 속담에 '어리석은 자가 많은 것을 찾고 있는 동안에 당신은 자신에게 있는 작은 것을 활용하라'는 말이 있다. 주어진 시간을 최대한 활용하라는 뜻이다.

그 작은 시간을 유용하게 사용함으로써 당신의 삶은 더 발전적이 될 수 있다. 소홀히 한 여분의 시간, 그 소중한 부산물은 결코 돌아오지 않는다.

시간은 이상한 귀중품이다. 아무도 시간을 당신으로부터 빼앗을 수 없고 훔칠 수도 없다. 그리고 당신보다 더 많이 적게 준 사람도 없다.

아침 식사 후의 30분을 당신은 어떻게 보내는가? 우선 책을 읽을 수도 있고 자신에 대해 생각하는 시간을 가질 수도 있다. 그 부산물을 최대한으로 활용하라. 반드시 당신의 성공에 촉진제가 될 것이다.

목적없이 시간을 보내기 위해서 무엇을 한다는 말을 자주 듣는다. 그것은 바로 인생 실패자의 변이다. 오직 성공한 사람만이 주어진 시간을 유익하게 활용한다.

❖ 기업가의 정신

위싱턴 대학교의 베스퍼(Verper) 교수는 다음과 같이 기업가의 정신을 정의하였다.

"다른 사람들이 찾아 내지 못한 기회를 발견한 인간, 또 사회의 상식이나 권위에 사로잡히지 않고 새로운 사업을 추진할 수 있는 인간이야말로 기업가다. 가장 중요한 것은 기업가 정신이 행복을 추구하는 수단이라는 점이다. 어떻게 살 것인가? 무엇이 행복한 것인가?를 진정으로 이해하고 있는 인간이야말로 기업가다."

대인관계 •데일 카네기

올바른 사고방식으로 사람을 대하라

STEP7

1

타인에 대한 사고방식

독자에게 드리는 질문

당신은 혼자의 힘으로 성공할 수 있다고 믿는가? 아니면 누군가의 도움이 필요하다고 생각하는가?

당신이 종사하는 분야에 따라 혼자의 힘으로 성공할 수도 있고, 다른 사람의 도움이 필요할 수도 있다. 그러나 성공하는 과정에서 그 여부를 떠나 인간은 사회적인 동물이므로 인간관계가 무엇보다도 중요하다.

대인관계에서 무엇보다 다른 사람에 대한 사고방식이 중요하다는 사실을 기억하기 바란다.

대인관계란 메아리와 같다

한 어린 소년이 화가 나서 어머니에게 "나는 어머니가 미워!" 하고 소리치고는 산으로 도망갔다. 소년은 그런 소리를 지른 후 겁이 나서 산 위로 올라갔다. 그래도 화가 풀리지 않아 소리쳤다. "나는 어머니가 미워!" 그러자 "나는 네가 미워!"하는 메아리가 들려왔다. 그 메아리 소리에 놀란 소년은 급히 집으로 돌아와 산에 자기를 밉다고 소리치는 나쁜 아이가 있다고 말했다. 그러자 어머니는 소년을 데리고 산 위로 올라가서 이렇게 외치라고 말했다.

"나는 너를 좋아한다. 나는 너를 사랑한다."

이 이야기는 당신이 대인관계를 어떻게 해야 하는가에 대해서 잘 나타내는 재미있는 우화이다.

대인관계란 메아리와 같은 것이다. 심은 대로 거두게 된다. 당신이 다른 사람에게서 찾아내는 장점과 단점이 자신에게도 있다는 사실을 잊어서는 안 된다.

대인관계에는 만고불변의 진리가 있다. 이것은 성서에도 나오는 황금률이다. 즉 '무엇이든 나에게 대접을 받고자 하는 대로 너희도 남을 대접하라. 이것이 율법이요, 선지자의 정신이니라.'

따라서 사람을 대할 때 대접을 받고자 원하거든 먼저 그를 대접하라. 또한 사람을 만날 때마다 그의 장점과 능력을 인정하라. 그러면 당신은 더 좋은 사람이 될 것이다.

남을 비난해서는 안 된다

어느 은행장의 이야기를 소개하겠다. 그가 근무하는 은행 앞 도로에 날마다 앉아 있는 앉은뱅이가 있었다.

지나가던 사람들이 그를 불쌍하게 생각하여 동전을 던져주었다. 은행장도 동전을 주었다. 그러나 은행장과 다른 사람과의 차이는 은행장은 동전을 주고는 그 옆에 놓여 있는 볼펜을 집어갔다는 점이다.

"자네는 장사꾼일세. 그리고 나는 자네에게서 이 물건을 사는 걸세."

그 은행장이 볼펜을 집으면서 한 말이었다.

어느 날 그 앉은뱅이 거지의 모습이 사라졌다. 세월이 얼마동안 흐른 후 은행장이 거지의 모습을 잊어버릴 때쯤 그 앉은뱅이 거지가 다시 나타났다.

그러나 거지로 나타난 것이 아니라 은행 부근에 있는 공공건물의 매점 주인이 되어서 나타난 것이다. 그 거지는 은행장을 보자 반가워하면서 이렇게 말했다.

"어느 날엔가 은행장께서 이 곳에 오실 줄 믿었습니다. 제가 여기에 앉게 된 것은 은행장님의 덕분이지요. 은행장께서 제게 장사꾼이라고 말씀해 주셨습니다. 그 순간 저는 정말로 거지가 아니라 장사꾼이 되어야겠다는 생각을 했습니다. 그래서 그때부터 볼펜, 연필, 노트 등을 가지고 다니면서 팔았습니다. 은행장께서 저에게 자존심이 무엇인가를 가르쳐 주었습니다."

아름다운 꽃을 보려면 잡초부터 뽑아야 한다.

이제 당신은 다른 사람에 대해서 어떤 생각을 가지고 있는가를 살펴보라. 결점이나 실패한 모습을 바라보고 그를 멸시하지는 않는지? 아니면 남의 좋은 점, 훌륭한 점을 발견하고 인정했는지 살펴볼 일이다.

당신 주위에 있는 사람들이 날마다 쓰고 있는 일상의 가면에는 이러한 에피소드의 거지 모습이 담겨 있다. 남의 눈에는 아무리 부자인 것처럼 보여도, 유명한 사람인 것처럼 보여도 그 마음속에는 채워지기를 바라는 빈 부분이 있는 것이다.

그 빈 부분에 당신 자신을 약간만 부어넣어라. 그러면 지금까지 당신 위를 스치며 지나가버린 사람들의 시선이 다시 얼굴에 머물게 될 것이다. 당신과는 동떨어진 존재였던 사람들이 갑자기 친근한 사이가 된다. 당신이 필요했던 것, 당신이 원했던 것을 요구하지도 않았는데 온 세상이 모든 것을 베풀어 주는 따뜻한 장소로 돌변한다.

사람들은 당신을 호의적으로 받아들이고 당신을 위해 무엇인가를 하게 된다.

여기에서 이야기하고자 하는 뜻은 타인에 대한 당신의 마음가짐이다. 다른 사람과 교제해서 성공을 거두는 첫걸음은 당신이 남을 어떻게 생각하고 관심을 보여주는가에 있다. 그러므로 남을 멸시해서는 절대로 안 된다.

칭찬하라

교회에서 주최하는 작은 음악회에 출전한 한 소녀가 있었다. 소녀의 나이는 다섯 살이었다. 목소리가 아름다워 앞으로 성악가로서 전망이 있어 보였다.

소녀는 그 당시 음악대회에 입상한 이후부터 교회와 학교, 사회단체에서 노래를 불렀다. 많은 사람들로부터 칭찬을 받았다. 그래서 부모는 그녀를 성악가로 키우기 위해 어느 유명한 음악가에게 보냈다. 그도 그녀의 가능성을 인정했다.

선생은 소녀를 가르치기로 결정했다. 그녀는 열심히 배웠다. 그런데 그 선생은 조금만 실수하거나 잘못하면 야단을 치고 비난을 하였다.

십여 년이 지난 후 그녀는 음악가 선생과 결혼하고 성악가가 되었으나 제 기능을 제대로 발휘하지 못하였다.

그러던 어느 날, 그녀의 선생이며 남편이 죽자, 얼마 후 세일즈맨을 우연히 만나 그와 재혼하게 되었다. 그런데 그녀의 남편이 된 세일즈맨은 칭찬을 아끼지 않는 사람이었다. 그녀가 노래를 부를 때마다 "당신은 이 세상에서 가장 아름다운 목소리를 가지고 있어."하고 입이 마르도록 칭찬하였다.

그 때부터 그녀는 제 기능을 마음껏 발휘하여 유명한 성악가가 되었다. 그것은 오로지 재혼한 남편 덕이라고 그녀는 믿고 고마워했다. 그녀의 남편은 칭찬을 아끼지 않았으며, 또한 거짓 없는 격려를 해주었다.

'작은 일이라도 잘한 점에 대해 아낌없이 칭찬하는 그 한마디가 그 일을 위해 노력하려는 힘에 작용되어 강화시키는 역할은 우리들의 상상을 초월한다.'

필립 브룩스의 말이다. 또 로마시대의 정치가이며 철학자인 키케로는 '우리는 누구나 칭찬이라는 사랑스러운 말에 의해 의욕이 북돋아진다.'고 했다.

칭찬은 사람이 어떤 일을 하려는 데에 자극제가 되고 자신감을 키워주며 성장시킨다.

인간은 일생동안 사회적 처벌을 피하며 사회로부터 상을 받기 위해 살아간다고 한다. 칭찬이야말로 인간이 찾고자 하는 것이며 그것을 획득하기 위해서 일하는 대가이다.

칭찬은 인간의 행동 양식을 형성해 주고 자극제 역할을 한다. 그러므로 칭찬을 아껴서는 안 된다.

칭찬을 할 때 당신이 유의할 점이 있다. 성실하게 칭찬해야 한다는 사실이다. 거짓으로 하는 아첨은 오히려 역효과이다. 성실하다는 말은 사람의 마음속에 감춰진 진실된 장점을 발견하는 것을 뜻한다.

그 다음은 구체적으로 지적해야 한다는 것이다. '그저 좋은 사람이다'라든가, '훌륭하다'는 것만으로는 부족하다. 그 칭찬의 증거가 될 만한 구체적인 사실을 하나하나 예로 들어 상대방에게 말해 주면 칭찬은 메아리가 되어 당신에게 대한 존경의 마음으로 성공한 사람들은 두 가지 공통점을 가지고 있다. 한 가지는 사고하는 능력이고 다른 한 가지는 업무의 정도에 따라 일을 처리해 나간다는 점이다.

돌아온다.

마지막으로 당신은 사람을 칭찬하는 것이 아니라 행한 일을 칭찬해야 한다. 그것이 더 상대방에게 기쁨을 주며 예기치 않은 칭찬에 당혹해 하지도 않을 것이다.

항상 남의 장점을 발견하여 칭찬하는 사람이 되어보라. 그러면 당신의 인생도 변할 것이다.

❖ 돈을 늘리는 마음가짐

누구나 저축을 할 수는 있다. 그러기 위해서는 끈기와 단호한 결심을 하지 않으면 이룰 수 없다. 젊은 시절에는 검소해야 하며 낭비와 허식 같은 절제 없는 행동에 주의해야 한다. 자주 돈을 빌려 써서는 안 된다. 그런 나쁜 버릇은 돈도 잃고 친구도 잃는 더 큰 손해를 입는 경우가 많다. 절약하고 싶다면 지금도 늦지 않다. 무엇보다도 당신은 필히 절약해야 만한다. 당신이 꼭 기억해야 할 것은 금방 필요없는 자질구레한 것에 절대로 돈을 쓰지 말라는 것이다. 그리고 빈틈 없는 계획성이 당신 생활 전반에 걸쳐 침투되도록 하는 것이다. 아무튼 일찍부터 돈에 뜨기 바란다. 그리하여 찬란한 노후를 마음껏 즐기기를 바란다.

필요함을 알고 충족시켜라

어떤 사람이 천국과 지옥을 구경할 기회가 있었다. 악마가 먼저 지옥을 구경시켜 주었다. 지옥에 있는 사람들이 그때 만찬 테이블에 앉아 있었다. 테이블 위에는 맛있는 음식이 수북이 놓여 있었다.

그런데 그들의 얼굴에는 웃음이 없고 핏기조차 없었다. 몸은 삐쩍 말라 있었다. 그들의 왼손에는 포크가 쥐어져 있었고 오른손에는 칼을 갖고 있었다. 그런데 포크와 칼의 길이가 120센티나 되었다. 그래서 그들은 음식을 먹을 수가 없었다. 그들은 옆 사람에게 음식을 건네거나 나누어줄 줄 모르고 오로지 자기의 입에 넣으려고 헛수고만을 되풀이하고 있었다. 온갖 맛있는 음식을 앞에 놓고 굶주림에 허덕이고 있었던 것이다.

그 다음 천국에 갔더니 지옥에서 본 것처럼 똑같은 음식, 칼, 포크가 있었다. 칼과 포크의 길이도 같은 120센티였다.

그러나 그 곳 사람들은 즐겁게 살고 있었는데 서로 음식을 건네거나 먹이고 있었던 것이다. 그들은 남에게 도움을 줌으로써 자기가 원하는 도움을 받고 있었다. 그래서 여행자는 천국과 지옥의 차이를 분명히 알 수 있었다.

즉 지옥의 사람들은 자기의 배만 채울 줄 알았고, 그와 반대로 천국의 사람들은 남의 배를 채워줌으로써 자기의 배를 채우려는 사람들이었다.

대인관계도 이와 다르지 않다.

당신이 먼저 상대방의 필요와 욕구를 채워주도록 노력하라. 그러면 그들이 당신의 필요함과 욕구를 채워줄 것이다. 이것은 개인에게만 해당되는 것이 아니라 기업에서도 절실히 요구되는 법칙이다.

한 기업이 종업원들의 필요함을 알고 그것을 충족시켜줌으로써 성공한 예를 소개해 보겠다.

번은 소아마비에 걸리기 전까지는 돈을 잘 벌던 미장이었다. 그에게는 세 명의 자녀가 있었다. 그런데 미장이 번은 4년 반 동안 병을 고치기 위해 몸부림쳤다.

또 한 번이 중병에 걸려 치료하느라고 저축한 돈이 다 없어지게 되었다. 그래서 그의 아내 라본은 직장을 얻기 위해 이곳저곳을 돌아다녔다. 가까스로 직장을 구한 후 그녀는 하루 10시간씩 일하며 남편과 자식들을 돌보았다.

그녀의 지극한 정성으로 남편 번이 건강을 되찾았다. 그리하여 그들 부부는 사업을 시작하여 오늘날에는 1천 개의 대리점을 운영하고 있는 사업체를 운영하고 있다.

번과 라본은 우선 그들 회사에 다니는 108명의 종업원들이 원하고 있는 필요를 알고 해결해 주었다. 모든 종업원이 갖고 싶어하는 빨간 차를 사준 것이다.

그리고 그들이 키운 사람들 중에는 회사 부사장도 있었다. 그러자 종업원들은 모두 자기 일처럼 열심히 일을 하였다. 라본과

번이 그들의 필요와 욕구를 채워주었기 때문이다.

그들에 의하면 회사가 종업원들의 필요를 충족시켜 주었기 때문에 날로 발전하고 있다는 것이다. 당신도 그들처럼 사람들의 필요를 알고 그것을 충족시켜 준다면 원하는 것을 가질 수 있을 것이다.

당신이 원하는 것을 먼저 갖겠다고 하는 것은 대인관계에서 제로(0)의 원리이다. 먼저 주어라.

❖ 대재벌의 비결

대재벌이 된 카네기에게 어떤 사람이 물었다.

"재벌이 된 비결을 말씀해 주시겠습니까?"

"플래시 덕분이지요."

"플래시라뇨?"

"일생동안 아침 일찍 일어날 때마다, 오늘은 무엇을 해야 할지를 일러주는 플래시가 내 마음 속에서 떠오릅니다. 나는 그 플래시가 시키는 대로만 하면 늘 성공하곤 했지요."

"플래시는 침묵 속의 훈계이자, 지시 같은 것이었습니다. 저는 그것들을 겸허히 받아들였고, 그 결과 성공의 기쁨을 맛보았습니다."

고용주에게 원하는 것을 주어라

어느 큰 회사의 경영자는 입사하는 대학 졸업자 10명 중에 9명은 마음에 들지 않는다고 말했다. 그것은 그들이 자기의 주장만 내세우고 회사의 발전에 대한 의견은 조금도 화제에 올리지 않기 때문이다.

유나이티드 스트레이트 봉투 회사의 얼듀발 영업 부장은 이렇게 말했다.

"대개의 응모자들은 앉자마자 어떤 대학을 졸업했다는 것을 자랑한다. 그리고 수강한 강좌의 내용을 너절하게 나열한다. 정직하기란 이쪽에서 놀랄 정도로 천진난만하다. 나는 영업부장이기 때문에 그들이 학교에서 어떤 일을 해 왔는지는 전혀 개의할 바가 없다. 확실히 학업 성적이 좋으면 그것으로 자격이 될 것이다. 그러나 사람을 고용하는 목적은 그가 회사를 위해 열심히 일해 주는 것 뿐이다. 그들은 왜 그런 점에는 생각이 미치지 못하는 것일까? 나한테 와서 상식이 풍부하다는 것을 나타내고 회사를 위해 열심히 일하겠다는 의욕만 표시한다면 우리는 그 사람을 고용할 것이다."

여기서도 같은 기본적인 원리가 적용되는 것이다. 즉 고용주가 원하는 것을 그려내지 않으면 안 된다는 점이다. 직업을 구하고 있다면 모든 것을 고용주의 관점에서 보는 면이 필요하다는 점을 알아야 한다.

그런데 오늘날 근로자나 직원들은 먼저 회사가 자기를 위해서 임금과 보너스를 올려주고 대우를 개선하기를 바란다. 그러나 고용주는 먼저 근로자가 회사 일을 위해서 헌신하고 봉사하기를 바란다.

바로 여기에 오늘날의 노사관계의 문제점이 있다. 문제의 해결점은 먼저 당신이 시작하라는 것이다. 그러면 당신이 바라는 것이 이루어질 수 있다는 것을 알아야 한다.

❖ 어떻게 50대에 성공했을까?

레이 클록(54세에 햄버거 왕국을 이룩한 사람)은 수많은 아메리칸 드림의 성공담 중에서 그 만큼 특이한 존재는 더 이상 없을 것이다. 그래서인지 미국의 수없이 많은 책에서 그의 성공 비결을 다루고 있다.

클록의 성공 법칙은

① 늦는다는 말은 필요 없다.

② 정상에 오를 찬스는 가지각색임을 알아야 한다.

레이가 시카코에서 맥도널드 점포를 인수하여 시작한 것이 그의 나이 54세 때의 일이다. 레이는 제2의 인생, 진정한 레이 자신의 인생을 시작하여 세계 최고의 햄버거 왕국을 이룩하였다.

"인생에서 늦었다는 말은 없다."

다른 사람이 필요로 하는 것을 찾아라

인간은 자신을 세상으로부터 숨기려 하는 본능이 있다. 자신의 불안정, 의혹, 약점, 그리고 필요로 하는 것을 덮어버린다. 그리고 이렇게 말하기를 즐거워한다.

"내가 비록 그것을 부탁했다고는 하지만 당신으로부터 바라는 바를 얻으리라고는 생각하지 않습니다. 나는 당신의 동정을 받고 싶지 않습니다."

우리는 자신이 바라는 것을 손에 넣기 위해 온 힘을 다해 노력하면서도 마음속에 쌓여 있는 소망들이 다른 사람의 눈에 띄지 않도록 숨기려고 한다.

그렇다면 왜 나는 그러한 방법에서 스스로 고통의 길을 택하고 있는 것일까?

그것은 당신이 다른 사람들과 동떨어진 사고방식을 가진 사람이 아니라고 생각하기 때문이다. 표면적으로는 어찌되었건 그 밑에 흐르는 감정은 아마도 비슷할 것이다.

당신은 다른 사람에게 필요한 존재가 되기를 원하고, 다른 사람이 당신을 원하기를 바라며, 서로의 사랑을 받고싶어 한다. 또한 당신은 누구에게나 중요한 존재가 되기를 원한다.

당신은 다른 사람으로부터 만족할 만한 평가를 받을 필요를 느끼고 있으며, 친교의 필요를 그 무엇인가를 해낼 필요를 바라고 있다. 그밖에 갖가지 내면으로부터의 욕구를 채워줄 필요를 느끼고 있기 때문이다.

당신과 마찬가지로 다른 사람들도 다를 바가 없다는 사실을 생각하길 바란다. 사람들이 필요로 하는 것을 먼저 그들에게 주면 그만큼 당신에게 필요로 하는 것을 줄 것이다.

그러면 다른 사람들은 무엇을 필요로 하고 있을까?

당신 자신을 잘 살펴보라. 그러면 다른 사람이 필요로 하는 것을 찾아낼 수 있다. 당신이 필요로 하는 것, 그것이 바로 그들이 필요로 하는 것이기도 하기 때문이다.

당신의 마음이 가 있는 곳, 그 곳이 바로 그들의 마음이 있는 곳이다.

❖ 알래스카를 산 세계 제일의 부동산업자

1867년, 러시아의 알렉산드르 2세는 황실의 재정이 엉망인 데다가 영토가 너무 넓어서 걱정하는 형편이었다. 당신 미국의 국무장관이었던 윌리엄 수어드는 러시아와 교섭하여 그 넓은 알래스카를 720만 달러에 사들이게 되었다. 쓸데없는 낭비를 했다고 국회에서 말썽이 난 적도 있지만 그로부터 29년 후에 거대한 금광이 발견되는 바람에 수어드 씨는 일약, 선견지명이 있는 사람으로 평가 받기에 이른다. 석유, 목재, 지금도 알래스카에는 무한한 자원이 있고, 군사적으로도 큰 가치를 가지고 있다고 하니 부동산 거래로서는 역사상 가장 멋진 거래였을 것이다.

당신이 준 것이 내 것이 된다

그렇다면 사람들이 당신을 위해 협력할 수 있는 열쇠를 가지고 있다는 것을 알았을 것이다.

그것은 인생의 매우 자연스러운 존재 방식과도 같다. 당신은 인생이라는 큰 바다에서 태어났으며, 다른 모든 것과 조화를 유지하는 가운데 살아간다. 다른 사람들과 함께 협조하며 서로 신뢰하고 기쁨과 만족을 나누어 가질 때 비로소 무슨 일이든지 최고의 수준으로 해 나갈 수 있다.

그 원칙은 아주 간단하다. 당신의 개성이 어떻든 얼마든지 그들과 원만하게 관계를 유지할 수 있다는 것이다. 다만 자신을 남에게 아낌없이 주고 남들과 함께 나누기를 원한다면 얼마든지 가능하다.

목사 한 분이 있었다. 그는 산악지대에 조그마한 교회의 담임목사였다. 시골 교회이므로 교인들도 얼마되지 않아 헌금도 많지 않았다.

어느 일요일이었다. 6살이 된 그의 딸과 함께 예배에 참석하기 위해 교회로 갔다. 교회로 들어가는 문 앞 상자 헌금 바구니가 놓여 있었다. 아버지 목사와 딸은 그 앞을 지나다가 아버지가 헌금 바구니에 50센트 짜리 동전 하나를 넣는 것을 딸이 보았다.

예배가 끝난 후 목사와 딸은 헌금 바구니를 들여다보았다. 그 바구니 속에는 목사가 넣은 50센트 동전 하나만 덩그렇게 놓여 공상은 자기 자신의 희망을 표현하는 것으로 끊임없이 가슴 속에 맴돌고 있는 욕망과 야심이다.

있었다.

잠시 침묵이 흘렀다. 얼마 후 딸이 입을 열어 침묵을 깼다.

"아버지, 아버지가 돈을 많이 넣었더라면 더 많은 돈을 받을 수 있었을 텐데요."

❖ 지금 행복하지 않으면 내일을 기다릴 필요가 없다

'초조해 하지 말고 당황하지 말라.'

'오늘 하루의 일을 다 하라.'

'잠시 기다리는 것이 인생에는 중요하다.'

어떤 사람은 너무나도 지나치게 조급해 하며 살기 때문에 비극을 만난다. 보통 사람들은 그 발상, 스피드를 따라잡지 못해서 비극적인 결말을 맞이한다.

'서두르는 것도 좋고, 쉬는 것도 좋다.'는 각오가 중요하다.

2

다른 사람의 도움을 받으려면

독자에게 드리는 질문

다른 사람들이 당신을 이끌어 주는 방법을 배워야 한다. 다른 사람이 당신을 격려하며 성공하도록 도와주게 하는 방법을 배워야 한다.

다른 사람들이 부담없이 스스로 당신을 돕는 방법을 알고 있는가? 당신이 필요할 때는 언제든지 다른 사람의 도움을 받을 수 있는가? 당신을 도와줄 수 있는 사람이 당신 주위에 얼마나 있는가?

잘못된 방향으로 가는 사람들

당신의 삶에는 많은 기회가 주어져 있다. 그런데 어째서 원하는 곳으로 가지 못하고 있는 것일까? 아마도 어떤 방해물이나 장애가 있기 때문일 것이다.

사람들은 두 갈래 길 중에서 한 길을 선택한다. 자신들이 원하는 길을 선택하느냐, 아니면 다른 사람들이 권하는 것을 선택하느냐 중에 한 길이다.

이것은 매우 중요한 삶의 문제이다. 많은 사람들은 자신의 개인적인 욕구에 눈이 어두워서 다른 사람들의 문제에는 관심을 두지 않는다. 그리하여 고용주는 사원들이 더욱 더 열심히 일해 주기를 바란다. 그러나 사원들이 무엇을 바라고 있는지는 잘 알지 못한다.

세일즈맨은 상품을 팔려고 하는 욕구만 있을 뿐 고객들이 정말 원하는 것이 무엇인지를 거의 물어보지 않는다. 그 이유는 고객이 '그 제품이 적합하지 않다'라고 말할까봐 걱정이 되기 때문이다.

교사는 우둔하고 답답한 아이가 보다 더 활발해지기를 바라면서도 그 아이가 마음속으로 원하고 있는 바램을 알려고 하지 않는다.

이외에도 모든 사람들은 타인에 의해서 자신이 원하는 것을 바랄 뿐이다. 그리고 그것이 충족되지 못하면 좌절에 빠진다. 한편으로 사람들은 당신이 원하지 않는 일조차도 강요하고 있다.

그것은 자신들이 바라는 것만을 얻으려는 목적 때문이다.

사람들은 기대했던 사람으로부터 기대한 것을 얻지 못하면 모든 것이 어둡게 보인다고 말한다.

부모들은 자녀들에 대한 기대가 어긋날 때 꾸짖으며 심하면 때리기까지 한다.

사장은 기대했던 만큼 사원들이 일해 주기를 원하고 기대에 어긋나면 불평을 한다.

세일즈맨은 생각했던 고객이 반응이 없을 때 절망적인 상태에서 계속 매달린다.

교사들은 학생들의 공부에 대한 의욕을 높이고자 훈계하고 때로는 창피도 준다. 그러나 소용이 없음을 알게 된다.

그러므로 이혼, 가정 파탄, 잦은 직장 이동, 고독감 등은 다른 사람과 원만한 관계를 유지하려는 노력에 대한 큰 장애 요소들이다.

사람들이 무엇을 원하는가를 찾아라. 그리고 그들이 원하는 것을 얻도록 도와 주어라. 그러면 당신이 원하는 것을 얻을 수 있을 것이다.

'원한다'를 '필요하다'로 바꾼다

'원한다'는 것과 '필요하다'는 것은 차이가 있다. 원한다는 것은 결코 만족될 수 없는 탐욕적이고 강요적인 성격을 띠고 있다. 한 가지가 충족되면 다른 두 가지의 소원을 요구하는 것이 인간이다.

그러나 필요하다는 것은 보다 현실적이다. 그 말의 뜻은 매우 강하고 가치가 있으며, 원한다는 말처럼 변덕스럽지도 않다.

•사람들은 동정을 원한다 - 그들은 동정을 필요로 한다.

•사람들은 부를 원한다 - 그들은 부가 실현되는 것을 필요로 한다.

•사람들은 좋은 집을 원한다 - 그들은 좋은 교통 수단과 안식처를 필요로 한다.

•사람들은 명성을 원한다 - 그들은 안정감을 필요로 한다.

•사람들은 권력을 원한다 - 그들은 지지를 필요로 한다.

'다른 사람이 필요로 하는 것을 주는 것만큼 그들도 내가 필요로 하는 것을 줄 것이다'라고 바꾸어 말해 보라. 실제 그렇게 된다.

사람들은 무엇을 필요로 하는가? 우리가 필요로 하는 것은 무엇인가? 그것을 알기 위해서는 더욱 관심을 가져야 한다. 그러면 당신은 그들이 필요로 하는 것을 찾을 수 있다. 이제부터 당신이 다른 사람의 도움을 받을 때 유의할 사항에 대해서 설명하겠다.

단순하게 구체적으로 부탁하라

남에게 무엇인가를 부탁할 때에는 되도록 구체적이고 단순해야 한다. 그런 제안은 다른 사람이 내 마음대로 움직여 주지 않을 것이라는 당신의 불안을 해소시켜 줄 것이다.

작은 물건 하나를 팔기 위해 소년이 이렇게 말하면 당신은 선뜻 그 물건을 사지 않을 것이다.

"학비에 쓰려고 하는데요, 하나만 팔아주시죠."

당신은 믿을 수 없다는 생각에 쉽게 사지 않을 것이다.

그러나 이렇게 말하면 당신은 거절하지 못할 것이다.

"우리 동네 야구팀을 운영하는데, 필요한 자금을 마련하려고 하고 있습니다. 하나 사 주세요."

소년의 부탁 방법이 구체적이기 때문이다.

거리에서 우유를 팔고 있는 사람의 이야기를 들은 적이 있다.

우선 우유 배달차를 보도 옆에 세운다. 그리고 현관을 두드리고 이렇게 인사한다고 한다.

"제 이름은 존입니다. 이 근처에서 우유를 배달하고 있습니다. 배달차를 바로 옆에 세워두었습니다. 저는 이 거리에서 가장 맛있는 우유를 멋진 서비스로 제공해 드립니다."

물론 신규 고객의 획득 전술로서는 이밖에도 여러 가지 효과적인 방법이 있을 것이다.

하여튼 위에서 제시한 방법은 좀더 구체적이고 솔직했다는 점이다.

긍정적이고 예의바르게 행동한다

다른 사람의 도움을 얻기 위해서는 우선 당신이 긍정적이어야 한다. 그리고 예의바르게 행동해야 하며 인내도 요구된다.

첫째로 긍정적이어야 한다는 것은 자신으로부터 동의의 반응을 얻고 싶다는 기대감이 있다는 것이다.

만일 당신이 상대방에 대해 적의나 비판 또는 무관심의 마음가짐으로 대한다면, 당신이 상대방에게 무엇을 부탁해도 차가운 대답밖에 돌아오지 않는다.

반대로 상대를 배려해 주고 성실 또는 우정으로 대할 때 당신들의 관계는 따뜻해질 것이다.

둘째로 예의가 있어야 한다. "제발 ~하여 주십시오."라든가 "감사합니다."라는 말을 잊지 말아야 한다.

예를 들어서 물건을 가지고 계산대로 가서 당신이 돈을 냈을 때 담당 직원이 "감사합니다"라는 말을 하지 않으면 당신은 기분이 좋지 않을 것이다.

"부디~"라든가, "감사합니다."하는 말은 마치 탄산음료수의 병마개와 같은 역할을 한다. 그 마개가 벗겨지는 순간 그 속에 담긴 탄산음료는 거품을 내며 밖으로 쏟아져 나온다. 이 마법의 말을 많이 사용하여야 한다. 그런 말들은 많은 사람들을 보다 상쾌하게 해주기 때문이다.

또한 무엇인가를 무조건 명령하거나 복종을 강요해서는 안 된다. 그렇게 하는 것은 마치 철판에 손톱을 세우고 괴상한 소리를 다른 사람의 도움을 얻기 위해서는 우선 당신부터 긍정적이어야 한다.

내게 하는 것과 같다. 소름이 끼치는 것과 같은 고약한 생각이 상대방의 마음에서 솟아오를 것은 뻔하다.

항상 진심에서 우러나오는 말로 부탁해야 한다. 그러면 당신 주위의 인간관계는 훨씬 더 부드러워지고 우정의 깊이가 있으며 즐거운 삶이 된다.

❖ 당신은 확실히 성공하다

1. 약한 인간일수록 무모한 짓을 하지 않고 기회를 참을성있게 기다린다.

2. 기회라고 느낀다면 성공한 사람은 적극적으로 자신의 힘으로 붙잡고자 한다.

3. 계획성을 갖고 문제에 몰두하지 않으면 시간을 낭비하게 된다.

4. 건강하지 않으면 안 된다. 육체뿐만 아니라 정신적으로도 건전하지 않으면 충분한 노력이나 행동이 불가능하다.

5. 자기 자신을 확립시키고 신념과 자신을 갖는다.

6. 균형을 잃지 않는 중용의 사고를 지니다.

7. '오늘 하루'를 힘껏 외치고 마음대로 꿋꿋하게 살아간다.

협조를 부탁 받으면 누구나 도와준다

언젠가 나는 캐나다의 캐로나 지방을 여행한 적이 있었다. 그곳에서 친구를 만나 골프를 치기로 약속되어 있었기 때문이다. 그러나 캐로나에 도착한 나는 가방을 잃어버렸음을 알았다.

가방을 찾기 위해 항공회사 직원이 사방으로 전화를 걸어 간신히 그 골프가방이 카르가리 공항에 있으며 세관의 정식 정차를 밟지 않으면 돌려받을 수 없다는 것이었다. 나는 주저없이 그 공항에 있는 세관사무실로 달려갔고 몇 가지 소정의 서류를 써야 한다는 이야기를 들었다.

나는 얼핏보기에 상당히 높은 지위에 있는 것으로 느껴지는 한 여성에게 다가가 이렇게 말했다.

"나는 지금 곤란한 문제에 처해 있습니다. 누군가의 조언을 바라는데 도와주시지 않겠습니까?"

"제가 할 수 있는 일이라면 무엇이든지 하겠습니다."

그 젊은 여성은 쾌히 승낙했다.

나는 자세히 설명했다. 캐로나에 골프를 하러 왔다는 점, 그 약속이 내일이라는 것을 말했다.

그리고 이렇게 덧붙였다.

"어떻게 도와주실 수 없을까요? 이 문제를 해결하는 데 힘이 되어 주셨으면 합니다."

그 여성은 곧 카르가리 공항에 전화를 걸었다. 그리고는 그곳 직원을 설득시켜 즉시 카르가리 공항 관세담당관에게 골프가방의 운반과 그쪽의 요구를 충족시켜 주고 다음 항공편에 싣도록 약속을 받아냈다.

모든 사람들에게는 성서에 나오는 '착한 사마리아인'과 같은 약한 자에 대한 친절한 마음이 숨어 있다. 어려움에 처한 사람을 도와준다는 것 자체가 사람들의 그와 같은 마음을 충족시키는 행위다.

따뜻한 자기 만족의 느낌은 다른 사람이 '나를 도와주시오.'하는 부탁을 들어줄 때 크게 충족되는 것이다.

❖ 조직적인 계획을 세워라

뿌리지 않은 씨는 싹이 트지 않듯이 모든 일은 씨를 뿌리는 데서부터 시작된다. 그 다음에 기후 · 물 · 바람과 같은 환경, 꽃을 피우고 열매를 맺는데 필요한 조건을 갖추는 것이다.

어떤 사람이건 자기가 좋아하는 일, 즐거운 일, 적합한 일이라면 능력을 100%이상 발휘할 수 있다.

그런 분야의 지위를 얻고 싶을 때는 다음과 같이 해야 한다.

1. 어떤 직업, 직종에 종사하고 싶은가를 확정한다.
2. 일하고 싶은 장소를 선택한다.
3. 희망하는 근무처, 경영자, 상사에 대한 인상을 조사한다.
4. 자신의 재능, 능력을 분석하여 할 수 있는 일을 생각한다.
5. 직업이니까 하는 생각은 버린다.

중대한 결심은 작은 것부터 시작된다

사람들은 한 번 예스라고 하면 계속 '예스'라고 대답한다. 이는 큰 결단보다 작은 결단에 있어서 훨씬 쉽다.

또한 사람들은 자신의 어떤 행동을 바꿈에 있어서 별안간 극적인 변화를 주기보다는 사소한 작은 변화가 몇 가지 겹치는 쪽을 더 잘 받아들인다.

예를 들어 당신은 집을 바꾸기를 원하는데 아내는 그렇지 않을 때 이런 방법을 쓰면 된다.

이사를 성공시키기 위해 첫 단계로 다음 일요일에는 집을 고칠 데가 없는 지 살펴보자고 제안한다. 그리고 느닷없이 "차라리 새 집으로 바꾸어 버릴까?" 등으로 비약하지 말고 조금씩 생각을 진행시켜 동의를 구하면 된다.

또 다른 예도 있다.

직장에서 아침에 출근을 하자 동료 직원이 당신에게 커피를 권했을 때, 당신이 거절했다고 하자.

이윽고 점심 시간이 되어 모두 함께 점심 식사에 초대를 받았다. 이에 당신은 또 거절했다. 선약이 있었기 때문이다.

오후에 당신은 두 가지 권유를 받는다. 교회의 파티에 참석해 달라는 것과 토요일 저녁에는 자기 집으로 오라는 친구의 부탁을 받은 것인데, 당신은 또 거절했다. 그래서 당신은 주위 사람들과의 사이에 어색한 분위기를 만들고 말았다.

그런데 그날 집으로 돌아가자, 아내가 청을 했다.

성공한 사람은 모두를 기쁨으로 받아들이고, 실패한 사람은 모두를 슬픔으로 받아들인다.

"여보, 오늘은 외식하죠?"

그러나 당신은 '노우'이다. 오늘 하루 유사한 상황 아래 거절만 말해 왔기 때문에 자연히 '노우'하고 대답하게 된다. 거절한다는 개념이 이미 형성되었기 때문이다.

'1인치는 쉽고 1야드는 어렵다.'

작은 것에 긍정적으로 대답을 얻게 되면, 큰 것에도 '예스'를 받기 쉬운 것이다.

❖ 시작이 반이다

무슨 일이건 미루기만 하다가 결국은 아무 일도 못하는 사람도 있다. 그러나 그와 반대로 너무 서둘러 시작한 탓으로 크게 실패하는 경우도 있다.

무슨 일을 시작할 때 치밀하게 과거의 예를 살펴보고 미래를 예측해 보아야 한다는 것은 자명한 일이다. 그러나 사람의 일이다 보니 이론대로 되지 않는 경우도 있고, 생각이나 경험이 모자라서 불충분하지만 그냥 시작하는 경우도 있다. 어떤 사람은 '뛰면서 생각한.'는 명언을 남기기도 했지만, 우유부단하게 주저하는 쪽보다는 우선 행동으로 옮기는 데에 뜻을 둔 말일 것이다. 깊이 생각하고 시작하느냐, 우선 시작하고 생각하느냐는 상황에 따라 사람에 따라 다르다. 어쨌든 시작하지 않으면 아무 일도 이루지 못한다.

주는 것만큼 받는다

남의 도움을 받는 일에 결론에 해당하는 원리를 말하겠다.

'당신이 다른 사람이 원하는 것을 주는 만큼 다른 사람도 당신이 원하는 것을 줄 것이다.'

위스콘신 대학 부설 경영연구소의 빌 스틸웰이 한 말이다. 남에게 어떤 도움을 얻으려면 그에게 그만한 투자를 해야 한다는 말이다. 믿을 수 없을 만큼 간단한 말이다.

당신은 이 말을 실천하기에 앞서 먼저 그 깊은 의미를 알아야 한다. 그렇지 않으면 이 말은 정반대의 결과를 나타내게 될 것이다. 사람들은 당신을 거부하고 당신과는 반대로 행동하고, 당신은 그들이 하기를 원치 않는 일을 하게 되는 것이다.

당신은 먼저 다른 사람이 원하는 것을 그들에게 주어야 한다. 그때 그들은 당신이 원하는 것을 줄 것이다.

대부분의 사람들은 이 말을 왜곡되게 사용하고 있다. 그래서 어떤 고용주는 종업원이 회사를 위해서 더 많은 노력을 한 뒤에 칭찬을 하거나 보상을 해야 한다고 생각한다.

당신은 먼저 다른 사람이 원하는 것을 그들에게 주어라. 그러면 당신이 원하는 것을 그들이 줄 것이다. 반드시 그렇게 할 것이다. 물론 거기에는 인내가 필요하다. 그리고 또 다른 것을 필요로 한다.

다른 사람들이 진심으로 원하는 것이 무엇이며, 어떻게 그것을 그들에게 줄 것인가를 알아야 한다. 진정 사람들이 원하는 시간은 곧 인생이다. 그것은 돌이킬 수 없는 유한한 것이며 무엇이로도 바꿀 수 없는 소중한 삶의 순간 순간들이다. 시간을 낭비하는 것은 자신의 인생을 낭비하는 것과 같다.

것이 무엇인가를 알라.

세상은 당신을 필요로 한다.

세상은 당신에게 많은 보상과 대가를 주고, 다른 사람들은 당신이 원하는 것을 줄 것이다.

❖ 기쁨과 감사의 마음을 갖는다

성공하고 승리한 때에 기뻐하는 것은 누구나 할 수 있다. 그러나 진정한 성공자는 실패조차도 자신의 것이라고 생각하고 기뻐하며 감사하게 즐길 수 있는 사람이다.

성공한 사람은 모두를 기쁨으로 받아들이고, 실패한 사람은 모두를 슬픔으로 받아들인다.